路子房

著

郑州大学出版社

图书在版编目（CIP）数据

西岗 / 路子房著. -- 郑州：郑州大学出版社，
2025. 3. -- ISBN 978-7-5773-0929-3

Ⅰ. I267

中国国家版本馆 CIP 数据核字第 2025AV8014 号

西岗
XIGANG

策划编辑	李勇军		封面设计	肖　红
责任编辑	暴晓楠		版式设计	孙文恒
责任校对	王晓鸽		责任监制	朱亚君

出版发行	郑州大学出版社		地　　址	河南省郑州市高新技术开发区
出 版 人	卢纪富			长椿路 11 号（450001）
经　　销	全国新华书店		网　　址	http://www.zzup.cn
印　　刷	河南文华印务有限公司		发行电话	0371-66966070
开　　本	710 mm × 1 010 mm　1 / 16			
印　　张	15		字　　数	240 千字
版　　次	2025 年 3 月第 1 版		印　　次	2025 年 3 月第 1 次印刷

书　　号	ISBN 978-7-5773-0929-3		定　　价	68.00 元

驾言出游以写我忧

刘军

　　河南是传统农耕文化的核心区域，相关物质遗存和文化遗存相互叠加的结果投射到文学表现中，便形成了强大的恋乡、恋土情结。在当代中原文学地图中，每一块小的地域皆有其深耕者，如此构筑了融多样性、统一性于一体的乡土书写图景。就河南散文来说，冯杰的北中原与周同宾的盆地开掘一北一南，形成呼应关系，将黄河以北的平原与豫西南盆地的乡土根性加以透视，由此结出结实的地方性写作的果实。而河南平原的主体部分，即伏牛山以西、黄河以南、淮河以北的大片区域，在地理学意义上被称呼为黄淮平原。相关黄淮平原的乡土根性的系统观照和发掘，主要由小说家们完成，从李準到李佩甫再到墨白，从刘庆邦到柳岸再到赵兰振，黄淮平原在不同时期的小说家笔下如同犁铧翻耕土地，来回打磨下，泥土底部的颜色终归晾晒在光亮之下，成为人与土地间亲密关系的确证。从人文地理的景观学出发，人们不难发现，大片的平原归属于小说加以阅读，而小片的分散的平原则为散文所解析，彼此相互对峙相互补充，搭建了乡土书写多样性的内容。

　　路子房的老家在开封市尉氏县，属于黄淮平原的东部。其散文集《西岗》就是他打量故乡点点滴滴后的汇总，回望的姿态，娓语的方式，反求诸己的心理结构，平淡而有深情的话语，这些要素融汇在一起，绘制了散文集子自来亲人的相貌。

当田园牧歌渐行渐远，打上消费主义标签的灯红酒绿占据了各种视听媒介，知其白守其黑，表面越是喧嚣，内心的游走往往越是逆向而行。在那些隐秘的角落里，大量的怀乡者浅斟低吟，民谣小曲、散文诗歌、老照片老物件等，恰是这批人乡情的寄托。文学是一种回望的方式，博尔赫斯曾说："我写作，不是为了名声，也不是为了特定的读者，我写作是为了光阴流逝使我心安。"在流逝的时间里寻找安慰，如同史铁生所讲的那样，写作是为了让存在的重量不被轻轻抹去，同时也照应了司汤达墓碑上的自叙："我活过，我热爱过，我写作过！"文学写作之于个体，是一种强韧地发自内心的欲念，而在社会学意义上，文学的游离性，即文学的回望性以及其与时间的对抗，使得其与史学一道，担负起拯救、疏通人类记忆的功能。散文文体的沉静品格，强化了文学的游离性特征，而对于散文作家而言，即使离开乡土长期居留于城市，于很多瞬间，其精神上的丝络依然与故乡牵连，并形成无数道细流。记录这些细流，不仅是要完成纸上的还乡，使得乡愁停靠在始终看得见的地方，更重要的是，这也是重回家园的本体性欲望的达成。

对于怀乡者来说，乡愁几乎成了深入骨髓的"病菌"，故乡饮食、民俗、民居等风物，一旦回想起来，不自觉地就会沾染愁绪的调子，歌曲《外婆的澎湖湾》《童年》、诗歌《乡愁》、散文《故乡的榕树》等，皆为其例。这样的愁绪深入得再远一些，那种彻底的悲情便会露出水面，完成从婉约之美到文化之殇的转换，比如海子笔下绝望的麦子，怀抱昨天的大雪、明天的粮食和灰烬，最终化成一种永远之痛。社会生活语境中，还有浮上来的乡愁一种，它们是乡愁的衍生品，是消费化的乡愁，在当下正轰轰烈烈地进行中，于广告文字以及风景名胜处随地可见。

村庄记忆构成了散文作家笔下乡土书写的主体对象，人、牲畜、庄稼、村庄是乡村生活的基本要素，它们包裹着民俗、信仰、饮食、思维习惯等地域特性，共同铸造了乡土这一血肉丰满的躯体。白话散文以来，虽然有小品、随笔的别枝旁逸，但强大的文化基因和抒情传统，驱使着一代代的作家们将一往情深泼洒到承载着童年经验、记忆、梦想的乡土之上。对于很多人来说，乡土是人们的出发之地，也是经验写作的源泉。如海德格尔所言，诗人的天职就是还乡，还乡使故土成为亲近本源之地。如果仅仅将散文篇章中纸上的还乡理解成诗意的旅程，则是对文学、对散文书写的严重误读。比如20世纪末，刘亮程的《一个人的村庄》强化了乡村书写的诗意化路子，如此个体写作式的异军突起，在逐渐符号化的过程中，对他者的影响和覆盖是巨大而深刻的，流波所及，过度的诗意化促使乡村书写渐渐步入一个窄小的胡同。如同马尔库塞笔下单向度的人，本来驳杂丰厚的乡土世界，因为主体的单向切入，真实、疼痛、神圣、幽秘的因素被普遍遮蔽。可以在此打个比方，就拿炊烟来说，它并非村庄的必要条件，比如在时间和自然双重作用下荒废的村庄中，比如当下空心化的村庄中，炊烟是普遍缺席的。即使是那些仍然活跃的村庄躯体上，炊烟也并非全部与诗意、平和、自足、牧歌般的图景相对接，很多飘荡的炊烟后面，埋藏着我们父辈粗糙的胃，以及他们手臂上皲裂的伤口。

西岗对于路子房来说，既是一个地名，也是情感的一种凭借。集子里有两篇作品与西岗直接相关——《西岗散记》与《西岗故事》，前者以散点透视的手法写到了西岗的树木植被、土质、面积大小等物理要素，兼及这一地方与"我"的人生过往的交集。西岗的黏土成就了20世纪80年代村庄的第一批瓦房，而它另外的沙土又产出了脆香的花生。这种沙土质源于黄河泥沙的沉淀淤积，不仅造就了贾鲁河两岸的汴梁西瓜，也成就了这一方区域花生的名声，以至于延续到今天，在开封城的大街小巷依然响彻着"沙土炒花生"的民间推销的说辞。当然，花生之于作家而言，满足的是困乏年代的肠胃记忆，以至于这种记忆能够穿越时间的隧道，成为童年经验的优美回响。在这篇作品里，西岗还承载着"我"少年时代的求学记忆，同时也向"我"家的新瓦房供给了两根结实的椽子，然而在"我"砍倒两棵树木之际，父亲却投来了迟疑且责怪的目光。而一方水土和一方人的情感关系和认知关系，恰恰就储存在父亲的目光中。《西岗故事》则聚焦于西岗的物理属性，聚焦于男女婚缘的初见面的落地。西岗的相对偏僻和静谧，使得这里成为媒人钟情的处所，在"我"的记忆里，这里有着朴素的见面方式和简单质朴的承诺。一切皆附着泥土的属性，使得乡村青年男女的初见不同于电影、电视剧、诗词、剧本的渲染，走向内敛羞涩的精神属性。

集子里的其他篇章，纷繁如一树繁华，有劳作的细节雕刻，有怀人的思绪，有少年的游戏，有亲情的抚慰，有贾鲁河两岸平原的泥土的味道，有军旅生活的回望。周作人曾经指出，简单是文章的最高境界，古典诗文对平淡之语和内蕴的深情也是甚为推崇。打开《西岗》这部集子，如同推开一扇记忆之窗。时光倒影里，少年、青年的经历如连绵的雨滴，就此照见那些曾经落入心湖的种子和那些笼盖在自我成长历程上的蚕茧。

（刘军，文学博士，散文评论家）

深杯满酒敬故乡

张向持

三十多年前，我与子房同在开封驻军某部服役，是战友；性情相投、"三观"相近，是挚友；又同做新闻报道工作、文墨交流颇多，亦是文友。"三友"情谊从风华正茂到如今两鬓斑白，不曾淡漠。

子房当战士时是战友们眼中的"小秀才"，从办黑板报、写广播稿起步，很快成为新闻稿件屡屡见诸军内外报端、小有名气的战士业余报道员。"业余报道员"自然不会是勤奋执着的"小秀才"的终点，后来子房终因表现出色被提为干部，专职从事新闻报道工作。所以子房说他是靠"写东西"起家的，也因此与文学结缘。此后岁月，虽因工作需要转换于不同的岗位，而子房手中的笔并未放下，常常忙里偷闲作文抒怀。几年前一次闲聊中，子房说，故乡留给他太多剪不断的记忆、割不断的情感，"笔墨寄情"之意日渐浓烈，争取在退休前后拿出一部《西岗》以了心愿。

西岗位于豫东尉氏县境，是座南北连贯十多个村庄的沙土岗，人文历史名不见经传，自然风貌少秀寡丽，可谓十里无闻，实无甚特别之处。以文而论，这些年关于乡土、乡愁的作品多如牛毛，而把"泥土香"写成"苦咖啡"者比比皆是，写西岗故事，又能写出什么花样呢？所以我对子房写《西岗》的想法不置可否。

子房似乎看出了我的疑虑，不无深情地表白道："从农村苦孩子成长为县、团级领导干部实属不易，该感恩组织培养、贵人相助。但细思之，最该感恩的还是故乡，因为受'故乡的营养'太多、太珍贵，都是奠定我人生基础的'根营养'。正是这些'根营养'让我的人生充满精气神，且脚健步正。因此，写《西岗》只为寄托情感、感恩故乡，其他因素比如市场呀，影响呀，等等，一概抛之脑外。"

作为同龄人，作为同样从黄土地走出、经历相似的人，似乎不难理解他这番感悟。今天，当认真阅读、细细品味过《西岗》，更深刻认识到子房对故乡的浓浓情感与感恩之心的价值，并触发诸多感想。《西岗》，呈现了子房眼中"故乡的美"：

——西岗，沟沟壑壑十几里，少有奇特之景。但在子房眼里西岗却很美——它不是山却有山的风骨，不是丘陵却有丘陵韵味……

——西岗有条沟，是乡下相亲首选地，故称"媒婆沟"。在网恋为常的今天，乡村媒婆、媒妁之言似乎与"老套过时""封建落后"画等号了，而房子笔端却掩饰不住对"媒婆沟"的赞誉——是故乡人一块有福之地、见喜之地、有情人终成眷属的宝地……

——由沙土堆积而成的西岗，不是种植庄稼的好土壤，多少代贫瘠荒芜。而"经过智慧勤劳农民的艰辛劳动，不断改良，荒凉地逐步改良为肥沃田"……

眼中多几分"故乡的好"，情感中便多几分对故乡的眷恋。几乎年年回老家简陋的老宅过年、得空就回西岗转一圈等行为习惯，印证了子房眼中"故乡的好"源自情感深处，这似乎与故乡的富庶与否、秀丽与否无关。同样的故乡，"眼中有光"者看到的是"好景"，"眼中生暗"者看到的是"灰蒙"。《西岗》让人感受到浓浓的"故乡的营养"：

——家里盖房椽子缺两根，子房从西岗砍掉两棵枯树扛回家。父亲严厉斥责"枯树也不应该你砍"！从父亲那里明白了立身做人的原则，年少的子房自此立誓：永远做个手脚干净的人。

——少小便干制砖、脱坯、割麦、打场等众多繁重的农家活儿，可谓"艰难岁月苦少年"。而这段岁月使他明白了一个古训：没有苦中苦，难有甜中甜。子房正是带着这份"营养"走出故乡，以不惧艰难、坚忍不拔的顽强斗志一路走向今天。

——西岗春季常常风沙弥漫，一代代人饱受其苦，而当地一则流传甚广、甚久的顺口溜却别样感觉：沙土窝沙土窝，太阳一照就暖和；上午东坡暖阳阳，下午西坡春风荡，累了躺下如被窝。如今西岗绿树成荫、果木成林的景象，又何尝不是艰苦环境中的乐观态度催生出的一种向上力量所致，子房又何尝不是带着这种乐观向上的人生态度一路踏歌前行。

…………

"故乡的营养"被子房视为"根营养"，自然源于他对自己人生的总结与感悟。谈及多年来碗不遗粒、严己宽人、助人为乐、谦和恭良等习惯，子房每每一笑：自小就这样。的确，故乡对他的滋养——吃苦耐劳精神、善良宽厚美德、身正行端品格等等，无不深深影响着他的人生，无不让他终身受益。无疑，这正是他眷恋故乡、倾情故乡的根本缘由。

话说到此，不由联想：子房对"故乡的营养"铭刻在心，且充满感激之情，为什么不乏有人漠然无感？的确，在一些人的言谈、行文中，故乡带给自己的是艰辛、饥饿、惆怅的日子，是因此而产生的"乡怨"，甚至"乡恨"。似乎，这不能简单归结为感知能力、认识水平问题。或许，从"三观"，甚至更深一步去思考，更有帮助；或许，对"故乡的营养"毫无感知那类人不值一提，因为懂得吸收"故乡的营养"的人是多数，珍视"故乡的营养"并怀有"报恩之心"的人是多数，便够了。

《西岗》一个显著的特点是真实。这些年没少看乡村题材的文学作品和影视剧，其中当然不乏好作品。但也每每让人感到疑窦丛生：这是农村吗？这是农民吗？这是乡村风貌吗？没办法，在追名逐利之风盛行之下，影视追求收视率、作品追求畅销度，于是猎奇取异、瞎编乱造之作也就司空见惯了。失真的故事情节、失真的人物形象、失真的语言风格等等，往往让人大跌眼镜，也让乡土文学风光渐失。而《西岗》乡土浓郁、乡情弥漫，让人感受到了真实的魅力。

从《西岗散记》看到的是真实的乡貌及乡村学生生活，从《西岗故事》看到的是真实的相亲乡俗，从《远去的麦收》看到的是真实的夏收场景……真实的乡村、真实的生活、真实的人生，一切虽然平淡无奇，而对于经历过那段岁月的人来说，则可以真真切切感受到"我的相亲""我的老宅""我的父母""我的村庄"等等，让人倍感亲切、回味无穷。莫道真实的未必都是"出彩"的、值得喝彩的，当知真实的都是不"变形"的、值得纪念的。

深杯满酒敬故乡，笔墨寄情仰天唱！

西岗，这个昔日少为人知的小地方，或因《西岗》的传诵而引人注目，迎来歌声如潮、繁花似锦的新景象！

愿千万游子如子房般眼装"故乡的好"，不忘"故乡的恩"，挥洒对故乡的情！

（张向持，著名报告文学作家，《解放军报》原主任编辑，大校军衔）

序三

美好的相遇

刘会敏

　　与子房兄成为莫逆之交已经有二十多个年头了，这种情谊没有随着岁月的更替、岗位的变化淡去，反而愈加深厚。平凡的日子里，偶尔小聚闲聊，忙碌时互相扶持，当遇到困难时，敢于向彼此寻求帮助，也就是敢于相互麻烦，懂得彼此感恩。敢麻烦而知分寸，懂感恩又不当作负担，这就是我们之间的情谊。

　　我敬佩子房兄的为人，他真诚善良、厚道仗义，有责任、有情怀、有担当。你若有事拜托了子房兄，无论分内分外，他都会想方设法、尽力而为，用心之细、用情之深，让人感动。在单位里，他负责的工作不论多难，都能出新出彩，老旧小区改造、红色物业管理等都获得了全国先进，成为社会治理方面的全国典型。我惊讶他虽已年近六旬，依然保持着工作的热情和激情，延续着年轻人的干劲，前几天见到他，看他双眼充满血丝，神情疲惫，一问原来是他为了筹备一个全国性会议，又连熬了几个通宵，他甚至可以放下身段将部下的工作事迹写成热情洋溢的长篇报告文学……

　　我钦慕子房兄的才华，他虽然部队转业、军人出身，但情感细腻、才思敏捷、文笔流畅，善于以文字为时代做证，善于以文字表达热爱与生活，以文字跨越时间和空间、连接永恒与瞬间、呈现思想深度和情感厚度，将我心遇见他心。

在他的作品里，我最喜欢的是他写乡情乡愁的文章。他对故乡的一草一木、一丘一岭都充满感情，童年往事在他笔下熠熠生辉，家乡是他温暖的港湾，是他永恒的诗篇，是他心灵的源泉，是他永远的牵挂。如《西岗散记》："我走累时，常坐在沙堆上，倒去鞋里灌满的沙土，手捧起一把沙土向空中扬去，沙土被风推送出去好远，没风时沙土垂直如细瀑布流下。"又如《又是一年麦田香》："每次走进麦田，我的内心都会静定下来。此时的家乡大地，没有其他庄稼遮挡住视线，千万株麦子，一垄又一垄，排兵布阵般地向外扩展，麦田壮观辽阔的景象一览无余……我感觉麦田有一种静默的力量，接纳着我这个看客的观赏……展示着静穆的大美……变成金色的海洋。"再如《远去的麦收》："扬场的高手铲起一锨麦往空中一抛，画出一道长长的弧线，麦壳与麦粒泾渭分明，麦糠飞舞着飘下落成一线，麦粒垂直着落在脚下成一条线。扬场的高手往往只低头铲麦往上扬，不抬头看空中的麦，每扬起的每一锨都高低正好，落位适当……"那片熟悉的土地，承载着他童年的欢笑与泪水，烙印着他生命成长的痕迹。童年趣事、成长往事在他的笔下活灵活现，栩栩如生，充满情趣，读后使人如身临其境，产生共情，引起共鸣，不由得让我们的思绪从作品里的故事飘向远方的故乡，汇入给予我们无穷力量的精神家园。

他笔下的大伯、大姑、父亲、母亲让人感受到了亲情的力量，如：

一天晚上，我在睡梦中被大伯叫醒，他端到我床前一碗面条。透过煤油灯，我看见几块白白亮亮、厚厚实实的肉片，他催我快吃……随后他用筷子把肥肉一点一点去掉，留下的全是瘦肉……

——《再祭大伯》

如今，妈妈每天早起到村西头转转，到村东头小河边走走，一年四季不断，天天坚持锻炼。晚上，如果是夏天，她会坐在小院仰望星空，口中念念有词："一颗星，两颗星，数来数去数不清，头抬酸了，眼看花了，瞌睡虫来了……"

——《爱唠叨的妈妈》

这是生命中最真挚的感情，既是无怨无悔的付出，又是绵长无尽的牵挂；既是一份沉甸甸的责任，又是一份无法割舍的担当。这是每个人生命中最珍贵的宝藏，它永不会消逝，会把每一个家庭成员的心连在一起，又会把整个家庭传承下去，让人情不自禁地在阅读中感悟，在感悟中珍惜、珍藏。

集子的第三辑"沉吟至今"则体现了他的厚度。经过军旅的锤炼、仕途的磨砺，他的文化品位、政治觉悟都已达到新的高度，对人生有了新的体验和感悟。《夜行将军路》《山高谁为峰》《幸福是什么》《老实人永远不过时》集中体现了他的高度和厚度。"行走在将军路上，就会睹物思人，沉重凝思！我想，将军路是一条壮美、雄浑、宽阔、沉静、大气之路。行走其间，怎能不让人顿生敬意！……忘记历史就意味着背叛。铭记，才是对英雄最好的告慰；传承，才是对英雄最好的纪念。文化根植于历史，也影响着历史。即使历史翻过新的一页，那些红色人物升腾的民族心灵圣火，依旧指引着我们在人民的历史中进行文化创造。""有人说，雕像是静止的，不会说话，只是让人欣赏的艺术，可我不这样认为。久久伫立在每一个雕像前，忽觉它似一支火把，熊熊燃烧，为我们驱赶黑暗，迎来充满希望的黎明；它像一面镜子，映照着过去和未来，映照我们前行的方向；它像一个号角，激励着我们不忘初心、牢记使命，继续前行。"这些感悟，回望来时路，眺望新征程，赋予文章历史纵深感，将历史与现实融合在一起，既有历史深度又有现实高度，有思想、有灵魂，给人启迪，教人上进。

作为一名普普通通的公务员，能够在繁忙的工作之余，写出这么多优美的篇章，让人佩服！作为好友，受其所托，我见证并参与了他六十多万字《零碎的记忆》一书和二十多万字的《西岗》一书的编辑出版过程，有缘有幸！

我相信，共同的情趣爱好，会是我们往后岁月里更多的话题，在人生新的阶段会有更美好的相遇！

2024 年 6 月于开封

（刘会敏，中原文化名家，高级编辑，开封市委宣传部副部长）

自序

乡愁是所有痛苦中"最高尚的一种痛苦"。

——以赛亚·伯林

今年又赶在除夕回家过年了。初一一大早，寒冷还在夜色中包围着，我在热被窝里起了又起，还是被寒冷袭身后再缩回被窝。这时已起床收拾好厅堂牌位的母亲再次催我快起床，说一会儿村里人都来家拜年了，不起床是不懂规矩，对人家不礼貌。

老家习俗，大年初一，村子里同辈分的人就聚在一起去给长辈拜年，这是自记事起就有的新年习俗。那时，村民守了大半夜的岁，但并不影响第二天一早就起床，先到自己厅堂牌位前给先辈们磕头上香，随后到街上集中点与同辈们集合，去长辈家拜年。一拨又一拨人顶着黎明前的黑暗，在寒风中前往一家又一家，进了家门就喊："爷爷、奶奶、大娘、大婶，晚辈们给您老拜年啦！"面对厅堂牌位连磕三个头，继而把长辈扶到椅子上，向长辈磕头。有的长辈会中规中矩地坐在椅子上，任晚辈磕头。较年轻的长辈一边往一旁躲闪，一边说："我还年轻，不受磕头，来家了礼就到。"人多时，屋内聚集不了，便排到屋外跪倒一片。还没有来得及看清都是谁，人已经呼啦啦地离去，又赶往另外一家拜年。

今年初一拜年，没有过去起床早了，也没过去隆重了，但故乡上了年纪的

13

人仍旧保留着这一习俗，他们虔诚地迈着稍显沉重的步伐行走在冷风雪地里到长辈家拜年。我随着到我家给母亲拜年的同辈们往长辈家赶去，我不会错过今年的故乡拜年。

这就是乡愁，总也忘不掉的乡愁。那么久远，那么简单，那么浓烈。因此，我用笨拙的笔记录已远去而对我来说又历历在目的乡愁。

著名作家陈忠实在《回家，回家》中深情地写道："我走过一些名山大河，多是以观赏的眼光去看的，新鲜的惊喜是自然发生的，也曾把那种感受诉诸文字。然而，那些感受完全区别于面向眼前这条灞河的沉静心态。这是家园，回归家园所产生的沉静心态，是在家园之外的别处不曾有过的。"从部队转业到地方工作后，我回故乡的次数多了起来，尽管故乡已经失去原有的样子了，但拾起故乡原有的记忆，手写我心，记述我早年在故乡生活的岁月的意念越来越清晰和强烈，几近有点神魂颠倒。若不是因学浅笔笨，也许会有更多的乡愁流注笔端，以解思乡之悠悠。

豫东平原，一个名叫东郎的小自然村安放在黄河故道内，毗邻尉氏、鄢陵两县，与扶沟县接壤，贾鲁河从村东边自北向南穿越，康沟河沿村西头横亘南北，夹在三界交会处、两河之间的平坡地就是我的小村庄。村庄不大，在没经规划的树林中掩映着，既没有古色古香的建筑，也没有历史文化典故。弯弯曲曲的街道旁，各家各户低矮的土坯茅草房被土院墙包裹着，加上个别户的青砖红瓦房舍，组成了一个自然的村庄，勾画出小村的意境。这是我记忆中改革开放前的家乡。

我在故乡生活了不满十七个年头，在城市生活近四十年了，至今我没把家乡、故乡这样的词与生活所在的城市连接在一起。每当别人问我："你家是哪儿的？"我总回答："尉氏的。"这种故乡的概念是很难清晰地用几句话说明的。我时常对子辈交代："你的家乡就是籍贯，就是出生地，就是祖籍。当下居住的城市，是住址，是现在的家。这一点不能混淆。"谁会忘记自己的根呢？家乡再穷、再破、再遥远甚至不美丽，是家乡土地的滋养，托起了你当初脆弱幼小的身躯，为你的成长筑起了根基。常有人说，一个人这一辈子能够去的地方很多，但是能够回的地方不多。细想，当一个人身心疲惫，在外漂泊几十载，或者是功成名就，收获万贯家财后，最想去的地方也就是故乡了。用文字书写故乡的愿望越来越强烈，感悟和沉淀得越来越深。

每日，晨曦中的村落总是伴随着枝头鸟儿吟唱、鸡鸣高歌，在一缕缕阳光的照射下，在晨雾的包裹中揭开面纱。还有鸡鸣狗吠的傍晚，黄昏时还会听到虫吟蛙鼓。还有欢腾不息的小河，袅袅的炊烟……

一棵老榆树长在村子的中央，一口大钟悬于树上。"当啷、当啷"的钟声把出早工下地干活儿的人从自家小院召集到老榆树下，清一色的男人，或站或蹲，围成一堆，等待生产队队长派活儿。张三李四做这，大爷二叔干那，生产队队长三言两语，就把活儿安排妥当了。出早工的男人，或许还没完全从睡梦中舒展筋骨，走路不太麻利，不见虎虎生风之气，腰板似乎也不太硬朗，但远远望着这些从泥土中摔打出来的男人，如同色调浓重的图景，厚重的色彩中带着温馨的故事，灰黑单调的衣着中饱含着色彩斑斓的生活。

早晨妇女们一般是不出工的，都是在家做饭，喂鸡喂鸭。这时的村庄显得自然有序，天地有机融合，万物生机无限，人畜和谐共处，平静中透露忙碌一天的初始。

上晌、下晌，劳力都下地干活儿了，留在村里的多是老人孩子。一年四季村里基本都是安静的。村中央十字路口、老榆树下、大队部旁斜坡处是老人带孩子聚集玩耍的地方。

到了黄昏时分，余晖脉脉，洒在村庄破屋草房上。不多时，一团又一团的炊烟舞动，让乡村特有的精致画图飘浮起来，有了动感。晚饭炊烟生，昭示着农民忙碌一天的结束。如果善于捕捉景色，你会看到，余晖似断线一般，洒在村庄的犄角旮旯，窄而弯曲的村内小道，如涂抹了色彩的剪影，连接着家家户户。放学的小孩跳动着，在小道行走玩耍，如跳动的音符。远处不时传来牛、马、羊的叫声，牧童踏歌而归，又一个田园牧歌画卷安详地徐徐铺展开来。

晚来风静。偶尔会传来母亲唤孩儿的吃饭声，在村子的上空显得尤其嘹亮，似优美的乐曲，余音悠长，温馨动人。

远不止这些。村头如今断流的小河，曾给童年的我带来无限的欢畅。它让我在春秋季节里摸鱼虾，夏日里光着腚在水里玩耍纳凉，冬日里在河面上滑冰，种种情景时常出现在眼前。如今，它虽然干涸了，却如深埋在我眼窝里的两道泪腺，永远不会流干，让人依旧留恋。

村中央的那棵老榆树，不知何年何月因村里道路拓宽被伐掉，但挂在树上多年的古钟敲击的响声，始终在村里几代人心中，不会消失。对于十几岁便离家参军远在他乡的游子来说，常常梦见两人才能合抱住的老榆树那粗壮的树干、茂密的枝叶。老榆树，是神奇的树，是村庄的象征，是挡风遮雨的大伞和依靠。

还有我家的老屋，是20世纪80年代盖起的，村庄如今少有的几户低矮、破旧、砖瓦木质结构老屋，似风烛残年的老人弱不禁风，如雨后的蝉鸣，在夏季的午后绵延，叫得人失魂落魄。

我曾几次想拆了老屋盖新房。母亲说，你们不常回来，这老屋能遮风挡雨就行。起初，听母亲说这样的话，我并没往心里去，想着母亲是怕花钱。又过了几年，我劝母亲进城居住。母亲却说，住在老屋心里踏实，越老越有家味，根扎在这老屋，魂也在这老屋呢！

我当时为之惊讶！没想到母亲对老屋的理解如此深刻。如今，我明白了，老屋是沉淀心灵的去处，是游子灵魂安息之地。

清代郑板桥曾言："吾毕生之愿，欲筑一土墙院子，门内多栽竹树花草，清晨日尚未出，望东海一片红霞，薄暮斜阳满树，立院中高处，俱见烟水平桥。"可见这种回归田园的心愿，古今中西相同。这里无所谓仕与隐，也无所谓城市与乡村，人与粮食、土地与村庄，一切自然而然，呈现出最本真的生存状态。

随着年龄越来越大，我的乡愁也越来越浓，如陈酿美酒，时间越久，越发显得醇厚芬芳。我不仅对故乡小村、小河、老屋等怀有敬畏之心，而且有对故乡生活形态的认识与悲悯。

有谁会忘记故土呢？家乡的陈年旧事、一草一木、一砖一瓦，如刻在心中，挥之不去。

不是吗？潇洒豁达的李白叹息："此夜曲中闻折柳，何人不起故园情。"沉郁顿挫的杜甫感喟："露从今夜白，月是故乡明。"乍暖还寒时，李清照轻吟："雁过也，正伤心，却是旧时相识。"马尔克斯则在静默中写下："只有当你远离家乡，来到某个陌生的地方，'家乡'的面目才会变得清晰起来。"

何尝不是哟！我对故乡常常因为熟悉而陌生，因为分离而思念清晰。

改革开放四十多年来，故乡早已焕发了新颜，乡愁的符号也注入了新的元素。我因为血液中流淌着故乡的情感，带着体贴入微的感情温度去亲近故乡、品读故乡、回味故乡，无论故乡如何变，不变的是我心中的乡愁和对故乡的怀念！

这不只是对故乡远去的陈年往事的记录，更是为我自己、为我的父辈们记录。他们经历了种种变化，而且仍将承受种种变化带来的欢乐、痛苦、艰辛和煎熬。但他们受教育的水平，为生活而忙碌的状况，常常不能让他们有时间、有文化、有能力记录曾经的生活。到了我们这一代，故乡已经是新的了，我们有了迫切的记录故乡的希望，并致力于去实现完成这份对故乡的情怀。

树高千丈，叶落归根。叶子最终回归泥土，树却宛若一座精神的丰碑，矗立在大地上。

童谣岁月长。书名采撷了"西岗"二字，收录短文多是叙述我童年、少年时光在故乡小村中生活的点滴烙印，是我对故乡这片厚土的认知思索，也是我对故乡的眷恋。

我想起了部队一位老首长在微信群里发的一首短诗，诗中对家作了形象的比喻：

少年时代
家是个名词
和娘一个意思
青年时代
家成了动词
以军旅作注释

中年时代

家变为介词

为三代人加力

现在老了

家成了形容词

里面只剩下诗

　　同感。集子其余文字，是近几年游走他地和工作上的一些散记和人生感悟。书共分"回望乡土""细雨流光""沉吟至今"三辑，是《零碎记忆》集子的延续，算是对自己转业到地方工作的记录，也是人生的又一种总结。正因为爱文字，才写了这本集子。由于水平所限，写得浅显，写得不足，写得不美，但都是我心灵的讴歌和灵魂的寄托。

目　录

第一辑　回望乡土

　　人世沧桑，唯有土地依旧。古老文明在历史的动荡中迟缓前行，犁铧沉重，但土地的生息枯荣和庄稼的新陈更替，成了乡下人生存的全部。身上的粗布衣衫、田垄里的绿苗、村头的干涸河床、树林中的枝叶、菜园凄美的晚霞等，共同构成乡土沉默而永恒的风景。

故乡拾遗

菜园

20世纪六七十年代，我所在的自然村共设一个大队四个生产队，每个生产队有一个菜园子，有五六亩大小，供生产队人员免费吃菜。

我对故乡的菜园子记忆犹新，除了能分到一些新鲜蔬菜，我更喜欢菜园子里的热闹和田园风景。我们生产队的菜园子正对着通往村里的一条主干道，四四方方、平平整整。与周围的土地相比，菜园子四周多了一排小树，有桐树、杨树、柳树，碗口粗细。菜园子地头还栽有刺手的花椒树，那是防止人顺手摘菜用的围挡树。菜园子中央搭起一个茅草屋，那是种菜、看菜人的住处。茅草屋一角有口井，是那种铁链子带皮碗子推磨式才能出水的井，茅草屋和井周围被勤快的菜农平整出干干净净一块地，供在田间劳作路过的村民小憩。

四月，田野已经泛青。生产队的菜园子和春天一起到来，种菜的老人穿梭在泛绿的菜园子里，像伺候婴儿般收拾着菜苗。井水在驴的拉动下呼呼转动，细细的井水流入干渴的菜地。不经意间，韭菜、荆芥、香菜、香葱等带叶子的菜捷足先登，破了土，长高了，就可以采摘分吃。韭菜割了一茬又一茬，随后，豆角、丝瓜、青椒、茄子、西红柿、黄瓜、脆瓜、菠菜……展一层翠，叠一层绿。到了秋天，白菜、冬瓜、南瓜滚动一地，似铺一层银、压一层金。萝卜、大葱深埋土中，茎粗叶肥。那时，故乡还没推广塑料大棚种植，种植的都是时令蔬菜。随着季节的变化，菜园子被各种各样的蔬菜嫩叶、花朵和肥壮的果实装得满满的。

再看去菜园子领菜的人，有老人也有小孩儿，有结伴玩耍来的，有收工拐弯到菜园子的，或早上，或中午，或夕阳西下时。菜园子成为村民的一个集结点、一个中转站，不间断地有人来往，在菜园子中间穿梭，领一把韭菜、几棵葱，匆匆赶回家去做饭。有的领了菜也不急于回家，在菜园子里坐上一会儿、说会儿话，领略菜园子独特的风景和气息。渴了掬一捧从水井里抽出来的水就喝，饿了不顾看菜人的反对摘下黄瓜、西红柿、茄子，在衣袖上蹭两下张嘴就吃。

看管菜园子的一般是上了岁数的老人，既是种菜的行家里手，也是勤劳负责的人。银大爷管理菜园子时给我留下了极其深刻的印象。他年近七十，整天吃住在菜园子里。除了天天见他在菜园子里忙碌的身影，就是见他闲时蹲在菜园子地头，吸着旱烟，笑眯眯地看着过往的乡亲。

"银大爷，歇啦？"有人路过就向银大爷打招呼。

银大爷有时蹲在茅草屋旁，有时蹲在路边，遇到有人打招呼，有时点头，有时应答。见到同龄人，老远就摆手："歇会儿，抽一袋烟吧？"

"不了，牲口还等着上槽呢。"同龄的过路人回答。

晚霞落在菜园子上，四周慢慢静了下来。老人安静地注视着路过的乡民。夜晚，广袤的田野又剩他一个人了，他是那么安静、从容。他孤独的镜头永久定格在我的心头。

随着年龄的增长，我对菜园子有了深层次的解读。正如一位学者说过，田园不是个地方，田园只是一种状态。田园不独属于陶渊明，也同样属于李白、杜甫、辛弃疾。每个人生命里面都有那样一段惶急心情需要托付，托付给土地田园的时候，我们才会露出会心的微笑。不管多么匆忙，不管如何胸怀壮志，不失去田园，我们才可能"充电"，有归属的人才有可能走得更远。如果说田地是农民们挥舞镰刀、锄头的战场，那生产队的菜园子是否就是别具一格的田园风景呢？

生产队的菜园子中有宿鸟归来，有柴门掩映，关一道门，凝视一段飞鸟掠过天空的痕迹，你可就拥有了一片田园的生活。对今天的都市来讲，田园不是土地，田园也不是别墅，田园不需要有多大的土地才能去享受。是啊！也许田园就在写字楼边、柏油路上，就在你结束一天的工作之后，就在你远行归来的那个时分。田园，有的时候就是这样随性和天真。

树林

森林总是给人一种铺天盖地、大美无边的感觉。身处其间，只觉天地合一、时空停滞，令人着迷，甚至忘记自我。

故乡的树林没有森林那么漫无边际，一眼望不到边。它在我的故乡村庄的东头，十多亩大小。树多为桐树、杨树，夹杂着少许的榆树、槐树，有大有小、有粗有细，显然不是一茬种植的。树与树有些相互遮挡，影响生长，几近无人管理，有点恣意疯长。成材的树被生产队砍伐做上房材料用了，有的卖成了钱。在追求以粮为纲的 20 世纪六七十年代，村里保持着这么大一片树林也是不易的。

初春，远远望着故乡的树林，看到的是泛绿的树梢参差不齐，遮挡着人们的视线，阻断了树林以外的田野庄稼。走进树林，看到的多是绿茸茸的芳草地，其间夹杂着鲜艳的小花，在树林下倔强地露着头，微风吹过，有些急于生长的势头，与周围田地形成强烈的视觉反差。站在林中放眼望去，有的地方能望穿树林见到一丝亮光，有的地方被树木遮挡断了视线。已是初春，树林虽有些阴森，却弥漫着万物复苏的景象。

在夏季走入故乡的树林又是另一番景象，各种树木大叶小叶，把毒辣的太阳遮住，风吹进林中，出奇的阴凉，只要步入树林就格外惬意。乡亲们干活儿热了就往树林中钻，找块平整的草坪或者是在一片土坎上坐下，美美地凉快一会儿。我还是个淘气的孩子，用不着下地劳动，放学或者是放假了就背个草篮子去割草。时常，我约上几个小伙伴一头钻进树林，在那里捉迷藏、"打游击"、逮小虫小鸟，乐在其中。时间在快乐玩耍中匆匆而过。余晖马上没了，草篮子却还空着，回家怎么向大人交差？有小伙伴就选一棵树爬上去，将几把树叶丢在树下，下树后把从树上将下的叶子拾起装入草篮子，几下子就把草篮子装满，甚至折断些树枝铺在篮底，把篮底的空间填充一下。有时为了逼真，还会在上面压上薄薄的一层青草，下面全是树叶或者树枝，以求瞒过家长。

天将向晚，几抹红霞飞散。有时夜半，还有人在树林中纳凉。一轮明月掠过树梢，把一排排树的剪影印在人们身上，纳凉人和着树影进入梦境。有时，天幕垂，小雨至，站在树林中听雨看雨，雨帘染成五色线、七彩帘，既显示着大地的生机和活力，又给人一种心灵的慰藉和享受。

进入秋冬季节，树上的叶子慢慢悠悠地飘落，由于树种不同，树叶凋零相差有日。透过阳光，能看见大小不一的叶子簌簌飘向大地，是那么安静、美丽。日出而作、日落而息的村民不会感受、欣赏它的美，但不管你关注不关注它，它就在这里，来无声、去无响，陪同村民守护着家园。

如果说春天的树木用所有的枝叶招摇舒展，向天空致敬，那么在秋冬季，故乡这片树林就用它全部的落叶俯下身来向大地感恩、向故乡致敬，用一次次彻底的陨落腾空季节，为下一轮的春风留下足够的生命空白。

所以，对故乡的思念与回忆，并不是为了怀旧，而是不忘来路、不忘初心、记住乡愁，更好地去迎接明天的阳光。

夏夜

印象中，故乡的夜晚，尤其是夏夜，总是从各家各户升起袅袅炊烟、从火红火红的晚霞悠悠落地开始的。此时的故乡，多了些许温馨、从容和宁静，农家院落里的鸡早早上了鸡架，羊、牛全都回了棚圈，远飞的燕子归巢，在屋顶喃喃自语、啾啾唧唧。小院门前被没下地干活儿的人打扫干净，端来一盆水洒在地上压住尘土。顿时，门口干净清凉许多，只等下地的劳力回来吃饭。

天黑下来，村里闷热、潮湿。伏天的夜晚是难眠的夜晚，大人小孩、男的女的全部端着饭碗出门吃饭纳凉。村庄就这么大，有风的地方就会有人，久而久之也就形成了串门吃饭纳凉的习惯。

我记得村里纳凉的人星星点点、或多或少，比较大的纳凉点分别在村中央十字路口、离我家不远处的一排槐树下，还有一处靠近大队部。纳凉点大人小孩、男女老少混杂在一起，有的席地而坐，有的顺手脱掉鞋子垫在屁股下面，讲究的人家拿着凉席。大家聚在一起有说有笑，谈庄稼农事、唠家长里短，内容包罗万象，给故乡漫长的夜晚平添了乐趣，勾画出最美的乡村夜话景图。

夜风不知何时就止了，人们手中的芭蕉扇就会摇动得更快。"啪啪"，拍打蚊子的声音时不时地响起。最快活的是儿童，多是光屁股猴子般追逐着、呼喊着，在纳凉的人堆儿里穿梭，搅碎了这沉闷的夜。

月到中天，凉风习习，会有人咳嗽一声，说："早点儿歇吧，明儿个还要早起下地。"有人就叫醒睡梦中的孩子，拉着、抱着孩子往家走。有些人不想走，就在原地美美地睡上一觉。

夜沉了，萤火虫在空旷的乡野间若明若暗地飞来飞去，我伸手，好似把萤火虫抓在手心，手一松，却什么也没抓到。

我稍大点，爱在故乡夏夜的纳凉点仰面躺在凉席上遐想，那美丽的星空、深邃广博的天幕，镶嵌着珍珠般密集的星星，浩瀚的银河流传着牛郎与织女的传说。那皎洁的月亮，洒下融融的柔情，它为故乡的夏夜织造出神奇、迷离的色彩。故乡夏夜纳凉的习惯，早已融入农村人的生活，这一习俗，凝结出人与人之间亲爱友善的伦理体系。

腊月的街景院落

早年的故乡，进入冬日，寒冷静寂，乡间田野一片枯黄无绿，村庄几近静止无动。入腊月，静止中悄然有了骚动。我想到了诗人穆旦所作的《在寒冷的腊月的夜里》："在寒冷的腊月的夜里，风扫着北方的平原/北方的田野是枯干的，大麦和谷子已推进了村庄/岁月尽竭了，牲口憩息了，村外的小河冻结了/在古老的路上，在田野的纵横里闪着一盏灯光/……在门口，那些用旧了的镰刀/锄头、牛轭、石磨、大车/静静地，正承接着雪花的飘落。"略显荒芜的村庄里，虽然是北风凄紧，寒意彻骨，但也能看到、忆起并感怀农村生活的灵魂和气息。诗人目光里全是与农村人们生活密切相关的事物，一种慰藉的力量。那些被岁月销蚀的事物，散发着悠远陈旧的气息，锄头、牛轭、石磨，是承载无穷回忆与希望的容器。这些事物也许仅为自己存在，然而在广博的大地上，诗人倾听村庄的声音，真正领会到家园的存在。

街上

村庄的道路，村民一般不叫道路，而叫街上。上街上喷空儿、玩闹是村民固有的习俗或生活方式。20 世纪 80 年代，故乡纵横交错，就那么两三条道路。

深秋过后，种上的小麦刚露头不久，就入了腊月，这是农村少有的一段空闲日子，上街上喷空儿的人多起来。像现在城市年末岁尾一样，街道喧嚣杂乱，人员往来匆匆，都为一个"过年"。

放眼故乡腊月，小村的街上虽然没有什么景色，但街中总有闲坐的人，固定的地点，固定的人群，或依墙而聚，或犄角一聚，或一棵大树下围拢扎堆，你一言他一语地闲侃。寒冷的天气阻挡不住他们扎堆喷空儿的热情，家人的呼叫也打不断他们的兴头。

初入腊月，也有妇女们到街上喷空儿，与男人不同的是，妇女们手中不是穿针走线纳鞋缝衣，就是手捧箩筐剥花生、脱玉米棒子等忙活着，还有的妇女被子孙绕膝哭闹得手忙脚乱，反正闲不下来。

入了腊月中旬，妇女们开始在家洗洗刷刷，准备年货，扎堆喷空儿的只剩下清一色的老少爷们儿。到了极寒天气，就近拾来谁家的柴火点燃，呼呼的火苗在空旷的街上蹿起老高，一点点、一处处，不长的街道有时散漫着好几处火堆。篝火不仅仅烤温了他们的身躯，也能让人体会到那是钻入心窝里的温暖，这种温暖多是老少爷们儿一起东家长、西家短海阔天空悠哉喷空儿的习俗，甚至是争吵后带来的一种情感的释放，是打断骨头连着筋的天然亲情，因为都是一个村庄的人。

篝火一旁，男孩弹弹子、推铁环，女孩压纸包、捉迷藏、踢毽子，嬉戏玩笑，银铃般的笑声融化着严冬的寒冷。

放眼街上，还会看到，有的人缩脖缩手倚靠着自家门槛东张西望，见了街上流动的人就问："忙啥呀？"如果到饭点就问："吃了没？""喝了没？"问答都是家常话。

鸡狗猪羊偶有出现在街上吠叫，枯干的树梢上不时有几只麻雀叽叽喳喳跳跃，这些牲畜和精灵般的鸟儿与人融合。

腊月虽然寒冷，但在我看来，故乡街上，村人闲聚则属于一种深思恬静的生活，在这个月份孕育着春的气息、节日的喜庆。

一个飘雪的傍晚，我从外地走进故乡，站在村西头的土岗上眺望村中，村庄低矮草房，土坯院落，在雪的映衬下似连成朵朵洁白的浪花，我仿佛在梦境里看到仙境，村在画中动，安静、洁白、火焰勾画出一种清新浪漫的景象，充满诗情画意。此时，美丽的村庄意境告诉我，深扎大地，祖祖辈辈与泥土融为一体的故乡的腊月，安静得如此多娇，朴实得不需要任何修饰，就像安静充实的心灵，不需要任何渲染一样，美在深处，暖在大地。

目光穿透曼舞的雪花，发现村中一棵古榆树下，有一处火苗蹿起，与飞扬的雪花形成鲜明对比，格外耀眼。

"雪中还喷空儿啊？"我走近看，三叔、二大爷等七八个人不畏雪花飞扬仍在扎堆喷空儿。雪花没有冲散他们的兴致，却给他们的闲聚增添了浪漫味道，使他们迟迟不愿回家。火焰映在他们的脸上，脸也渐渐泛出火光的红色。在这样一个雪天，木柴燃烧时噼噼啪啪的声音给宁静的村庄增添暖暖春色。儿时记忆里，故乡冬季里无论是街上还是家院，总有这样一簇火苗燃烧取暖。正如汪曾祺笔下"家人闲坐，灯火可亲"的描写，火苗中折射出故乡大家庭的温馨氛围。

"这雪湿不了人，你也过来挤挤烤烤。"二大爷对我说。我没蹲下，立在一边，盯着渐渐小去的火苗，我在想：是什么力量让村庄这些老人顶着寒雪一起喷空儿呢？他们不是因为待在家中孤独而走出家门，而是对生命还抱有希冀和温暖的追求。

不是吗？时序更迭，四季循环，由恬美成熟的深秋进入严寒的冬季，凛冽的冬季像走完了人生的一个历程，正期待另一次新的蝶变，正企盼另一次新的突破，再展开另一幅生命的画卷，以期待另一个春天的来临。

院落

我参军那一年，村庄还没有规划，各家各户的院落星星点点散乱着点缀在一起，组成自然村庄。三年后我从部队休假回乡，发现村里已经规划，每户分得四分宅基地。这期间农村刚刚实行土地联产承包责任制，仅两年时间，农村解决了温饱问题，很快故乡进入了打坯烧砖、盖房建院的快速发展时期。没用几年，一排排青砖红瓦房——堂屋坐北朝南、厢房坐西向东——建成，各家各户有了较为规范的院落。

到了深冬腊月，俯瞰着故乡的院落，家家院落栽植的或大或小的树的叶子都落尽了，只剩下根雕般的枝干，低矮的屋房与树木带着枝丫的粗犷线条，如硬笔书法，映在天空的蓝底上，村庄院落水墨画般走进你的视线。

其他季节，村庄院落是藏着的，藏在树枝的环抱里，藏在叶子的手掌中，像那些雀儿，只管叽叽喳喳鸣叫却看不见它们，它们被树荫护佑着。

进入腊月下旬，街上喷空儿的男人回到自家院落开始过年的准备。男女分工沿袭着祖上传下来的男主外女主内的规矩。男人把自家院落、屋内房顶、犄角旮旯用笤帚扫了一遍又一遍，农具、家具、杂物有序摆放一角，拉来新土把粪池覆盖严实，把积攒一年来的树木棍、树根疙瘩劈开当柴火码放整齐，以备年三十炖肉、蒸馍用。

顿感小院焕然一新。冬日里难得宽厚的阳光顶着凛冽的寒冷洒在农家小院，小院顿时沐浴在淡淡暖光中。

系上围裙的家庭主妇在屋内屋外来回穿梭，忙着准备过节的吃穿。洗洗刷刷，浆浆补补，添置一家大人小孩过年的衣服。那个年代物资匮乏，年货大多准备磨白面蒸白馍，磨豆腐炸豆腐，炸丸子，素菜多是备了一大堆萝卜、白菜和大葱，割上几斤肉，条件好的宰几只鸡鸭。大人们为过年而未雨绸缪营造出来的锅碗瓢盆交响曲是最值得回味、最幸福的儿时记忆。

年三十炖肉是故乡春节的习俗，这一天也是一个祭日。炖肉一般是男人主厨，一大早，男人把肉清洗干净下入地锅，点燃提前准备好的炖肉劈柴，火苗在灶洞里呼呼燃烧，呼呼的拉风箱声如跳动的音符有节奏地响起。大火炖至八九分熟，小火慢炖，这时肉香味逐渐弥漫开来，男人往往会坐在灶台旁盯着灶内仍在丝丝燃烧的火苗，点燃一根手卷烟，随着锅内飘出的肉香味一同狠狠地吸上几口，孩子们趴在厨房门口，眼巴巴地等着大人掀锅盖啃骨头。无论是大人还是小孩，那种垂涎欲滴的场景如今想起来仍历历在目。接近中午，肉烂起锅，男人先用筷子夹起一块四方肉放进碗中，双手捧到堂屋，放在中堂柜上，点上香，双膝跪下磕三个头，口中默默念语，祈求祖先回家过年吃肉。待祭罢祖先，大人把剔出来的骨头分给早已眼巴巴、嘴角流口水的孩子，孩子拿着骨头跳跃而去。

故乡辽阔的冬季格外寒冷，各家各户院落表面上都是平和的、安详的，甚至寂静得有点孤独无聊，但内心，又都是忙碌的、欢喜的、充实的、温暖的。

依稀记得小小院落有说不完的故事。腊月里的雪后，我和小伙伴在自家院子里扫开一块小小的空地，用一个圆圆的笎筐，底朝上，拿根小木棍支起一半来，笎筐底下撒上一把谷米，用根绳子一头系住小木棍，另一头拉进屋子里。小伙伴们藏在屋里，透过门缝瞅着外头的动静，一旦飞来贪吃的麻雀进入笎筐底下觅食，就猛地扯绳，小木棍被扯倒，笎筐扣地，麻雀十有八九会上当受骗被捉，有时候鸡也会误入笎筐被捉。

我家小院，东西院墙内种植了几棵榆树，临街墙面种有一棵槐树和一棵椿树。腊月里父亲一般不外出，多是在小院里整理一下农具，修理牛马骡配装。中午难得阳光照进小院，父亲会坐在老椿树下的石墩上抽一袋烟，鼻息里涌出丝丝缕缕的烟，那种神态定格在我家小院和我的脑海。父亲偶尔也会在面前的石墩上放一大碗白开水慢慢喝，眼睛望着干净整齐充满喜庆的小院，父亲不觉间转换为一种沉静。那时我还年轻，不会洞察人事背后的故事，只认为父亲此时是一种静坐休息；现在看来，腊月里父亲平静的背后充满着无限的劳神。既要盘点一年来的收成好坏、年如何过，也要谋划开春农耕的种植，如何让小家庭越来越殷实。

对于步步逼近的春节，人人关注，亦各有侧重。有的欢喜于春节的即将来临，欢悦于将要增添新岁；有人忧愁于采购过年吃喝食材、添衣增物的花费；有人伤感于又要别离一秋。愁也罢，喜也罢，时间这艘大船，从来都不会顾盼人的心事和怜惜人的表情，它只是一个劲地向前挺进，从来都不肯停歇靠岸。

作家苏童写道："一个人如果喜欢自己的居住地，他便会在一草一木之间看见他的幸福。"

是啊，我从故乡腊月寂静的寒冷中感悟到故乡的温暖和心灵的寄托。

每一段记忆都有生命，问题是如何唤起它的灵性。每当我怀念故乡的时候，挥之不去的是只有那里才有的声响、光影与味道。

小时候，我如铁疙瘩一般，胖且不长身高，母亲很是愁。我记得很清楚，一连几个除夕，一家人吃过饺子，母亲悄悄拉着我到小院门口西侧的椿树旁，对我说："扶着树用劲摇。"母亲说一句，我学一句："椿树长，椿树高。你长长，我长高。你长长来做栋梁，我长高来添衣裳……"母亲扯着悠长的声音轻轻地教念，复述三遍，我随母亲默念，仰起头看，椿树除高高挺拔外，并无其他神奇之处。母亲祈祷上苍助我长高那神态虔诚，至今在我眼前呈现。

椿树是否有灵性，可否保佑我长高不得而知。母亲让我扶着椿树摇动，其意义是否因椿树生长快且挺拔寓意助我快长，至今我还不明白，也许母亲知道民间传说，不便多讲。最终我没有在母亲盼望中长得高大，几年后勉强达到参军体检的标准。参军三年探亲回家，母亲在村头接着我，一把拉着我的手说："又长高一点，又长高一点。"好似心中一块石头落地。

腊月满，故乡处处可见"出门见喜""满院春光""吉祥如意""富贵平安""国泰民安""千门万户瞳瞳日，总把新桃换旧符"等春联，祝福祖国生机盎然、欣欣向荣、日新月异、国富民强。这时，故乡的过年才真正开始啦！

船橹轻摇，一叶扁舟驶进时光之海。

时光荏苒，几十年过去，故乡各家各户房屋小院早已翻建多次，而我家小院旧屋仍旧保留着，便于我回味、怀念，寻找故乡的旧味、旧事。

回家之路

　　一个是我出生在乡下的家，一个是我工作和成就事业在城市的家。是家就有牵挂，有了牵挂，我就在两个家之间不停地奔走、不停地漂泊。

　　走在回家的路上，勾起我无限的遐想。

　　我在家与家之间不停地跋涉，有了越来越多的人生回忆和感悟，这种回忆和感悟渗入笔墨之中，以笔墨的粗线条来勾勒走在回家的路上的心情。

　　我不敢对家与家奔走的历史空间有过于庞大的文化阐述和祈祷，只希望自己笔下的文字能有一种苦涩后的回味、焦灼后的会心、冥思后的放松、苍老后的释怀。

　　出生地的家叫故乡，始终留有烟火气、生活气、泥土气；留有乡愁、亲情、魂牵梦绕；留有天真、温馨、留恋；留有炊烟、牧歌、柴门；留有田野、小河、花鸟；留有同桌的同学、羞涩的初恋；留有童年、少年、青年的苦辣酸甜的记忆……是云卷云舒的自然之美，是返璞归真的心灵愉悦。

　　在城市工作，有洒下奋斗的汗水、心血、付出、收获；有高歌、有浪漫、有幸福；有挫折、有痛苦、有悲伤、有彷徨；有屈服、有骄傲、有人生的高度……是人生奋斗需要向往高处的阳光，是十月收获季节沉甸甸的果实。

　　称家的地方，就会是一直向往的地方。思念中有她，愉悦中有她，痛苦中有她，有她，有她，都是充满感情的、思念的、凝聚的、奔放的、固化的……

　　走在回家的路上，总有诉说不尽的故事。

在豫东贫穷的家，我度过了童年、少年和刚步入的青年。漫漫人生路，十几个春夏秋冬虽然短暂，但身上始终带有母体温度、泥土芳香，有说不完的乡愁、道不完的亲情，也有写不尽的故乡拾遗剪影。比如，认知蝴蝶是在故乡原野的花草中，它们飞来飞去，在野花上停留也只是轻轻摇一下头或者点一下头，这是大自然给予的馈赠。还有野草，野草总是和人抢路，总想趁人不注意悄悄地将人走的路占住；总是和庄稼争夺养分，总想趁人不注意疯长，高出庄稼。而人呢，也和它较劲，往往把野草踏死在路边上，剔嫌出庄稼地。这一切都特别难忘。

更忘不了的是故乡人。对故乡人的亲情认知，是那么浓烈与自然。时常有三五成群的人带着泥土芳香寻门而来，请他们在外面餐馆吃饭，他们会说破那个费干啥，在家里吃，在家里赶上饭时有什么饭吃什么饭，不讲究有菜无菜、菜好菜孬，但必须有酒。几杯下肚，必谈儿时家乡爬高上树、挖坑钻洞、偷瓜摘果、撵狗打鸡之类的趣事。往往一下子把我拉回乡下的家，是那么酣畅淋漓。身没入乡，灵魂早已游走在故乡了。正如李白的"由来征战地，不见有人还"，苏轼的"我欲乘风归去，又恐琼楼玉宇，高处不胜寒"，孟郊的"慈母手中线，游子身上衣。临行密密缝，意恐迟迟归"，关羽的"身在曹营心在汉"，其回归心情，正是我长期对故乡心存的意念，始终留下夕阳渐沉、红霞满天和流年易逝、情怀永年的思故之悠情。

离别多包含勇气和无奈，我常慨叹："滚滚红尘古路长，不知何事走他乡。回头日望家山远，满目空云带夕阳。"

好在是，在今天生活奋斗的城市的家，让我感到家的另一番滋味。身为八朝古都的开封，先后有夏朝、战国时期的魏国、后梁、后晋、后汉、后周、宋朝、金朝等相继在此定都，给中华儿女留下那么璀璨文明的历史，留下古城厚重的文化。我在城市的这个家的滋润下，成就了我的工作事业，实现了我的价值追求。开封作为我的第二故乡，不但让我对其有着日渐浓烈的依赖，而且给予我生活上的温暖，是我事业上的动力与源泉。我时常游走在古城的大街小巷，如同走在故乡的乡间小道；品尝着古城的一道道名吃，如同童年妈妈的味道；

在开封的景点游览，如同少年时期在故乡小河边、大树下、祠堂内等固定点的玩耍。市民成为乡亲，楼单元成为邻居。俗话说："远亲不如近邻。"杜甫的《客至》云："盘飧市远无兼味，樽酒家贫只旧醅。肯与邻翁相对饮，隔篱呼取尽余杯。"现在，城市的家已刻在我的骨子里、融入我的血液中。每当我因工作出差、旅游暂离时，心里也思念着城市这个家。

"军人都有两个故乡，一个在驻地，一个在远乡。"战友创作的《军人都有两个故乡》的歌词，道出了家与家的不同、家与家的情怀、家与家的思念和恩情。

"长大回家，又有几天可以不用说普通话，老友相聚，合影像一张泛黄的油画，我们认真地排着谁小谁大……"此时，我又想起著名节目主持人白岩松的诗歌《长大回家》。长大后，我有了两个家，两个家两种乡愁，把乡愁融入奋斗人生，其人生意义不仅仅是快乐、享受呀！

在我人生的信条中，一个人至少拥有一个梦想、一个理由去坚强。心若没有栖息的地方，到哪里都是在流浪。走在家与家的路上，我记住了乡愁，如同记住了春天；记住了乡愁，如同记住了社稷；记住了乡愁，如同记住了祖宗；记住了乡愁，如同记住了恩情；记住了乡愁，如同记住了根本。此刻，只要把根留住，只要回到根那里，一切都不是问题，因为春来草自青，草的答案不在草本身，而在春那里。

我走在回家的路上，有盼望的心、激动的心、幸福的心，时光愈久，年轮愈长，心中的乡愁愈加醇厚。

西岗散记

它像一条盘卧在那里的龙，南北走向，盘卧在高出村庄半个身高的村西头，故名西岗。西岗南北这一串就是十几个村，是在豫东平原上，由于历史上黄河几经泛滥造成下游故道地貌反复演变而成。西岗之美，美在平原之地上它有延绵起伏的轮廓，沟沟壑壑十几里。西岗多荒凉，荒芜萧萧，满目疮痍，少见平坡田，少有的地为黏黄土。村庄和树木在西岗时隐时现。它不是山却有山的风骨，不是丘陵却有丘陵的韵味。从远处多角度看它，会看到不同的地质地貌。春天看西岗，在岗顶岗坡生长出各种各样的野花，万紫千红；夏天看西岗，少有的庄稼绿植把西岗衬托得绿意盎然；秋天看西岗，黄腾腾的果实琳琅满目，飘香十里；冬天看西岗，沙飞伴着黄叶枯草铺贴大地，旋转着千姿百态。季节的转换为西岗带去多姿多彩、影影绰绰的风雅形态。

西岗周边的人都会经常看到，风从西北吹来，盘旋着越过岗顶向东南翻滚而去，沙土在风的挟裹中吹打到人的脸上似刀割般地疼。树杈被越过沟壑或岗顶的西北风吹打着，发出口哨般的声音，在傍晚时分显得更加刺耳，令人惊悚。印象中西岗有大榆树、大槐树、大柿子树等，离我们村庄不远，有的丫杈撑开像一把巨伞，树干三五个人才能合抱得住，圆周长得有一二十米。人躲在它下面，骤然会感觉到被黑夜包裹着。这些大树，在荒岗上显示着它独特的自然景观。

上初中时我到大姐家所在的村庄上学，每周我都从西岗来回好多趟。从平地到沟谷，再爬过岗顶下坡入平地，往返在我家与大姐家。有时从大柿子树、大槐树下经过时，只要天还早就会停下脚步休息一会儿。途中遇有大风，走在沙岗时，如同遇到沙尘暴，身体被风沙包裹着，像气球鼓圆，眼睛睁不开，轻飘飘地往前走。遇到顶风，身体如负重千斤般躬着，几乎是在往前爬行。深秋，柿子熟了，我会偷偷爬上柿子树摘柿子。一次，我刚爬上树摘了几个柿子，突然听到远方传来声音："给我下来，谁让你偷柿子！"我循声望去，不远处一位老汉正往柿子树走来。我三下五除二从树上跳下来，向村庄跑去，身后留下老汉的叫喊："馋毛，下次让我抓住，看我不把你的腿打断！"我跑出几步回头看，只见老汉站在柿子树下只喊也不撵。我回到家，把柿子埋到小麦囤里，一周后柿子软甜。由于往返西岗上学，西岗的村村寨寨、沟沟田田都刻在了我心里，我闭着眼睛也能往返。那时心思主要用于学习和如何才能吃饱穿暖，所以我以及周围村庄的人没把脚下这片土岗和大树当成宝贝，更不会用审美的眼光注视它的自然特色。

它是普普通通的土岗，岗全是土，没有一块石头，沙土居多，黏土少许。我走累时，常坐在沙堆上，倒去鞋里灌满的沙土，手捧起一把沙土向空中扬去，沙土被风推送出去好远，没风时沙土垂直如细瀑布流下。走在黏土坡上，晴天板结的土地如钢板坚硬而结实，犁子耕过翻起来的土壤如瓦片般，垒起一道道辙沟。雨大过后，尤其是雨下透墒后，泥泞的土地脚踩上去能粘掉鞋子。

那时我走在西岗，生活在这片土地上，除了埋怨它的贫瘠，没有感受到故乡这块土地的美丽和价值。第一次长久地注视它，是20世纪80年代中期，改革开放后农村逐步富裕起来，家乡走进茅草屋换成砖瓦房的年轮，打土坯烧砖盖房。村里各家各户在西岗分了三四分黏土地。这种黏土地是黄河水在此沉淀后形成的淤积泥田，黏土是打土坯的好原料。在自家分的黏土地上，取土积成一堆，用水灌透浸泡成泥粉，用铁锨、铁叉反复敲打翻滚成泥堆，泥堆再醒上半天直至能在手中玩成泥团。这时拿来用实木制作的坯斗，坯斗一般为两块砖头大小，斗的中间用木板隔开。人蹲下用双手从泥堆上取泥，在手中翻腾两圈成泥团状，举过头顶用力向坯斗内砸去，再用双手撑着按压瓷实，揩去多余泥巴，端起坯斗小跑到平整出来的场地，将坯斗立平于地面，用力一搕即成土坯。向土坯模具填塞泥团前，要先向模具底部和四周撒上薄薄一层细沙土，这样往外搕坯时不易粘连。如此反复的制作工序，一天下来快手能打上千百块土坯，打够两三万块装满一窑即开始烧，烧半月左右至成砖。

我家五年内盖起两座共计七间砖瓦房，打土坯烧砖我都参与其中，与西岗这块土地亲密地接触，专注土地的神奇与奇妙。比如，细细的沙土，无论再怎么握也成不了团，打土坯时可作为黏土的底料，还可作为拌石灰的佐材，它的作用神奇且恰到好处。一方水土养一方人。土地对周围村庄的奉献是巨大的。家乡西岗，不但种粮养活着人，还在不到十年间让我的村庄及周围的十几个村庄都靠自家打土坯烧砖盖起一座座砖瓦新房。

我再次专注西岗是农村分田包干单干后，原本相对荒凉低产的西岗，经过勤劳智慧的农民的艰辛劳动，不断深耕并加大有机肥和化肥投放的改良，荒田逐步改良为肥沃田，是红薯、小麦、玉米、高粱、西瓜，尤其是花生种植的好土质。我喜欢在西岗的秋季里收花生，花生藤黄叶掉，松软的沙土用手一拔，花生破土而出，手轻轻一抖沙土全掉光，白玉般的花生颗粒饱满，挂在秧藤上，如画般好看。我弯下腰一气能拔一垄地。将拔出的花生摆放整齐，回头一看，有花生的一头白成一线。把花生拉到晒粮场后，再来到地里将掉在土里或没拔干净的花生用耙子拾一遍。踩在柔软的沙土里，时不时剥开一颗花生填到嘴里，那个香呀，至今记忆犹新。这个过程，我感受到西岗沙土地的伟大和魅力。也曾发问：沙土地里为什么适合种花生这样的油质植物？后来我查了科普材料才知道，花生种子萌发出苗需要较多氧气，在沙土地播种，出苗快，利于齐苗、全苗、壮苗。花生是地上开花、地下结果，沙土地有利于果针入土结荚，结果多，产量高。花生需水又怕水，沙土地整地排灌等田间管理方便，有利于培育矮壮苗，防止苗徒长。

西岗由于沙土地居多，适合种植榆树、桐树、槐树、柏树以及杏树、梨树、苹果树等，给西岗增添了无限的生机和活力。成片的林，在西岗如排兵的方阵，壮观无比；大路旁小路边的行道树，伴路人如影随形，直达远方；孤独的树如耸立在边防的哨卡，星落密布在西岗，风景独好。这些树有人工种植，也有自然生长的花梗树木，凭着自身极强的耐旱抗旱能力，在西岗占有一席之地。树给了我无限遐想和快乐，树还给我解决过燃眉之急。那一年，我家盖第一座瓦房，快要上大梁时，放在檩条上的椽子少算了两根。当时借不来，又赶不上集会，父亲焦急万分。待到傍晚，我一个人带上斧头悄悄上了西岗，在一个我熟悉的斜坡上把枯死的两棵榆树砍掉扛回家做椽子用。父亲问树木哪里来的，我说西岗枯死的两棵树，父亲责怪我枯树也不应该我砍。但我没想那么多，解决了盖屋缺料问题就中。此时的我为小小的年纪做出令人意料不到的举动而自喜。如今，偶尔回到老家站在老屋内，仰望屋脊，我还能看到那两根椽子。它与众不同，相比其他椽子明显粗壮一些。这是我第三次注视西岗大地给村庄的奉献，这块沙岗生长的树木，多是硬木，是周围人们盖房做木匠的好硬料。

家乡西岗，有着我写不完道不尽的乡愁。几十年过去，我依然会为这块曾经贫瘠的土地写下赞美之词。如今，虽然它被挖掘和取土破坏了一部分自然资源，少了它原有的壮观和平静，但它的地貌清晰可见，村庄肌理还在，所以，还有写不完的西岗故事。

西岗故事

　　西岗有我写不完的乡愁，西岗也有我要写的故事。生活在西岗的人都是我的老乡，老乡见老乡有聊不完的话题。一个春天的星期天中午，几个生活在西岗的老乡聚在一个农家庄园吃饭，庄园被田园风光裹衬着，乡村春色意境浓厚。老乡们聊着聊着，就聊到西岗的沟壑。满哥说，咱们老家西岗的杏树沟，你们还记不记得？沟不深，杏树在沟坡连成一片，好大一片。听村上老人说，这是就近的刘庄、董庄两个村庄经过两三年种植的杏树林，有好几百亩。当时两个村庄为了争抢地界发生过两场械斗，男女混战在一起。有的附和说听说过，有的说记得，有的摇头。满哥呷了一口茶，继续说，那是第二场争斗，董庄十几个妇女把刘庄一名副队长的衣服脱光羞辱他，让他赤裸裸地暴露在热闹混乱的场面。事后副队长倒没在意什么，副队长的老婆不愿意了。于是找队长、跑大队，说是女人们羞辱她老头，把她老头下身抓坏了，丢人呢，必须让这些女人还她老头一个公正。她老头出来对人纠正说，别听他媳妇瞎说，没事，抓伤一点皮。然而，在那个农村封建思想浓厚的年代，副队长媳妇顿时更来气了，说她老头不偏向着她，还替别人说话，这日子没法过，不几日便疯了。她时不时跑到杏树沟披头散发地乱叫。"我的妈呀，羞死人了"的声音，飞过村庄、田野和整个西岗。三年后，年龄不大的她去世，埋葬在杏树沟。杏花白了，黄腾腾的杏子飘香入村，没人敢单独一个人前往园中摘杏，都是结队去摘杏。有时杏烂了一地也没人去拾。据传，经常有披头散发的疯女子出没在杏林，瞪着牛眼般大的眼睛，见谁就撵谁。西岗上的人都说，那是副队长疯媳妇的鬼魂再现，怨恨未消。妇女们上杏树沟都要结伴而行，防止被疯媳妇的鬼魂缠绕住。满哥说："这是发生在20世纪60年代初的故事，我还没出生，也没印象。"我想，疯媳妇鬼魂再现肯定不实，周围群众有恐惧心理是事实。如今，杏树沟地名还在，但沟貌沟形已今非昔比，俱已模糊。

与老乡所说故事不同的是，我在家乡听到的西岗、知道的西岗，甚至经历过的西岗多是美好的回忆。大小沟壑布满西岗，都不太深，都有坡，上午太阳出来把东坡照射得暖暖的，下午太阳移过头顶把西坡照射得温暖有度，一年四季沙土多是干燥地。人们在西岗干活儿做事，累了就躺下晒个太阳。赶集的人路过西岗，总会有三五成群的人，在沙土堆里、大树底下停顿一会儿，像散落的驿站，遍布西岗。冬天，枯草、树杈随风吹遍岗地，供老汉、孩童们拾柴。于是有顺口溜道：沙土窝，沙土窝，太阳一照就暖和；上午东坡暖阳阳，下午西坡春风荡，累了躺下如被窝。

20世纪七八十年代，周围村庄的媒婆牵线说媒，都把男女双方的初次见面选在西岗某一个沟壑，时间久了，便被叫为媒婆沟。邻里田哥与西郎一女子见面，我们三四个八九岁懵懵懂懂好奇好玩的孩童，跟随媒人和田哥本家二叔大婶到媒婆沟相亲。田哥穿着蓝制服，理了小平头，比平时精神了很多。接近中午，男女双方在媒婆沟一棵大柿子树下相见。媒婆介绍完双方来客后，双方都聚在一起拉家常。这时，媒婆就把女方表姐叫到一旁，这是女方来的主客，对她附耳道："男孩个子不低吧？你看白白净净的。要不，让两个孩子单独见见？"只听女方表姐说："个子长得不低，可单眼皮呢。""单眼皮咋啦？长得有神。"媒婆说着就把女方表姐拉到大柿树另一侧交头接耳一番，然后只听媒婆提高声音对女方表姐说："姑娘，你人真敞亮。"不知道媒婆与表姐说了什么话，但媒婆夸了表姐人敞亮，说明表姐同意让两个孩子单独见面了。媒婆说完，紧走几步把蹲在地下玩沙土的田哥叫起来："小田，快！"一手扯着田哥的手走到女方表姐面前。表姐拉着小女孩说："这就是小珍，你俩到那坡沟去说说话。"小珍羞羞答答，身材高挑，确实是个有模有样的小姑娘。田哥低着头在前面走，女孩跟在田哥身后向斜坡深处走去。斜坡深，太阳更暖。我们几个顽童，趴在一低洼处，两个相亲的人并没看见我们，我们屏住呼吸，只听田哥问女孩："你看俺中不中？中了，今后，我会对你好。"田哥伸了伸他弯曲的身板，盯了一眼小珍。小珍两手扯着衣角，抬眼看了看田哥，赶忙又低下头："俺没啥说。给，俺给你买了一支笔。"田哥马上从裤兜里掏出一条纱巾递给女孩，俩人算是交换了定亲物。我们伙伴中的小亮突然高喊了一声："我会对你好嘞！"我们哄笑而起，向坡顶跑去，后面扬起一串飞沙。

在我们那儿，相亲前，一般情况下，媒人需要在双方之间多轮地传递双方的基本情况和要求，长相、身高、文化，姊妹几个，家族出身，有没有技术，有没有在城里工作的家人，了解一清二楚，最终媒人心中平衡是否门当户对，是否可以往一块撮合。乡下相亲多是娃娃媒，选择相亲地点，选择好日子，全凭媒妁之言。西岗是名副其实的相亲首选地。我现在想，原因就是西岗偏僻安静，便于说悄悄话；还有，选择村与村的中间，路途远近相互平等，体现着双方的相互尊重。西岗对故乡人来说是一块有福之地，见喜之地，是成就了无数有情人的宝地。故乡的相亲，成为一种相亲文化，习俗中带有地域文化特色，传统观念中带有中华文明的象征，整个相亲程序透视着人生在成人后一个重要阶段，显得重视、严谨、庄重、知礼。可谓相亲一见定终身，几乎没有离婚案例。如今，无论城市或乡村年轻人找对象，手机微信先聊，再约到饭店或公共场所相见。有的相亲如同儿戏，有的人走马灯似的相来相去，相亲对象换来换去，传统相亲方式和仪式感一点都没有了，丢掉的是传统相亲文化。在我看来，这些都不重要，重要的是能找到情投意合、恩爱相守一生的伴侣。

贾鲁河的支流由北向南穿越西岗。当年，灌溉时上游泄水，支流河水会涨起，上游关闸支流河水位下降，时续时断。水能润物亦能润人，西岗之间这条河，雨水丰沛时，河间时不时能看见小船颤颤悠悠撒网捕鱼，小船摇曳荡漾，两岸芦苇丛丛，有了一抹江南水乡之色彩，河流与沙岗互为存在相依，滋养着故乡的人民群众。

老榆树

村西北角一处沙岗地上，有一棵古榆树，粗大得四个人才合抱住。

这棵参天古树，树干早已是老态龙钟，但它的枝干舒展昂扬，苍虬有力，树冠上嫩绿的叶片满眼翠绿欲滴，雄浑壮观，生机勃发。抬头望去，遮挡了那么大一片天空，呈现出一派雄伟壮观且生机勃发的景象。它又犹如一幅水墨画，一年四季呈现着它自然独特的意境和丰富的生命力。

每到初春，榆树长满嫩叶后，榆钱开始泛黄，远远望去，一串串榆钱随风摇摆，令人陶醉。到了冬季，叶子落尽，两个硕大的鸟巢在一枝粗壮的树杈上结结实实地驻扎。巢被鸟儿织得密不透风，格外招眼，在北方初冬的村落，在苍茫的田岗上成为标志性的景观，彰显着天空、大地和人间的融合。

在我儿时的记忆里，一棵树上容得下两个鸟巢的还不多见。大人们说，鸟儿是一个家族的，能友好相邻，相安无争。我想，这也与父老乡亲祖祖辈辈的保佑呵护密不可分，与人和自然的和谐相处密不可分。

我常常驻足在这棵老榆树前，抬起头静静地凝望它，心中安静默然，却又有万语千言置于心头，竟有一日不见如隔三秋之感。孩童时，由大人们带着在老榆树下玩耍，我往老榆树上猛劲地爬，却怎么也爬不上去……

那时候我一直有个疑问：在这连兔子都不拉屎的沙岗上，怎么能长出这么一棵粗壮茂盛的参天大树呢?!

村里的长辈们也记不清楚老榆树是何年何月何人栽种的。老榆树不嫌贫瘠，在与大自然抗衡中根扎得越来越深，树干长得越来越高、越来越粗壮，叶子长得越来越茂盛。更让人们感谢的是，老榆树曾无数次地和村民们一起度过旱荒，甚至用自己的血和肉来支援着人们顽强地同灾害作斗争。三年困难时期，一些农户家中断粮食时，就以老榆树的树皮、树叶充饥。

阳春三月，老榆树刚刚露出嫩绿叶，就被一群饥肠辘辘的人摘得精光，有的甚至把树枝折了又折，幸亏老榆树根深叶茂，尽管被人们摘得叶落枝断，但它总能恢复那茂密的枝叶。有的村民说，老榆树根植在一块风水宝地，有仙气吹着呢；有的村民说，老榆树通人性，人们这么糟蹋它它却不死，是报答村民和这块土地的养育之恩呢……

有一年闹饥荒，老榆树被摘得只剩下枝梢可数的几片叶，有几根碗口粗的树枝也被折断，甚至皮也被剥掉了，人们饥饿得实在难受，老榆树在流泪……

老榆树怕是活不成了……

全村人都这样担心。

可是，第二年奇迹出现了，老榆树没有死，又抽出了新芽，又萌发了新枝。

参军离家三年第一次回乡探亲，冬季的北方乡村是大自然萧条的日子，第二天我就急不可耐地到西岗北角看那棵老榆树。当我登上西岗，极目远眺，只见老榆树在深蓝的苍穹之下，挺拔地出现在我的眼前。它更老了，但老而不垂暮，老而弥坚，更具风骨。

又是一个春天，我又一次来到老榆树下，天空飘散着几朵云，在云的衬托下，榆钱儿已褪掉，枝条柔美，丝丝缕缕，叶子时而灵动时而安静。我围绕老榆树转了两圈，抬头仰望，鸟巢还在，没发现鸟儿进出。后来对鸟有点了解的马大叔对我说，鸟儿一般只有在产蛋时才在巢里待，春天和夏天鸟儿基本不在巢里，你自然看不见它。是真是假我没去考究。

随着时间的流逝，对人生的感悟进一步加深，我读懂了老榆树的坚忍，面对酸甜苦辣淡定从容；我读懂了老榆树的傲气风骨，面对世态炎凉备受痛苦折磨而不屈服；我读懂了老榆树的缠绵暖意，面对大自然和人类给予的滋养馈赠以感恩之心报答。

我曾经疑惑过，要是人人都能像老榆树一样，不畏贫贱饥饿，不畏风雨吹打、寒雪袭压，始终坚韧不屈，越挫越勇地向前走该多好啊！要是人人都能像老榆树那样以从容、豁达、慈悲的力量面对各种风险挑战以及人生的悲欢离合该多好啊！

20世纪90年代末，家乡公路一拓再拓，各类工厂和第三产业逐步发展起来，老榆树没躲过时代发展带来的变迁，在西岗北角再也看不到那棵老榆树了。也许老榆树被伐掉时，是伤心的，它会不舍得离开这片守护了它生生世世的土地和它倾尽生命所守护的我们吧！万物皆有灵，草木亦有心，一花一世界，一叶皆回忆。故乡的老榆树啊，它始终在我的心里、梦里、怀念里……

东坡

　　故乡的东坡在村东头，与西岗不同的是，东坡一马平川，如湖面平整，如切面平滑，田地温和湿润，四季阳光充沛，属平原之势。东西南北碾压出的曲曲折折的土路网，把整个东坡切成豆腐块般的田地。

　　由于处在黄河故道正下游，几经黄河泛滥冲洗，东坡形成一层淤泥、一层沙土、一层盐碱的土质，20世纪五六十年代，故乡的盐碱地与当时的兰考大地应属于同类土质。盐碱地的形成，受气候条件、地理条件、土壤质地和地下水、河流和海水等方面的影响。故乡东坡盐碱地，主要受春秋冬季的干旱、降水量小、蒸发量大、溶解在水中的盐成分容易在土壤表层积聚等因素影响而形成。

　　早年白花花的盐碱，一年四季都能在东坡看见，如铺盖一层薄薄的白纱，还如割了又长的韭菜，任勤劳的庄稼人如何治理它都根除不掉。春天的红花绿柳盖不住它的白，夏天的枝条茂盛遮挡不住它的白，秋天的庄稼果实压不住它的白，冬天荒凉萧条的土地倒是把它的白色衬托得更加肆无忌惮。用扫把或铁锨取一小堆盐碱土，用水过滤就能变成浓度很高的盐。白花花的盐碱几乎把东坡装扮得银装素裹。一年四季的盐碱，任凭庄稼人如何在地里深翻、压埋、植皮都收效甚微。此时，我脑海中不时浮现电影《焦裕禄》中风沙、盐碱、内涝"三害"的镜头。这是改革开放前故乡的东坡田地。父辈们在此土地上繁衍生息的窘境后人难以体验，饥饿逃荒、妻离子散，我在很小的时候就听大人们说过。

　　中华人民共和国成立后，黄河不再决口，尤其改革开放后，故乡的东坡田地经过现代化方式的治理，经过有机肥、化肥以及农药的调理，经过良种的不断培育和改良，逐步肥沃起来，成为农业的高产田。盛产小麦、高粱、玉米、大豆、棉花、瓜果，适宜种植桐树、杨树等。

西岗的沙土地形成一道风景，东坡由盐地变成肥沃田，养活着世世代代叫东郎的这个小村庄的七百多口人。四十多年过去了，如今东郎人口增长到上千人。虽然大多数人外出务工了，留下车马稀疏的村庄，但勤劳的东郎村人把东坡的田地料理得一年四季都是丰收景象。这个春节，我回乡站在东坡南地我家分得的田地上，瞬间回到当年劳动的岁月……

这是二亩三分地，父亲曾在这块土地上种了一亩甜瓜、一亩多西瓜。甜瓜籽是我从小陈乡一户农家花了十块钱购的，连续两年，甜瓜、西瓜长势喜人。甜瓜成熟后金黄金黄的，茂盛的叶子也掩盖不住它的颜色。西瓜成熟后叶子逐步变黄落掉，又圆又大的西瓜翻滚一地。白天我曾站在瓜地里，不时想起儿时偷摘生产队西瓜时的情景。那是个大中午天，热浪袭人，与小伙们伏卧在地上爬行穿过玉米地、棉花地，直到西瓜地，趁着看瓜的老农午睡时，摘上两个西瓜又爬着折回到安全地带。我们既担惊害怕又刺激兴奋。"下定决心去偷瓜，不怕牺牲往里爬。坚决摘个大西瓜，争取胜利扛回家。"这是流传于家乡的顺口溜。我曾偷过邻村砖楼村的西瓜，刚爬进西瓜地偷摘了两个大西瓜，就被看护人员发现。一般护瓜老汉发现偷瓜的小孩之后大喊几声吓跑对方即可，并不真的去撵。这次遇到的是一位壮年人看护，他不但大喊大叫："抓住偷瓜的，抓住偷瓜的！"而且紧追不放。我和小伙伴丢掉草筐，向家里跑去，鞋跑丢了，魂也吓掉了。在他即将把我抓住捺倒在地时，村里银大爷遇到了，说："小孩偷个瓜，值得这么追撵吗？乡里乡亲的，别吓着孩子。"壮年人才止步返回。

太阳西下，我站在自家的瓜地，享受着丝丝凉风，回忆着小时候偷瓜的情景，不由得嘴角含笑，身心清爽。晚上住在瓜棚，月亮陪伴着我看护瓜园。月光下，金色的小香甜瓜如萤火虫般点点发亮。西边小河里的青蛙此起彼伏、一声接一声有节奏地鸣叫，瓜香随着泥土和青草的气息扑鼻而来，我不停地深吸着空气。田野大地在不觉间给予了我沉静的幸福和浪漫。

　　东坡田地适合种植高粱，一丈多高的高粱，故乡人叫秫秫，每到夏季，高粱地里一棵连一棵，每棵上都有十二到十八片叶子。为了催生饱满的颗粒，需要把秫秫杆多余的叶子掰下来，故乡人叫打秫秫叶。这个季节，在露水正旺的时辰，秫秫棵晃动，露水"呼啦啦"像雨，把人全身淋得湿透透的。生产队养着几十头牲口，饲料主要是秫秫叶。上百亩秫秫，必须一棵一棵地把叶子掰掉。生产队时，这项农活儿大多由妇女们来做，是众多农活儿中最令妇女们怕的劳作。妇女们把一条薄薄的布条缠在右手上，又把另一条缠在左手上，十分麻利地干起来。左手把秫秫叶从秫秫杆上掰下来，掰得紧靠杆儿，一点儿叶也不留。右手把一片又一片的秫秫叶抓起，"哗"地夹在左腋下，当左腋下夹不住时，就放下来，随手拔一棵细小的秫秫一拧就是一捆秫秫叶，干净利落，不拖泥带水。

　　不知是谁朝着另一块秫秫地里喊："老少娘儿们，加把油呀！"那块秫秫地是二队的。二队的秫秫地回应起响声，三队的秫秫地也回应起响声。数百亩秫秫地里都唰唰响着掰打秫秫叶的声音。声音像刮风，像康沟河的波浪声。妇女们在露水和汗水的浸泡中，将千万棵该剥的叶子剥下来，集在一起，捆成一捆捆的，堆成一座座小山一样的垛子。直干得启明星升起，直干得东方显出鱼肚白色，直干得村庄里的雄鸡叫最后一遍。"娘子军"不约而同啃着凉馍，喝着瓦罐里的白开水。啃着，喝着，头一歪，要么坐着，要么躺着，要么歪着，竟然一片鼾声。

　　金色的太阳从东边秫秫根处升起来，光线像千万条绒绒的小手，透过密匝匝的秫秫棵儿，触摸着女人们的头发，脸庞和曲线分明的身体。随着男人一声响鞭，沉浸在睡梦中的女人都醒了过来。她们穿衣系腰，与男人们一起把一捆一捆的秫秫叶往车上装。半个时辰后，一辆辆牛车像一座座小山一样，在金黄的土路上，缓缓地移动拉回村庄牲口屋，用铡刀切碎喂牲口。

　　高粱、玉米、大豆等秋收作物收罢归仓，季节就到了深秋，播种小麦的大会战在东坡平原徐徐展开。经过长期农田改造，东坡早已是种植小麦的肥沃田。由新中国成立初期每亩产小麦三四百斤到改革开放后增长至八九百斤，如今每亩早已过千斤。秋季正是农田耕种季节，既要收秋又要赶时播种小麦，东坡大地始终是一片繁忙景象。在东坡金色的大地上，男男女女背朝阳光，面朝大地，弯腰专注收秋。尽管繁忙劳累，脸庞却时时洋溢着丰收的喜悦。他们肩挑臂抱，把一捆捆秋粮装上马车，扬鞭催马运粮。用不了几天，由高粱、玉米、大豆、棉花等庄稼地描绘成的金色东坡，很快被抢收完。紧接着，黄土地开始承担新一茬庄稼的播种。东坡秋播主要以种植小麦为主。

在没有机械化播种的年代，生产队仅有的几头牛和骡耕地播种不够用，人力拉耧摇播就成了另一番劳动场景。父老乡亲用肩膀拉耧播种。与掰打秋秫清一色的妇女相似，这项劳作大多是由清一色的男人完成。他们肩膀上套上粗糙的绳子，梗着脖、弯着腰、蹬直腿，如同在长江、黄河岸边上拉纤的劳工，虽然没有劳工哨子叫，却有吭哧吭哧大口大口喘着粗气的声音。每一组播种，由一人在耧耙后边扶摇，前边一人驾辕和二个人拉套组成。秋日的阳光并不算温暖，但拉套者一会儿就大汗淋漓。小伙子们索性脱去上衣，赤膊上阵。在大抓革命促生产运动时期，一块田地呈现出一组又一组、一线排开人拉式播种小麦的壮观场面。不到半个月，几百亩的小麦田地就播种完毕。

东坡东南一隅，东郎村与金庄两村接壤处，有两座砖窑，一座是东郎的，一座是金庄的。两座砖窑周围一二百米、十几亩地的范围，与东坡黄土地不同，是一种黏性土质，是打土坯烧砖的好料。两座砖窑坐落在平面如水的东坡地，成为两个村的显著地标。两村村民劳动间隙常聚在这里唠嗑。计众哥是生产队选派到窑场烧砖的。繁重的劳作过早地夺取了他年轻的面容，二十岁过半，身板就有点驼，满脸写着苍老。但他上过初中，好读诗书，四大名著我就是听他讲的，他讲起《三国演义》中的故事，信手拈来。他身体敏捷，爬树钻洞是好样的。他是村里的老顽童，三十几岁了还喜欢玩，身后总跟着几个与他年龄相差甚远的孩子，听他讲故事。他不修边幅，有点邋遢。我常跟着他到砖窑场玩。砖窑场周围是村民自己栽种的各种果树和杂木，形成一片小的树林，是计众哥施展手脚的场地。这是一个夏日，我跟着计众哥钻进这片林子里，郁郁葱葱的树木遮天蔽日。泡桐树的叶像芭蕉扇，柿子树、杏树上缀满了青涩的果实，笔直笔直的椿树、倔强的枣树在沙土地上生机蓬勃。洋槐树上的老斑鸠正嘴对着嘴喂小儿子呢！在斑鸠窝下的树枝上，挂着一个大吊瓜似的窝巢儿，那是家雀的家。椿树上的黄鹂鸟在枝头唱："娶个媳妇不好！"千万只蝉吱吱地鸣叫着。谁家的大公鸡和一群母鸡在树林里嬉戏。计众哥瞄准一棵椿树上的窝巢，往双手上吐几口唾沫，双手抱住、双脚蹬住椿树，噌噌几下爬到窝巢处，手入窝巢一把抓住五个鸟蛋，然后下到地上，拉起我说："走，回去煮鸟蛋吃。"鸟蛋煮熟了我没吃，对计众哥说："太残忍了，它爹娘会很伤心的。"

大诗人元好问有首诗："万古骚人呕肺肝，乾坤清气得来难。"大地万物滋生，承天顺地，人们应该敬重自然生态。少时的我，因害怕吃鸟蛋的举动，不觉间感悟到诗人的情怀。

在我心间储存着诸多关于东坡的回忆，不得不提起的是贯穿东坡田野道路上的桐树。改良后的土地，适合桐树生长，十几年就能长成繁茂大树。四月的桐花像吹奏的喇叭向着天空绽放，成线成片成景，味甜芳香的桐花持续一个来月弥漫在田野，在空中飘散，与大地上正拔节的小麦清香融合，散发出特殊清香。桐花呈喇叭形状，飘落时像舞女般婀娜多姿，支撑田野的丰富美丽。拾起一个，用嘴汲取花蕊的蜜汁，甘甜沁脾。

人间最美四月天，在东坡表现得淋漓尽致。

又是一年麦田香

我无法准确地说出对麦田的情感。

我在农村出生、长大，参与过麦子的播种、管理、收割、运粮、放碌打场；写过《永远抹不去的麦收》的散记，将割麦、运麦、扬场、卖粮的劳动场景原汁原味记录下来。

之后，每到初夏，我即便身处闹市，心境常能装有碧海蓝天的麦田，嗅到麦田的芳香，如刚出锅的热馍自带浓烈的香气。

这个季节，我常回家乡，走入麦田，感觉麦田天天都在变脸。先是刚出来的麦穗，麦芒都是毛茸茸的，用不了几天就变成亭亭玉立般，眨眼工夫就由墨绿变泛黄。

每次走进麦田，我的内心都会静定下来。此时的家乡大地，没有其他庄稼遮挡住视线，千万株麦子，一垄又一垄，排兵布阵般地向外扩展，麦田壮观辽阔的景象一览无余。此时，老农们好像怕打扰这时的麦田，没有了往日田地间熙来攘往的劳动场面，而是在远处观察着麦田的变化，静等麦子铆足劲儿生长、成熟。

我感觉麦田有一种静默的力量，接纳着我这个看客的观赏，也接纳着大地的养分和阳光雨露，忘掉冬雪的摧残、暴雨的吹打、干旱的饿渴，经过跌宕的起落，展示着静穆的大美；又经过发芽、吐翠、拔节、抽穗、扬花、灌浆，由绿变黄，变成金色的海洋。

一日，我沿着麦垄小心翼翼地往日落的方向走，生怕踩断一棵即将成熟的麦子，抬头看见残阳，是橙色的，日轮的光芒收敛，没有刚才的毒辣，落下去，落到了碧海蓝天的麦田里。

麦田似退去的海潮，平铺、平静，引我向深处走。一只又一只，一群又一群的燕子贴着麦海忽低忽高地飞来飞去，壮观之中麦田多了份温馨从容。麦海柔软，细碎的粉色麦花娇滴滴围着麦穗，花粉随风相互传染着，尽着她的责任。我收住脚，蹲下来亲吻一下，如亲吻襁褓中的孩子，欢乐幸福皆在心窝里。

一直顺着麦垄走出麦田到地头，回头看，碧绿的麦田任由褪去阳光的天空大地覆盖起来、包裹起来，如夜晚退潮的大海。风来时会传递出一种"呼呼"的声音，声音不大，却能感受到排山倒海般的气势，风去时借着月光看到大地铺就一层银光，麦田又进入一个黑夜，没人没物打扰她，她顾影自怜，进入梦乡，做着往日的梦。梦境四季轮回，经历从春到冬，给人们生产出味道无比神奇美妙、天天都离不开的营养白面果实。此时，她是寥落淡泊中的繁华，大地在承载着她的厚重，天空在观察着她的变化，人间自然在等待着她的馈赠。

我再次走进麦田深处，小满即至，雨水渐盈，麦粒渐满，也就与第一次见到麦田刚刚过去几日。我选择了一个周日上午，带着刚上小学的孙女看麦田。旭日东升，出村头进东坡地，这里曾经是我耕种收获庄稼的土地，是养育我的父老乡亲的土地，肥沃的黄土地适合各种庄稼生长。

哎呀，麦子变了，变金黄了。我对小孙女说："上周回来麦穗还是绿青，还是麦皮秕子，不能揉搓成粒。"几近与孙女比肩的金色大地向我爷俩徐徐地展开。我急不可耐地掐了一株麦穗放在手心里揉搓，只揉搓了几下，泛黄的麦壳与麦粒便脱开了，鼓圆脸腮用力吹几下，麦壳吹出手心，剩下麦粒，我塞到小孙女嘴里几粒，剩下的倒到自己嘴里。麦粒软软的、柔柔的、甜甜的，满口筋道。我与孙女异口同声道："香。"

孙女问我："爷爷，这是啥？"

"这就是能做成我们天天吃的白馒头、白面条的小麦，你看这金黄的麦穗再长几天就饱满收割了，打成麦粒磨成面粉供人们吃。"我说，"有一首说农民种庄稼辛苦的诗是什么呀?"

"锄禾日当午,汗滴禾下土。谁知盘中餐,粒粒皆辛苦。"聪明的小孙女熟练地背诵下来。

我扯着小孙女顺麦田地头迎着旭日向前走。农村责任田实行流转后,集团农庄式的种植方式促成了大耕种、大承包,成片成片的麦田一望无际。"蝴蝶,花蝴蝶!"小孙女挣脱我的手去追逐蝴蝶,追呀追不上、逮不着。田头路边星星点点的小黄花,叫不出名字,小孙女掐了几朵,扑鼻芳香,爱不释手。

这个季节中原故乡的大地,多是先绿色、后金色的麦田。

春的大地,在田地间,往往在不知不觉中悄然而至,又在人们的无限惋惜中戛然而止。小孙女只知道山花烂漫的美丽,不知道田间植物庄稼的壮观,更不会观赏麦穗随风摇曳,翘起的麦芒挂满即将饱满的麦穗。我想,即便是土生土长的农民,也少有对美丽田野的赞美,但此时我感悟到麦田如宋代一位高僧的偈子"贪采野花一路追,误入歧途无人催。抬头惊觉天已晚,坐看斜阳不思归"的意境感觉。转眼间两鬓斑白的我,每到麦黄时,总是难忘对麦田的憧憬和期盼,总怀着儿时的好奇和不安,盼望那麦田的诗情画意。再过几天,布谷飞叫,机器轰鸣,麦子收割,我心更是欢畅。这就是天性的回归,是对故土暖心的热恋,是对麦田的赞叹、痴迷。

继续迎着旭日走,微凉空气里是越来越多的麦香,不知不觉间深吸了几口气。"爷爷,前头蹲着一个人呢。"小孙女对我说。老人蹲在地头往麦田里看,布满山川的脸颊上一双无神的眼睛静静地望着麦田,直到走到他身边我才认出是本村的重生爷,我叫了两声"重生爷"。他耳背不应声,也没认出我来,知道是与他打招呼,他笑容可掬地看着我们爷俩,布满褶皱的脸颊上凝结着苍老,显示着他经历过多苦多难的岁月。

见他不与我们爷俩搭话,我带着小孙女从他身边走过,小孙女问:"他一个人蹲在这儿干吗?"我回了回头,又看他一眼,答:"想收成。"小孙女自然不知道我话里的深意。

稚子与白发,厚重与幼稚,生命的起点与终点。

　　在观察麦海的过程中，我脑海里翻涌着"生命"二字，令我迷恋，又令我困惑。麦田与人海一样，一年复一年地更替着，新陈代谢，这是一个终极又无解的题。这时，小孙女说："爷爷，我累了，咱回家吧。"我爷俩便转过一块麦地往村中走去。

　　起了微风，茫茫麦田苍茫般游动。我突然有了一种茫然感。我仰起头再次朝着麦田眺望，并闭上眼睛自问：听到了吧，听到了麦田里的声音了吧？是那么熟悉又温馨，是丰收又是幸福，是妙曼轻舞又是波涛滚滚！

　　来年，我再回故乡观赏麦田，说不定又有新的感悟呢！

年的夜

故乡的年夜从腊月下半月就与往常不一样了。尽管寒冷袭身，却挡不住年夜乡村街上的热闹。此时此刻，村民们忘记贫穷烦恼，忘掉怨愁心结，忘掉忙碌疲惫，一心专注地迎接春节这一伟大传统节日的喜庆欢乐，乡村年夜的奇特美妙就此开始了。

说到故乡的年夜，与往常的夜不同的是，年夜始终静中有动。故乡"井"字形的几条街上，吃完年夜饭和忙完家务活儿的男男女女在其间穿梭，星星点点，连成片，构成一幅除夕图景。首先登场的是放假的孩子，他们基本上一整天都在街上玩耍。这时，他们不是挤在哪个犄角旮旯儿，就是躲在哪棵大树下或是哪个屋檐墙角下，男孩子抓小鸡、藏猫虎、放鞭炮、挤墙角，女孩子跳绳子、砸纸包、点灯笼，叽叽喳喳，如枝头的鸟儿，一刻不停。参军前，我在家乡过了十七个除夕。别看 20 世纪 80 年代生活物资匮乏，大人为过年发愁，孩子过年却特别高兴。过年不但能穿上新衣服，而且能吃上平时吃不到的白馍和大肉。白天没玩够，夜晚小伙伴们也尽兴地玩耍。玩到后半夜，星星瞪大眼睛为小伙们送来更亮的光，乡下年的夜晚是亮堂的。

在没有电视可看的除夕夜，故乡的娱乐生活是相对单调的，尤其是吃罢年夜饭，无事可干，老人们在家多是围坐在火盆旁守岁，感叹岁月的悄然流逝，迎接新年的到来。壮男人们大多集中在街上，点起火堆烤火，或站或蹲围在一起守岁。粗糙的双手伸在火苗上压得很低，不知灼热。没有都市夜晚的喧嚣热闹。在还没有电灯的年代里，街道被几处星星点点的火堆填满着，驱赶着寒冷与寂寞。劳累一年的汉子们，大多时间里是喷空儿，说着轻松而幸福的话题。把一年积累的烦恼、疲惫、痛苦、压力完全放下，把一年中的喜悦和收获毫无保留地说出来。说年货的准备，说年景的收成，说年内家里喜事，贫穷落后统统抛在脑后。

"二保叔，今年家里割了几斤肉？你今年家里添丁了，该好好庆贺。"国庆哥问。

"准备了一条后腿，还有一个下水，够了吧？"

"够了，丰盛，够待十几桌。"

只听留根侄问："根喜爷，你今年南坡那几亩西瓜长势好，瓜大味纯，卖了不少钱吧？"

"开春就准备盖房了，够用了。"根喜爷夸了个口，却不说出具体钱数。

留根侄说："开春您得手把手教教我种瓜技术……"

放鞭炮的孩子钻进火堆取一根火苗用，调皮的孩子会往火堆里丢进去一枚小炮，啪的一声，火星四溅，惹得大人齐声责骂："你小子，找死呀？"孩子们轰地散去，一串银铃般的笑声在年夜里回荡。

火堆旁不远处，忙完家务活儿走出家门来到街上的妇女们，一般择一墙角或挂钟的大槐下，围立一堆，叽叽喳喳，聊的都是锅碗瓢盆厨房的事，什么菜如何做、包子饺子馅如何盘等。栖息枝头的鸟也会被她们吵醒，俯身注视着她们，好似在问：是否与空中自在的我争夺欢乐？漫长寒冷的年夜，在故乡古老传统的过年习俗里单调沉静且不失年味中度过。抬头望去，星光满天，尤其是启明星眨着眼睛，提示人们，天不早了，守夜到此结束吧。这时，女人们会走到火堆旁边，提醒烤火的自家男人："该回家接神了。"

"散吧，回家接神。"一个个拍拍腰、打打背起身回家，走到堂屋中牌位前，摆上供食，点上香，口中念叨：各路神仙、祖先请回家过年，保来年风调雨顺，家庭平安。接了神，到院中把事先准备好的芝麻秆撒在小院，等待各路神仙、祖先进院脚踩芝麻秆有个响声，好出屋迎接神到家。就这样，贫穷落后的乡民，用古老简单的习俗守着年，也守着一种文化信仰。

有一年，我离开故乡二十多年后如期回到家里守夜，从街上与父老乡亲一起烤火守岁回到家，躺在母亲一早为我们把棉被褥晒得柔软的被窝里，星光正好从窗户斜伸进来，如柔美的枝条，丝丝缕缕伴我守岁。偶有顽童点炮声和狗叫声入耳。也许是年龄的缘故吧，虽然睡得很晚，可仍旧睡不着，我忽然对年的注解多了起来，复杂了起来。我想，从年初到年尾，如同四季更迭，知道春天有嫩嫩的枝叶，知道夏天有枝叶的繁茂，知道秋天有色彩的斑斓，知道冬天有落叶的归根……看到四季风霜，寒来暑往。读出年的层层叠叠，世间沧桑。老百姓繁忙四季，最后图的是年景的欢乐喜庆。

自汉代以来，新旧年交替的时刻一般为夜半时分。在除夕的晚上，不论男女老少，都会在灯火通明的夜晚，聚在一起守岁。他们点起蜡烛或油灯与家人老小通宵守夜，欢聚醋饮，共享天伦之乐，这是中华儿女至今仍很重视的年俗。待第一声鸡啼之后，新的一年开始了，男女老少均着节日盛装，先给家族中的长者拜年祝寿，然后走亲串友，相互道贺祝福。此时的神州大地，处处流光溢彩，从初一到十六，人们一直沉浸在欢乐、祥和、温馨的节日气氛中。

与麦苗对语

春节回家乡，乡野还是满目萧条景象。

寒意正浓，烈风迎头。我来不及欣赏品读故乡春节的风俗年味，便迫不及待地走进故乡的麦地。

一踏入田间，我便嗅到空气中有淡淡泥土的气息。麦苗虽然还没有完全从寒冷中解放出来，我却感受到白雪皑皑、冰冻三尺下不断孕育冲动的麦苗的青春活力，把漫长冬日里积蓄的热量迸发，用长长深深的根系汲取大地深处的温暖，把攒足的战斗力分蘖成三头六臂，成为不可战胜的斗士击破残冬，奔跑着怀抱春光。青麦苗的芳香也随春潮在麦田间飘荡。对久不回乡间的游子来说，庄稼的香气如同浓浓的年味，同样令人心醉。

天寒到了极点，就立春了。

立春是春破土而出。

麦苗立春之美，没有桃花红，没有蜡梅朵朵，在我看来，完全是一种淡雅、庄重、肃静、含苞待放的美。

仅过几日，就会看到贴着地面的麦苗挺直了身段，昂头向天，长高一截，浓绿一成，以欢快的微笑绽放在田野，用舒心的笑容、伸展的叶子面向大地，向人间袭来。

惊蛰一过，麦子拔节如"风中俏"的梅花一般竞相开放。在农村孩子看来，麦苗比桃花红，比杏花白。它不嫌春色偏爱，无论春光照射到还是照射不到的地方，都一展绿色，齐头并进，向上生长，像人们希望的那样长出好的收成。

有文人说，麦苗如战斗的壮士，用力量和精神给人类世界书写希望。它的句式常常伴着犁铧、锄头、汗水和眼泪，在大地上书写行进。

我心中留有对麦苗无限的思念和感叹，却无法用文字准确表达。

我常常思念麦苗，经常与麦苗对语。走进三四月间的麦田，在地头放眼眺望，就会看到麦苗有一种静默的力量，静默的磁场，展示着生长的跌宕起伏。在可食用的众多植物里，麦子是少有的经历了秋播、冬眠、春长、夏收的植物。

又过几天走进麦田，会发现麦田从静寂一片墨绿的美，变为静穆壮观的大美。根茎粗了，身段高了，随风吹来，有了婀娜多姿的美。块块片片连在一起，像一张边缘轮廓极清晰的剪纸，一块又一块，平平地贴在大地上。

在我看来，这是一片气势磅礴的花海。

沿田野一路走去，微凉的空气里全是越来越密的麦苗味。择一块麦田，小心翼翼地顺着麦垄向深处走，一种茫然和壮观的心情油然而生。

蹲下，细细观察，已近膝盖高的麦苗每棵七八片叶，叶子厚实肥壮。弯腰侧头向麦海望去，大地如同铺上厚厚的绿毯，齐刷刷的，像阅兵方阵，气势排山倒海。微风一吹，麦苗变换阅兵方阵的姿态，动作优美地展现眼前。

此时是下午，天空几朵云彩在西边徜徉，头顶几只鸟儿在低空盘旋，含苞待放的桐花甜香味沁人心脾，空旷的田野没有几个劳作的人，大地显得万般静寂。

身在绿波荡漾间，心出奇地静，静而思绪飞。我想，漫长冬季，麦苗经过过滤、整理，积累了春长的能力，它的能力和美丽依附于四季成长规律和坚强不屈、勇往直前的精神。

麦苗不像一同植下的树苗，对自然条件挑肥拣瘦，生长有快有慢，有高有低，而更像孪生姊妹，生长一模一样，高低粗细不分，在一个时间段说冬眠都冬眠，说一起长就一起长，不落掉一株一苗，你依着我，我拥着你，紧紧簇抱，团结向上，朝着一个共同目标迈进。

这个过程如同生命孕育着成长的静语，心灵的顿悟，只有不断凝聚起全身的力量，即便停下脚步，压一压苗，也是在积蓄力量，待时机成熟，抓住春光，快速生长，终将达到彼岸，实现自身价值。

不是吗？从深秋播种到寒冷冬眠的季节里，在这么长的一段时间里，麦子仅仅露出地面半拉子头，叶面暗黄，弱不禁风的样子，忽然春风吹来，麦苗立马精神起来，挺胸抬头，它拔节生长的声音，悦耳动听。

小麦是高产营养植物，即便在以稻米为主食的鱼米之乡的南方，也离不开麦子。在北方农村出生的我，从小就与麦子结下不解之缘，白馍细面永远是我的主要食物，播种、管理、收割的场景永远停留在脑海。麦子坚强不屈的性格更令我赞赏，并给我以启迪。麦子无论是干旱还是极寒天气，它都不辜负人们的期望，不负春光，生长成金黄，待人收割归仓。

联想到人生，每个人都会遇到许多困难，遭遇许多变故，既有艰难困苦，又有坎坷磨难；既有困惑痛苦，也有曲折风险。面对无论是来自自然不可抗阻的因素还是人为故意为难的打击不幸，都要有泰山崩于面前而色不变的心态，可以放慢脚步，但需要站稳脚跟，将目光投向远方。这是生命权利，也是人生要义。

如今，人们习惯了繁华喧嚣，一旦遇有坎坷，不少人会忧伤感叹，何不放缓心情，让思想和灵魂清醒独行，每走一步都像麦苗一样实实在在地走出分量和意义。

当今时代，到处都是"聪明人"。"聪明人"不想用慢功、细功、耐功，甚至急功近利，拔苗助长干一些应急活儿、景观活儿，哪一种效果来得快就干哪一种，哪一种流行就干哪一种。但是，我们时代的症结正在于"聪明人"太多，跟风人太多，社会必然是浮躁的。只有耐得住寂寞，守得住清贫，脚踏实地干事，才能走向成功。

麦子生长，同人生成长经历非彼此，亦彼此吧！

远去的麦收

前奏

好友、开封市作协主席、开封日报社副刊部主任任崇喜送我的《节气——中国人的光阴书》《花信——中国人的浪漫季》两本书，令我爱不释手。一个周末，我翻读到《芒种田家记得清》一文，文中开篇写道："这是个满田尽带黄金甲的季节……麦熟一晌，从麦芒开始，然后是麦穗、麦叶、麦秆、麦根，麦子以阳光的色彩写意着生命的历程。听，她们开始奏响自己的音乐了！辉煌灿烂的音乐开始在夏日里流行，阳光弥漫着黄灿灿的色泽，一棵棵麦子，就在那片晴朗之中完成了她们整个的生长过程。"

掩卷沉思，再过几天，不就是麦收的季节吗？儿时乡下收麦的场景一下子填满脑海。

是啊！谷雨过后，立夏将至，麦田呈现出另一番景观：风儿吹来，麦浪如青蛇一般行走着、滚动着，麦田如海，波浪滚滚，潮涨潮落，蔚为壮观。麦田如阅兵的方阵，以威武的雄姿、排山倒海的气势，构成北方五月田野独有的图画。

用不了几天，麦子由青株变成黄株。顷刻间，麦田由碧绿大海变为金色海洋，田地间铺天盖地洒满流金。早晨，初露的阳光照耀着带有露珠的麦田，平静如舞者的韵味，金黄如绸缎，把块块田地包裹，会使人驻足静心聆听麦海吟唱。夕阳西下，麦田如刚刚落幕的舞台，伴随着炊烟从村舍吹来，麦子静静地、悠悠地肃立着，等待即将到来的夜色。

此时，会有老农在麦田地头，掐下三两穗，用那双树皮一样粗糙的大手揉搓几下，张开手把麦壳吹掉，剩下饱满的麦粒在手心，用慈祥的目光看了又看，一仰脖子把麦粒吞进嘴里慢慢咀嚼着，他们粗糙的脸庞上顿时会露出微微笑容，带着泥土气息的麦香味沁人肺腑，他们会情不自禁地发出感叹："今年会收成不错，丰收在望啊！"那种表情令人心醉。

五月的乡村，滚滚麦浪勾勒出天地间另一番景象。

北风布谷鸣，田间麦垄黄。灵动的布谷鸟鸣奏着"布谷布谷"的曲调，在村庄上空、田间、树梢上、农家小院飞来飞去。布谷鸟鸣叫出悦耳动听的曲调，在乡村上空飘荡着，这熟悉、温馨、优美的曲调即刻唤来农民"麦熟了，收麦喽"的幸福笑脸！

再看乡村的集市，赶集的人多于以往，人们纷纷购买镰、铲、刀、杈、扫把、绳子等收麦农具，一场麦收大会战即将上演。麦收也是乡村一年中最丰满、最养眼的乡土大戏。此时，农民躬身向下，专心致志于大地，收割是他们唯一的主题。

割麦

麦收是农村人充满喜悦的季节，是一年中最紧张、繁忙的时节。20 世纪六七十年代的中国农村，麦收不像现在，联合收割机一进麦田连收带打，顷刻间几亩麦子就收割完了，变成一麻袋一麻袋干净的麦粒。那时，收割麦子基本上还是用镰刀、铲子。

农谚有"麦熟一晌"之说，几天前还是泛着青黄的麦子，在太阳的照射下，眨眼间变成金灿灿的麦浪，若不及时收割，麦穗就会炸粒落在地上。

夜晚，月光洒满农家小院，男人把从集市上买来的新镰刀、铲子开光打磨，磨到锐利，女人则在屋内准备第二天要带的干粮。

鸡叫两遍，布谷鸟刚鸣，农家小院里就有了动静，叫喊声、脚步声、车轮声，睡梦中孩子的哭闹声骤然响起，由少到多、由弱变强，一会儿就会弥漫整个村庄。

于是，打着哈欠，揉着眼睛，手搋、肩扛、身背、车拉，每个人手上都不空闲，深一脚浅一脚地向麦田走去。到了地头，人们放下农具，伸伸懒腰，这时好似才睡醒。望着看不到边的麦浪，急忙卷袖、撩裤脚，开始躬腰收割。

生产队割麦时，男女劳力都披星戴月下地干活儿。我的家乡那时割麦，为了不让地面上留下过高的麦茬，人们不用镰刀而是用铲子，几十人甚至上百人一字排开蹲在地上，领铲者开割出一条通道。随后，每人间隔两三个身位，铲子飞舞、汗水闪亮，"嚓嚓"的割麦声响彻麦海。好手一口气割到地头才直起身，慢手需要几次抬头、直身、捶背、揉膝盖才能割到头。从事一样劳作一个动作，那个架势如排山倒海般壮观。不多时，站立的麦子就静静地躺在了大地上，一排排，一行行，一垄垄，像凯旋的勇士静静躺在大地上休息一般。

到了20世纪80年代，农村实行家庭联产承包责任制，田地分包到户，一户一家割麦少了生产队割麦时的壮观场面，取而代之的是星星点点温馨劳作的画面。

运麦

面对割倒一地的麦子，经历漫长季节辛苦的农民会触景生情，憨厚质朴的他们心中会闪现出诗人般的赞美话语：麦子啊，您经历秋播孕育、冬雪风霜、春风雨露滋养，长熟粒饱，如一个负重行者，终于到达彼岸、修成正果，静静等着人们收归粮仓。

他们还想对大地说：土地啊，伟大的母亲！是您用温暖的身躯孕育千万粒种子发芽，催生起棵棵壮苗，是您用无尽的爱精心呵护庄稼苗壮成长，把它们变得肥硕、饱满。

太阳升起，生产队的大马车、辕木车到地里开始装车运麦。

装麦车一般要三人组成一组，一个人驾车，麦车两侧各有一人把持装车，车装满就要有人上去压车。

麦车不压瓷实，就如同一块面团，四面都在鼓，鼓了就陷，陷了再鼓，接着就向一边倒，漫地而散。好的装麦车高手，拿着大木杈，把割倒的麦子用木杈铲、折、叠、压，扎瓷实成一大捆麦，双手用劲高高挑起打结实的一大捆麦子装上车，麦子一摞压一摞，一层叠一层，一捆挤一捆，严丝合缝。一车麦能装三四米高，四四方方似三间可搬移的房屋一般。

麦车摇摇晃晃，行走在乡间土路上，压过一道道辙。放假玩耍的学生、步履蹒跚的老人在路边或田埂拾麦，待麦车走过，呼地上前抢拾从麦车上掉落的麦穗。有的孩子或老人会顺手从麦车上拽一把，立即引来押车人的吆喝声，小孩笑着跑去，老人踮着脚快走几步。

铺就在乡间坎坎坷坷、曲曲折折的小路，错落有致交织在金灿灿的麦浪中，马车、牛车、人力车在小道上负重行走，与远处的村庄农舍、绿树金浪互为点缀，形成收麦季节村庄美丽的景象。

运麦车最怕的就是途中翻车，尤其是到了中午，一大车麦途中走着走着，捆绑的绳子一旦松了，顷刻间麦车就会侧翻一地。对于一名庄稼老汉，麦车侧翻如同一场噩梦，会捶胸顿足，埋怨自己。因为，这时人困马乏，不但要顶着炎热酷暑重新装车，更重要的是麦车一翻，麦头麦粒还会散落一地，真是既痛苦、痛心又无奈。

麦车到场里，卸麦就容易了，把捆绑麦车的绳子解开，三五人集中在一侧，用大木杈用力一推，麦车就掀翻在地，一大车麦子很快就卸完了。

扬场

人们把运到打麦场里的麦子垛成垛，等忙完地里的活儿，再一场一场把麦子摊开，用马、骡、驴、牛套上石碌一圈一圈地碾，一般上午摊场晒场，中午放碌碾场，下午起场扬场，一天一般只能碾一场。全村的男壮劳力天天都到场里忙碌，妇女则下田忙秋。

"割麦十，碾麦月，从芒种一直放碌到大暑。"说的是割麦需要十天，碾麦就得一个月。碾麦虽然也累，但不像割麦那样紧张。上午太阳升起老高了，三五成群的劳力才上场。扒垛、摊麦、晒场，十几人、几十人或成堆或成排劳作，比割麦时多了笑声、闹声、吆喝声……摊一场麦得一个多时辰，再晒上一个多时辰，一般到了中午开始放碌碾，碾几遍后就翻场，翻后再碾，反复多遍。从摊开时过膝盖高的麦场，碾压得剩下薄薄的一层，好似给麦场铺上一床毯子一般。

随着领工的一声"起场喽"的吆喝声，麦场四周树荫下休息的人们起身拿木杈、耙、扫帚等各种农具开始起场。起场的速度要比摊场起得紧，人们大多光着脚丫，上岁数的人拿木杈把刚碾碎的麦秸捡成堆，青年人拿木杈把捡起的一堆堆麦秸一路小跑挑到麦场边，垛成麦秸垛。剩下的麦粒麦糠收拢成长方形的麦堆，用木锨扬麦。

扬场一般要根据麦堆的大小确定扬麦的人数。扬麦从麦堆两头扬起，一锨一锨往中间收拢。扬场讲究的是手艺，风小，麦子扬低了，麦粒与麦糠分不开；风大，麦子扬高了，麦子散落面积大，不成一条线。所以，扬场放碌的活儿多由上了年纪的人揽下。扬场的高手铲起一锨麦往空中一抛，画出一道长长的弧线，麦壳与麦粒泾渭分明，麦糠飞舞着飘下落成一线，麦粒垂直着落在脚下成一条线。扬场的高手往往只低头铲麦往上扬，不抬头看空中的麦，但扬起的每一锨都高低正好，落位适当。看扬场是一种享受，远远望去，如皮影人，又似鸡觅食，木偶般一弯一扬、一落一抬，风向顺了，一堆小山似的麦子一顿饭时间就能扬完，风不顺就耗时了。

看场

看场既可挣工分，还能达到纳凉的目的。因此，单身小伙子和一些老汉都愿意晚上去看护麦场。一个麦场上，多时有十几个人，少时也有七八个人看护。

晚上的麦场，热火朝天、人欢马叫的场面不见了，取而代之的是农村少有的安静和惬意。麦场被收拾得干干净净、平平展展，成堆的麦垛小山似的整齐堆放在麦场四周，中间是宽敞的空地。

集体睡觉，少不了热闹。劳累一天的人们，有的倚麦垛而睡，有的就在麦场中间铺上麦秸睡在上面，有时一线排开如一道风景，令人遐思。

稍晚，月亮从村东口的榆树杈子里冷不丁地升上来，不是很亮，但很从容、柔和。此时看场者躺在宽广的麦场上，东家长西家短、天上的地上的、前三皇后五帝、村里的村外的打诨说俏，口无遮拦，把憋了一天的话都在这时唠出来。那时，我还不懂人情世故，有时静静地听大人讲，有时眼望天空数星星，有时侧身闭眼，等待瞌睡虫爬上眼皮。

到了后半夜，月光洒满宽敞的麦场，只有星星在那里窃语。麦场静极了，青蛙、蛐蛐早叫累了，没了急促的声声鸣唱，而是偶尔吟唱。月亮照耀下的熟睡的身影，仰的、侧的、趴的、弯曲的、伸直的、四仰八叉的，打呼噜的、梦呓的，五花八门。

后半夜月光如水，浸润着裸睡的农民因长年劳动而发达的肌肉。一天晚上，我羞于再看，悄悄用被单帮他们盖住，一个、两个、三个、一数有五个裸睡的，柳青大哥四仰八叉地裸睡，我刚把床单盖上他的身体，他就梦呓般道："干啥？快睡。"然后一翻身把床单压在身下，我再也拽不动了。

这就是乡村夏夜的麦场，这就是劳累一天的村民睡得最香甜、最踏实、最放肆、最快活的夜晚。他们的梦境在丰收后的喜悦里，他们的梦境在身边堆积成山的麦囤里，他们的梦境在这月光下的温馨里……

交粮

经过割麦、运麦、碾场、扬场等多个劳动工序，麦子终于颗粒归仓，结束了麦收大会战。紧接着是另一场劳动交响乐曲开始上演，这就是交公粮。

据史料考证，中国农民种地交皇粮的历史可以上溯到公元前594年，春秋时期鲁国实行的"初税亩"制度，该制度承认土地私有合法化，实行按亩征税，这是我国农业税制由征收劳役向征收实物转变的正式开始，自此，皇粮国税应运而生。两千六百多年来，沧海桑田，朝代更迭，皇粮国税维系着王朝运行，事关国祚，历朝历代从不间断，只强不弱。

中华人民共和国成立后，积贫积弱的共和国千疮百孔，万般无奈下延续了农业税制度。1950年推行新的农业税，采取地区差别税率，以土地改革成果为基础，依地依产征税，公平交公粮。1978年农村实行联产承包责任制，土地分到农户耕种，俗称"大包干"，根据村民承包土地的亩数儿，按照历年上级下拨的公粮任务分摊到每家每户。同时，国家取消了交公粮，改为"以钱交粮"，即"三提五统"。2006年国家废止《中华人民共和国农业税条例》，从此，勤劳纯朴的广大农民告别了两千六百多年的"交皇粮"历史，以人民为中心的发展理念得到进一步彰显。

那时村里为交公粮争得先进，往往先放一场电影作为交公粮战前动员。天刚擦黑，劳累一天的村民黑压压一片很惬意地聚在戏台下等待着放电影。过了很长时间，电影放映员才在麦克风里开始吹气："喂喂喂，都别喊叫了，电影马上开始，马上开始，首先请咱们的村支书讲话。"很快，人群静了下来，开始耐着性子听村支书讲话："老少爷们儿都到得差不多了，天不早了，我也不多说闲话，主要说说交公粮的事儿，交公粮一年一次，闺女穿她娘的鞋——老样儿，几千年的老规矩了，大家伙心里明镜儿似的。"接下来，村支书就全村土地数目、各生产队分摊公粮任务数目、交公粮时限、任务要求等，像账房先生报清单一样，全部端了出来……村支书的话句句像石头蛋儿，砸在石臼里，当啷啷直响，也砸在村民的心坎上。

催交公粮电影放映后的第二天，架在村委会大杨树上的大喇叭开始吼叫。广播员是天生大嗓门，一搭腔，村西头到村东头，响个透亮，吓得树上的麻雀扑棱棱飞出去。他除了把昨天晚上村支书的训话"烫了一遍剩饭"，又重点批评了去年交公粮落后的生产队及村民名字，训话结束后，大喇叭里响起了笛子独奏《扬鞭催马运粮忙》。

一时间，全村人或家族式，或邻居式，或好友式组团商量着交公粮的事宜。我参与过一次交公粮活动，那是一天吃罢晚饭，本家几个哥先后来到我家商量交粮之事，就筛选晾晒公粮、雇四轮拖拉机等事项进行商谈。

有人说："明天还是好天气，抢时间晾晒挑选出来的公粮，最好再扬一遍，把秕子、麦糠、小土坷垃拣出来，咱们争取一次过关，别让粮所验质员找咱们的麻烦。"

"咱各家各户的公粮要标好记号，别弄混了。"还有人接着说。

第二天下午，有人开着四轮拖拉机一家一家地把公粮装到车上，直到太阳西落压住树梢，小山一样的粮食才装完了。

来到乡粮所，天啊，交公粮的队伍蜿蜒曲折，足足排了一里多地。架子车、牲口拉的车、小型拖拉机混在一起。交公粮的人或坐或站，或四处溜达。我们的拖拉机排上队，开始了漫长的等待。

"这样等下去，等到猴年马月？"

"谁是今年的验质员？咱去打听打听呗。"

于是，占芳哥拿着香烟，前去打探情况。趁着这会儿工夫，我溜到队伍前头，只见一位验质员，脸窄窄一溜儿，口气却十分威严，虎着脸，用特制的一尺多长的铁锥子捅进麦袋里，铁锥子尖尖的，中间是空心的。锥子从麦袋里抽出来，捎带出来的麦粒被他放在手掌上，嗅嗅，送到嘴里缓缓咀嚼着。被抽检的人提心吊胆地看着验质员的脸色，怯怯地递上烟卷儿，赔着笑脸儿。"合格，送进去吧。"得到验质员的准许后，被抽检的人如释重负，浑身疲惫一扫而光，拉起架子车快速走向仓库口。

又等了很久，占芳哥带回来好消息，话语间充满得意，他压低声音说："弟兄们，知道前面的验质员是谁吗？他是咱村秀婷姑二女儿的女婿，姓全。"

"啥也别说啦，赶快到秀婷姑家问问。"

于是占芳哥二话不说，一溜小跑儿去了。也就一袋烟工夫，他回来说，秀婷姑托人给女婿捎话了，咱们马上去找他吧。于是大伙挤到队伍前边。

很快，我们的拖拉机在工作人员的引领下，直接开到粮所仓库口，那位黄发验质员象征性地锥了一下麦袋子，向我们挥挥手。过关了。剩下的事儿就简单了，过秤、开票，程序进行得非常顺利。

开始卸车，我背着一小袋麦，踩着一层麦粒儿走进宽阔的仓库，昏暗的电灯泡照在山尖一样的麦堆上，笼着一层灰蒙蒙的土腥气，一条一尺多宽的长木板通向"山顶"，颇为陡峭，我摇摇晃晃走到麦堆顶部，连人带麦袋陷入"山谷"。还好，我终于将小麦倾倒到公粮堆上，从木板上走下来，站在拖拉机前，再无力搬运，只能看着几个哥哥进进出出卸麦。

时光飞驰，一晃近四十年过去了，广大农村发生了天翻地覆的变化。农民不但免除了"千年皇粮"，还领取种粮补贴、农机具购置补贴。

麦季承载着我的记忆，寄托着我对故乡的依恋。我怀念儿时家乡的麦季，更为今天家乡麦季的情景而欣喜、赞叹！

擦红薯片

立冬刚至，一天午后我向故乡田地走去。秋日里温暖的阳光照耀着几近一览无余的田野，多年不踏入熟悉的田地，展现给我的是那么多姿多情，田间小路旁的杨树叶不时在眼前飘落，枯萎的蒿蒿、野草在田头地边星星点点孤独地摇摆着，已出土泛青的麦苗轻轻地、淡淡地把大地涂绿，一块块、一片片，四方形、长方形的地块把大地装扮成错落有致的形状。偶尔见鸟儿一会儿掠过头顶，一会儿伏贴大地起飞，数着走着，在东坡地一抬头，白花花一片呈现在眼前，那不是晾晒的红薯干吗？久违了，好久没看见这一景观了！我心潮激动又不禁发出疑问：现在谁家还晒红薯干？睹物思情，一下子把我的思绪拉回20世纪六七十年代。

红薯，也叫地瓜。过去，红薯作为主粮，家乡人就以吃红薯为生。煮红薯，蒸红薯，天天都是吃红薯；红薯面，红薯馍，离了红薯不能活。这是我家乡20世纪六七十年代真实生活的写照。

红薯属高产农作物，每亩少者能产上一千斤，多者两三千斤。那时，我的家乡多是沙土地，是种植红薯的好地方。生产的红薯不但个儿大光滑，还甜瓷干面，远近闻名。每年红薯收成后，除下窖储藏一些鲜红薯外，大部分红薯就要擦成片晒干存放，晒干的红薯片如瓦片挺直肉实，到了冬季，家家都把红薯干磨成面掺点杂面做成馍、擀成面条、搅成面汤，或者清水煮红薯片吃，以解决粮食短缺的窘迫，吃得人人胃酸烧心，口流酸水，如此才能勉强维持生计。

于是就有了擦红薯片的劳动，这种劳动场景刻在我脑中总也赶不走、抹不去、忘不掉。

我清醒地记得，家乡擦红薯片一般都从傍晚开始。上午生产队组织刨红薯，下午分红薯至傍晚，看着红彤彤的夕阳西下，知道明天是晒红薯干的好天气，一场擦红薯片的帷幕也由此拉开。

这是众多农活儿中最琐碎、最需要耐力，也是令乡亲们熬夜进行的劳作。擦红薯片的工具是手工制作的一种农具，在一个三四尺长、十多厘米宽、三厘米厚的木板一头，挖出一个十多厘米宽的口子，在口子上镶嵌上镰刀和直刀，一个擦红薯片工具就做成了，家乡人叫它擦红薯板。一人坐在小板凳上，红薯板挖口的一头放在篮筐边沿上，一头放在腿上或坐在屁股下面，左手或右手拿一块红薯置于手掌心，五指稍稍翘起，技术不太熟练的还要戴上手套以防擦伤手指。用力在擦红薯板上下摩擦，厚薄均匀的红薯片就会从镰刀下口进飞出来，大的红薯需要上下摩擦二十几个来回才能擦完，小的红薯摩擦七八个来回就擦完了。

夜色慢慢地降临，刚才的红薯地顿时变成一幅热闹的乡村秋田忙碌的夜景图，参加分红薯的人守在自家分的红薯堆旁，有的用脚画出一片空地，有的用红薯秧围出一片空地，焦急地等待家里人送工具和干粮，家里的人拉车、提篮、背筐，带着衣物、干粮等步履匆匆往红薯地里赶。

不多时，擦红薯片的男女老少集聚在红薯地。有的一家六七口人，有的一家三五口人齐上阵，还有的家庭独自一人单干。一般是擦红薯片的快手操作擦，其他人有的择红薯，有的把擦好的红薯片快速地一片一片晾晒在地上，刚才的叫喊热闹场景，都被"唰唰唰"擦红薯片的响声取代，声音像刮风，红薯片如群飞腾跃的鲤鱼泛着白从红薯板口下飞出，准确无误地落在篮筐中。篮筐装满了，再换一个空篮筐。干累了、干烦了就互相变换一下，在露水和汗水的浸泡中，将一个又一个红薯，擦成片晾晒在地上。众人劳作着，多是一人擦板，供几个人同时晾晒，这样速度快一些。如果是一个人劳作，只能擦满一篮筐后，起身抓住篮筐"哗哗"几下，把红薯片撒在地上，待明早将重叠的红薯片再一一排列开。

广袤的土地被白花花的红薯片覆盖，乡村秋季的夜色田野，在白花花的红薯片反光下，如同白昼。遇到晴朗的天气，红薯片晒两三天就可以拾起存放，遇有阴天就得六七天晾晒甚至时间更长。被雨淋也是经常的事。淋湿了，太阳出来再晒，只是晒出来的红薯干色泽不鲜，口感不好。遇到阴雨连绵的天气，把红薯干从地里抢回来，堆在堂屋里，头天，红薯干冒着热气，隔了一天，红薯干开始有了酒味，用手一抄，白花花的红薯干不见了，成了堆连猪都不吃的废物。一个春天的希望，夏季的等待，到秋季却成了虚空。大人们往往会唉声叹气，嘟囔着长冬日子咋过。因此，擦红薯片的季节又是忙碌担心的日子，让人心不宁静。

记得有一次擦红薯片，俺家左边的路大婶边擦边问临边的"能人嫂子"："他嫂子，小丽咋没来？""能人嫂子"答："她生气回娘家了。""唉，正在这节骨眼上，生啥气哟！"这时我只听得"哎哟"一声，"能人嫂子"叫道："擦着手了！"路大婶赶紧跑过去问："擦伤得重不重？""真疼，流血了。"这时路大婶的儿子埋怨母亲："谁让你跟她说话呢，这会儿她擦不成了吧。"路大婶也自责："都怪我多嘴，都怪我多嘴，我来帮她擦。""能人嫂子"也不拒绝路大婶的帮忙，只是说："也不多了，你来擦，我来晒摆。"

擦红薯片擦破手是常事，轻的擦破一点点皮，重的有擦破手指露出骨头的，令人毛骨悚然。在记忆中，那时擦红薯片是家乡人最不愿干、最怕干，但又必须聚精会神地干，用古老的笨办法去生产的劳动，经常是干到启明星升起，直干得东方显出鱼肚白，不顶瞌睡的大人小孩往往干着干着头一歪，躺在红薯秧上睡着了，竟然一片鼾声。

家乡充足的细粮作物早已代替了大面积栽种红薯，个别家庭种那么几分地红薯，图吃个新鲜，我家乡擦红薯片的劳作将成为历史，但家乡一些古老的劳作习俗将永久定格在我的记忆中。

草色青青

我喜爱草，也怨恨草，都源自割青草。

草，有土的地方都会长草。有草的地方就有生机和活力。

我出生在农村，在农村长大，少年在农村度过，青年有一半时间在农村成长。那时田埂里、庄稼地、塘畔中、荒片地、河沟旁、树林里、山岗上、房前屋后、墙头上等等，只要有土的地方，甚至是只要有一点泥土的地方，都会长出草来。

深冬刚过，春的气息刚刚吹出一点，嫩草芽就捷足先登，不管人们喜欢不喜欢，只管往外生长，过不了多久，它就不变调地生长出来。五花八门，多姿多彩，品种多得数都数不过来。什么葛麻草、蒿草、茅草、黄檗草、刺角草、猫眼睛草、龙须草、狗尾巴草、革巴草、芨芨草、野牛草、狗牙根、地毯草、早熟禾、马蹄金、沿阶草，水里有水草，还有叫不上名字的草，等等，有长得高的，有长得低的，有贴着地皮蔓延长的，有往上长的，有茎粗的，有茎细的，有叶子厚的，有叶子薄的，有手摸着柔软的，有刺手的，有牲畜爱吃的，有只能沤肥的。

我爱草，草，给我留下了很多难忘的记忆。

对儿时乡下的我来说，很长一段时间，割草是我每天必须完成的作业，是我必须面对的生活，是我生活中的一部分。割青草是 20 世纪每一个农村娃上小学、初中，甚至高中时期都需要面对的一项劳动。

那时实行大生产集体劳动，还没有到挣工分的年龄，每天放了学，除了寒冬草枯萎了，没有草割，夏秋两季就是割青草，星期天和暑寒假时，在完成少量的作业外，就是挎个草筐到有草的地方割青草。

一般每天下午放学割青草，由于时间短，就在村头小河边、房前屋后，或者荒片地割青草。这些地方早已被天天放学的学生割过多遍了，刚刚生出草芽出来，立马就被手勤眼快的学生割了。因此，想割满一筐子青草并不是一件容易的事，往往割到半筐天就黑了。只得造假，从树上捋几把树叶子装在草筐底下，上面覆盖一层青草，以瞒过家长。草，这时成为我们小伙伴常常竞争的稀缺的物资了。有谁发现一处茂密的草地，会有多个人蜂拥而至，有时割着割着，眼看比不过对手，就用脚或者一根小木棍画出一条界线，高喊："这一片是我的，谁也不能进来割。"别的小伙伴就不同意，也叫喊："谁先割到那儿就谁先割。"于是，你一句我一句就会吵起来。不过，一会儿就和好如初。

如果是在庄稼地割青草可就苦了，草疯长的时候正是天气炎热的时候。那时还没有除草剂，庄稼地里的草往往刚剔过一遍，过不了几天就又长起来，且生长快而茂密，是小伙伴割青草的首选地。但在半人高或一人高的庄稼地割青草，往往热得让人透不过气来，还要面临让庄稼叶子划破手指和刺着眼睛的危险。经验是，一旦进入庄稼地，蹲下来，就不再起来，如同打仗一般，突出一个快，眼快手快，用力猛，三下五除二，割上几大堆草在腋下夹着从庄稼地里钻出来，坐到地头树荫下凉快一阵，再憋着一股劲钻进庄稼地割上一阵，直到草筐子割满为止。

最让我不能忘记的是星期天和学校放假时到河滩割青草。河滩位于贾鲁河两岸，距我的村庄有十几里地路程。河滩多为湿地，荒草地多，易长青草，成片成片，延绵几公里，附近村庄人都到河滩地割青草。头天晚上就把铲子、镰刀和干粮准备好，第二天天还没亮，就顶着浓雾，拉着架子车跟着大人出发。我第一次去河滩割青草，走到河滩天刚亮，面对半人高、一眼看不到边的青草立马震惊了，这是在家没见过的这么茂密、这么高、这么大的一块草地，有蒿草、茅草，有龙须草、茇茇草、野牛草，还有我叫不上名字的草。我兴奋地拉开架式蹲下来就割。大人说，不着急，等天再亮堂些再割，防止割住手脚，一大天时间，有你割的草，劲儿得悠着点使。这是大人的经验，我浑然不知道，想着趁早天不热先割满一草筐。

这一次割草，直至割到午饭过去一大会儿了才结束，割了两架子车草，累得我坐在地上就不想站起来。大人对我说，你是用力过度了，下次再来滩上割青草就不能这么着急了。我累是累，可望着两大车成果，内心还是无比高兴的，在俺村上十天半月也割不了这么多青草呀。

当兵走之前，我还多次去过河滩上割青草。有一次，没约到同往的人，就自己一人前往河滩割草。由于我还不太熟悉路，路线没选好，目的地的草被人割得所剩不多，割到下午过大半时，才割了半架子车草。但父亲见我第一次单独走远干活儿，心里还是高兴的，夸我长大了，能独自闯荡了。

与割青草不同的是剔青草，这是我最不想干的庄稼活儿。庄稼地里，如花生地、棉花地、豆子地、红薯地等，青草比庄稼苗长得还快，不及时剔草，庄稼就会不长。这是一个细致活儿，需要绣花功夫。往往上了年纪的、耐着性子的人才蹲下来去干。有时我也被大人叫到庄稼地剔青草。干一会儿就想直起腰，不是剔不干净，就是把庄稼苗给剔掉了，往往会挨大人一顿批。有时，一气之下不干了。

这时，我往往又怨恨草、骂草，为什么它长这么快！

小时候，我认为割青草的用途有两种：一种喂牲畜吃，草是猪、牛、马、骡、驴最好的食料；一种是牲畜不能吃的青草，倒到粪坑里沤烂成肥，铺一层青草压一层土，过一个冬夏就变成有机肥了，是施庄稼的好肥料。

细想想，草作为一种植物，给人提供的用途实在不少，除了可以让人拿去喂牲畜，还间接地为延续人的生命服务；有些还直接变成人的食物和药物，比如一些野菜和中药材；还可以晒干了烧火做饭，甚至连它被焚后的灰，也可以让人拿去肥田，因此说，草的用途可多了。

再长大些，我对草有了生命形态的理解，草给人的启示也很多。正如著名作家周大新说："草作为一种生命形态，给人的启示也很多。它的顽强——即使头顶压了砖头，也要想办法从砖头缝里探出头来；它的坚强——即使把头割了，身子也能坚强地挺立在那儿；它的甘于平凡——长在再偏僻的地方也毫无怨言；它的勇敢——暴风骤雨冰雹袭来都能毫无怯意地去面对。"

人，其实是可以从草身上学到一些东西的。常听大人讲："人活一世，草活三季，长短不同，可经历却是一样的。"

可人给草的是什么呢？常常是漠视和蔑视。

以上说的这些草，都是地里生长的野草，没经过人类有意的种植管理，任凭它生长。

在现代景观建设中，草的用途可就更多了，草坪已成为必不可少的一部分。无论是在公园、广场、风景区，还是在街道、小区、庭院以及公路、山体防护，都少不了草坪的身影，看上去都是草，种类是那么多，都弄不清楚了。

无边无际的大草原，是天然的牧场，是牧马人驰骋的天堂；绿茵茵的大足球场，是球员放飞梦想的疆场；等等。

2017 年，我有幸到德国慕尼黑参观学习，途中中巴车停靠在一个小村旁休息，我下车即被眼前山坡上全铺着绿毯一样的青草吸引，飞快地向草地中跑去，在草坪地上翻了几个滚，并高兴地对着山坡高喊几声。那一刻，真是心旷神怡，真想变成鸟儿飞起来，去看遍这片绿草地。

从乡下挎着草筐割青草的农村娃，那时对青草浅显的一点认知，如今变成城里人，对草有了升华般的了解，无论是曾经割的青草、剔除的野草，还是现在培植的青草，都值得在我记忆里储藏，它像生命似的宝贵和伟大，占有着一席之地。

每天推开窗户，望见楼下的草坪，心中呼唤生命的伟大。走近它，看到草坪中竖立起的一个个写着"小草有爱，不要践踏""请爱护草坪"等提示牌子，我想，绿水青山就是金山银山的真正含义，不正是如此吗?! 不也是人类文明进步的象征吗?!

蛙鸣声声两样情

转着转着，散步的人渐少，喧嚣气氛渐淡。天黑了，开封西湖静了下来。取而代之的是，蛙鸣声从西湖周边传来，声声入耳。循声望去，急着想看看夜色蛙鸣形态，但睁大眼睛盯视，总也逮不住它。蛙鸣声从远处、从身后、从湖水边、从野苇丛间、从树林中时急时缓围拢过来，连成一片。行至西湖西南角刚建成的景观带，蛙鸣声更急促，夜色更寂静。

开封西湖被城市高楼亮化和彩带工程环围着，被衬托得美轮美奂。仰望星空，少有地看到了城市的月光，一钩月牙儿羞涩地斜挂在头顶，柔弱的月光覆盖了西湖，湖水如着了柔曼轻纱，在月光照射下，在霓虹灯映照下，娉婷地乜着我。鸟不啼，蝉不鸣，只有蛙鸣声声做歌。月明星稀，静听天籁，内心自息。开封西湖夜景如此美丽，我顿时感到无比安宁与平静。"圆满光华不磨莹，挂在青天是我心。"正是此时心境。

微风从湖面上吹来，湿湿的、甜甜的。在这寂静夜色中尽可享受大自然的芬芳，心旌荡漾，吸氧洗肺。

此时，我更多的是侧耳细听蛙鸣声，放慢脚步，调整身姿，如果有意，可以听到自己内心花开的声音。习惯了繁华和喧嚣，在这寂静的夜色中，有蛙鸣声做伴，可以让思想和灵魂清醒独行，让脚步等一等心灵，听一听心灵的诉说。

作为出生在农村的游子，自小对青蛙情有独钟。"小蝌蚪是怎么长出来的呢？那么小，又怎么会变成大青蛙呢？"清楚记得，童年时光故乡的河沟中、小溪间，只要有一洼清水的地方都能看到这摇着小尾巴的"小黑豆虫"，长大后知道了它叫小蝌蚪。问大人，大人有的也答不出来。一次问老叔，老叔回答："青蛙是小蝌蚪的妈生出来的。"后来读到著名作家贾平凹写"蛙"的文章，描述了青蛙的由来："世上万物都分阴阳，蛙就属于阴，它来自水里。先是在小河或池塘中，那浮着的一片黏糊糊的东西内有了些黑点，黑点长大了，生出个尾巴，便跟着鱼游。游着游着，有一天把尾巴游掉了，从水里爬上岸来。长大了便变为青蛙。"它和燕子一样古老，但燕子是报春的，在人家门楣和屋梁上处之泰然，青蛙永远在水畔和田野关注着吃，吃成了大肚子，再就是繁殖。青蛙后来可能是悟到了什么，惊叹遂为质问，进而抒发，便日夜蛙鸣声不歇。我不能断定作家对青蛙由来描述的准确性，但感悟到青蛙变异形象描述的贴切。

人们愈是质问蛙鸣，蛙愈是放声抒发，叫出了怒气和志气，脖子下就有了大大的生气囊。或许蛙的叫声是多了些，这叫声有些人却听着舒坦。

青蛙作为两栖类动物，是一种有益生灵，昼伏夜出，以它固有的生活方式行走于快慢道之间。白天它隐藏于大自然的旮旯处睡眠，沉静地观察自然界生息，夜晚蛙鸣声声。听，有排山倒海般的齐声放歌，有掉队似的单独吟奏，还有间歇般的放声。虽然看不见它，却从鸣声中感受到它们在大自然中快乐放歌，感受到它们内心的悲欢。

"蝉噪林逾静，鸟鸣山更幽。"我索性停下脚步坐在湖边，觉得开封西湖四周静得很。我在一片寂静中，默默地望着碧波荡漾的水面，看到水面倒影中的高楼大厦，看到水面中的墨绿花肥。风乍起，一片莲瓣落入水中，它从上面向下落，水中的倒影却是从下向上升，最后一接触到水面，两者合二为一，像小船似的漂在那里。

静之思来，记起毛泽东早年写过的一首诗："独坐池塘如虎踞，绿荫树下养精神。春来我不先开口，哪个虫儿敢作声。"天地之间全是蛙鸣声，我感受到蛙的霸气。

远离故乡后，常年在水泥高楼间穿梭，人已麻木。经常听到的是汽车的喇叭声、刹车声，以及彻夜忙碌的工地搅拌声。这人工化的声音已经将城市包围、浸染，也让已浮躁的都市人心里更加焦躁。开封打造的集文旅、休闲、观光、排洪等功能于一体的西湖景观带，为古老繁华的都市增添一处美丽壮观的水系绿洲。置身其中，人会进入一种放松美妙的心境。

南宋诗人辛弃疾的《西江月·夜行黄沙道中》："明月别枝惊鹊，清风半夜鸣蝉。稻花香里说丰年，听取蛙声一片。"可以说，在故乡听蛙鸣是另一种心境。故乡的盛夏，大地碧绿，天蓝得耀眼，云朵悠悠荡荡。正午，偶尔会听到青蛙以淳厚的叫声为正在劳作的乡亲伴奏几声。循声细找还能发现它俯卧大地，或在河沟内，或在青草间，或在麦田地，或在路边，时续时断地鸣叫。伴奏出的声音不很洪亮也不悠长，却也像不远处小河的流水声叮咚作响。晚上将是另一场蛙鸣大合奏。有苍穹做背景、大地做幕布，青蛙演绎出自然界的天籁，献给大地之子——农民，慰藉那些整年与大地打交道的父老乡亲。这便是自然界最为神奇的地方。

落雨后，故乡到处水波斑斓，河渠、河沟、小溪涨水了，大地上多出一片又一片沼泽地。黑夜蛙鸣如青春骚动的心情奏出阵阵天籁般的旋律之音，那是一种亲切和温暖的声音。

中旬晚上，我在小河旁纳凉，天空中的月亮又明又亮。下旬晚上没有月亮，满天的星星在头顶仿佛一伸手就可摘下一颗，放在石桌上可用作照明。这美妙意境之夜，蛙鸣的演奏格外悦耳动听，仿佛躺在奶奶或妈妈的怀抱里，伴着美妙音乐听着那久远的故事。

还有散发出来沁人心脾的清香芳草味道丝丝袭来，不觉间转换为一种沉静，既区别于在城市住室内的沉静，也区别于城市景点独隔一处的那种沉静。这种独有的沉静心境也只有在故乡夜晚蛙鸣声中和独坐在故乡老宅小院里才会有。似乎杂念私欲被荡涤得丝毫不留，任何欲望也都隐退无痕了。因此，每次回故乡，我尽量去触摸、去丈量、去记录那些日渐模糊的大地田野、人是人非。只有与故乡的一草一木握手言和，与故乡一起握紧太阳，握紧雨水和泪水，慈悲才会开出花来，在叩问如何热爱生命的同时，才会去思考如何坦荡面对追寻、欲望、诱惑和死亡。

同是蛙鸣声，听觉两样情。有人说，乡村记忆是文化主体动态实践的过程，需要不断地提取地方性的历史文化资源作为记忆的承载体，这是乡村历史发展对村民记忆的映射。它不放养鲜花，只有青纱帐和自然界的生灵。

乡下多雨天

儿时，雨水多，刚才还是艳阳高照，这会儿头顶便压来一团团乌云，有大的，有小的，各种形状，乌云压得很低、很厚、很急，从天边袭来。

风是雨的先兆，风来了，龙卷风，刮得天地间混为一体，人被吹得如圆筒，衣服气球般，风带着人推着人趔趄着走。树林像乱作一团的麻，圆鼓一团，看不清楚谁是谁的杆、谁是谁的枝。

"雨来了，快走吧。"乡间正在赶路的、田野里正在锄禾的人们会遥呼躲雨。也就是紧走几步的工夫，豆大的雨珠由稀稀几粒变得密密实实砸了下来，正应"六月的天，小孩的脸，说变即变"的谚语。

瓢泼大雨，落在绿色大地，由初下雨的沙沙声，伴着风把各种绿色叶子打得啪啪作响，乌云由一团一块变成整个天地都是，下得大中午像日头落山，黑蒙蒙的，天先是黑的，再是白的，妇女会产生恐惧往家跑，有的小孩吓得哇哇啼哭。有人用衣服、绿叶遮着头，挡着脸，急匆匆往能避雨的地方躲。

遇到干涸的田野，大雨落到地上，空气中立马弥漫出泥土和青草味道，直扑鼻腔。

院内椿树上正在抱窝的灰喜鹊抖动着被雨水淋湿的翅膀，张大着嘴巴"嘎嘎"地冲着屋内人猛叫，雀巢儿在雨水中沉甸甸的，仿佛随时都可能把树枝压断坠落一样，那只雄雀儿却悠然自得地从巢口探出头来，望一望灰蒙蒙的雨天，又钻进巢中和它的幼鸟抱在一起。猪躲在窝里酣睡。落汤的鸡不到上窝时间是不会进窝的，而是在屋檐下、大树旁、棚架下，只要是能躲雨的地方它都躲进去，大多是呈站立姿态。小院里除了沙沙声，静得出奇。对于长年下地劳作的人，下雨天，尤其是连阴天便是难得的休息天，男人有睡不完的觉，女人或串门集中一起，或独自在家做针线活儿。

又过了半顿饭时间，雨由大变小了，像织布的线，从屋檐上、树上滴落到院中的积水里，也泛起层层水泡泡。"要连阴！"有经验的老人准确地判断出天气走向，雨有时一下就是两三天，再阴一两天，整个一周都在雨中。对生活在中原地区的人们，这样的阴雨天使人心烦意乱。田里的庄稼被淹，墙院房舍也塌了，当初下雨美美睡上一觉的滋润心情也没有了，再睡不着了。下床，没事干，不像现在有电视看、有手机玩。性急的人会在屋内来回转，有人跑到生产队的牲口屋，清一色的男人一起喷空儿，有人望着门外，会情不自禁地说："下、下、下，把天也下来，不让人活了。"也就有人附和说："庄稼淹一季，不收成，长冬，要挨饿了。"

这时的雨，是多余的雨，伤悲的雨。院落的水像一池水塘，街上的水像河一样，给面朝黄土背朝天的农民增添着无绪的烦闷、忧愁。

黄土地院落积水过了脚踝，雨珠落在水里，溅起了水泡，又圆又亮，一个接一个，一片连一片，前一个水泡顷刻被后面接踵而至的雨点击碎，再形成新的泡泡，就这样你来我往直至雨停。

孩童们没有多雨的烦恼，早已按捺不住憋在家里、学校的闷劲，雨稍停，就冲到院里，跑到街上有积水的地方玩水。

我村同一茬的保国是全村出了名的顽皮孩子，一次大雨过后，他领着一群孩子在水里打水仗，他手里拿着一条长长的细棍，敲打水面，敲着敲着，忽然发现一群大嘴小鱼逆着水流朝小棍击打的地方游来。保国大叫："鱼！鱼！鱼！"伸手就抓，连泥带鱼抓了一把，小伙伴顿时来了兴趣，纷纷惊呼："有鱼，有鱼！"大家七手八脚在水一旁挖出小坑，用手捧进坑内一些水，把捉住的鱼放进小坑，鱼瞬间晃头摇尾游起来。一会儿铁旦抓一条，一会儿狗胜抓一条，正当小伙伴感到抓到的都是手指长的小鱼失去兴趣时，大州大叫："大鱼，我抓住一条大鱼!"他双手紧紧抓住白亮白亮扑扑棱棱张着嘴巴的大鱼,跳出水坑,刚要放到用手挖出的小坑里,小伙伴们齐声说:"坑小盛不下,别让鱼跑了。"站在一旁的三胜大叔马上把手中的一个草篮递上说:"快,放到篮子里,放到篮子里,乖乖,得有两斤多。"于是乎,旁边看热闹的大人也下到水中,把巴掌大的一块水域搅了个底朝天,又抓住几条一斤左右的鲤鱼,不少人手舞足蹈,嘴里叫:"下呀!下呀!再下三天三夜,鱼儿就要游到院里屋里来了!"直到小雨又下,村里人才欢呼而散。

乡村大地,田野变成泽国,土路被水淹,没过了人的膝盖。远处看,村庄土坯草屋在大雨中飘摇,落汤鸡般站立着,摇摇欲坠又屹立着经受住考验。

天亮了,雷鸣电闪,雨又哗哗下不停,老年人自言自语叹息:"再下就淹了东坡!"东坡是洼地,容易积水。孩子们会接话:"淹了坡,鱼就多!天天逮鱼吃。"

雨还下着,这会儿不紧不慢,我到邻居家找田哥玩,在院内发现一只小斑鸠从树上被雨淋下来了。"快看,淋得多可怜!"田哥双手捧着嘴里"唧唧"呻吟着发抖的斑鸠雏儿,赶紧把它捧到灶火旁给它取暖。田哥他爹说:"等会儿不下了,老斑鸠下来会把它叼到窝里。"于是,把小斑鸠羽毛烤干,我俩赤着脚,站在雨水中掬着小斑鸠想让它爹娘来把它叼走。"孩子,你们这样托着,大斑鸠是不敢来的,把它放到屋檐下。"我俩趴在门框上,静等小斑鸠它爹娘来叼,可没等来。我俩嘟囔着,它爹娘不要它了,好可怜呀。我找来一个纸盒,垫层软布,把小斑鸠放进去。第二天一早,我到田哥家去看小斑鸠,它已不在原地了。我问田哥,他说不知道,又说,也许是自己飞走了,也许是被小狗小猫叼吃了,我俩好伤心。

有时,雨来得快下得猛,可停得也快也陡,有时不过半个时辰,有时人刚躲进瓜棚下或回到家里,雨就停了,干活儿的人往往会说:"作闹人的天,折腾人的雨,也干不成活儿了。"

短暂雨后的田野,大地与连阴雨天不一样。此时,大地万物清新,攒着花香、草香、泥土香的空气一股脑地往鼻腔里钻。庄稼、树叶、野草都精神起来,挺瓷实的绿叶向四周伸展，一片连一片生机盎然的田野大地，湿漉漉的，每一片绿叶草茎上面都顶着一个晶莹剔透的水珠，生机勃勃又生生不息。

天空湛蓝湛蓝，较下雨前高悬许多，一缕又一缕的白云在村舍四周的天空溜达，往西边一望，一道弯弯长长的彩虹挂在天上，仙女下凡似的留给人间瞬间景色，燕子由低空向高空盘旋，到天空中追彩云，欢快无比。

如果诗人在，面对万里晴空，蓝天白云，云卷云舒，此情此景，一定会写出像韦应物的"春潮带雨晚来急，野渡无人舟自横"、王维的"渭城朝雨浥轻尘，客舍青青柳色新"、李煜的"无奈朝来寒雨晚来风""帘外雨潺潺，春意阑珊"等赞美天空和下雨的诗句，雨便成了多情的种子。

记忆真是奇特，随着年龄的增长，眼前的事忘记得快，可陈年旧事，尤其是童年、少年家乡往事总也忘不掉。好几十年过去了，那个时代家乡天空大地、生活劳动中的一些细枝末节竟然都还贮积在脑海，时常翻腾出来。有的如纸被糨糊死死贴在墙上，无法扒下，扒下就会连墙皮一块全碎了；有的如墙根上边爬满了苔藓，搞不清那是砖墙还是苔藓。家乡带着沼泽地深水处的腥味与草叶的湿润气息，海绵般柔软地吸取了我内心的向往，连每一块砖石、每一缕木纹、每一块污斑都严丝合缝地对应着。我常一个人在内心深处痴痴地环视家乡，又伸出双手沿壁抚摸过去，就像抚摸着自己的肌体、自己的灵魂，内心深处无比充盈、透彻。

看青的日子

月亮一出，深色的天幕就拉开了，就像主角的出场让我们忽略了背景。

这是一个满月。白昼阳光普照，穿着单衣还出汗，这会儿夜晚凉风飕飕地穿透了身体。此时，我站立的地方是一块田地的正中央，被田野一大片洁白屏障包围着。身旁是一个搭建的茅草屋，茅草屋前边是空出来的一片压得瓷瓷实实、干干净净的空地，是看青人活动的区域。一盏煤油灯悬挂在茅草屋门口出头的一根木棍上，油灯在四周洁白萦绕下，显得丁点的光可有可无。

这是一块五十多亩的棉花地，正是采摘的棉花地。白天，我穿梭棉花地看棉花，晚上我住在棉花地看棉花，按我们的乡俗这叫"看青"，就是秋季农作物成熟了，为防止有人偷摘选派劳力看护。

我刚高中毕业，被生产队选派"看青"。生产队一般都选派年轻人看青，理由是年轻人身体敏捷，耳不聋眼不花，是田野看青的最佳人选。

第一个夜晚，夜色降临，我早早地来到广袤的棉花地。按照生产队看青的要求，一手拿着一根木棍一手拿着手电筒，和看青的同伴海昌一前一后沐浴在如水的月光里。身边盛开的朵朵棉花与我同伴，天空明月照我前行。

棉花地，一垄垄、一排排向前延伸，每棵棉花茎枝向四周张开着，棉花朵正盛开，早几日就该采摘了，但由于生产队人手紧还没采摘。大朵大朵充盈的棉花朵与月光争着明亮。它们覆盖在已掉枯叶的棉花茎枝上，你挤着我，我并着你，你携着我，我扶着你。大朵正在开怀大笑，棉絮挣开棉桃用力向外伸张，小朵正在含苞待放，棉絮顶开棉桃露出眯缝细丝，在不多的棉花叶子的衬托下，朵朵都在展示着它的洁白无瑕。天上的月亮笑盈盈地招呼着棉花朵，棉花朵在大地上展开笑容对应月亮。微风吹来，棉花茎枝有了摇动，沙沙作响，似鼓掌般邀月亮下来做客。

我那时还没进过城，不知城市里的月亮是个什么样，现在看，乡下的月亮比城市的月亮可要大得多，也亮得多。乡下的月亮浑圆、透明、洁白，像一块毫无瑕疵的美玉，镶嵌在墨蓝的天空上。如今，我经常在城市仰望天空寻找与乡下媲美的月亮星星，可怎么也找不到。

被一层棉朵遮住了的棉花茎枝，不弯下身子就看不见它的存在。它们经过春的播种，夏的生长，在深秋中换来棉朵洁白盛开。棉花茎枝像一位老者，此时基本完成它的使命，棉桃开朵了，棉秆也枯了。

夜色更深了。不觉间，月亮走到了头顶偏西。抬头仰望天空，发现星星亮了，刚才还躲在暮色中的星星，此刻，蜂拥到你的面前，仿佛一伸手就可以捉摸到水晶般的天空，可以摘下一颗晶莹剔透露珠一样的星星。天上的星星是那样的多啊，密密麻麻，多得一辈子也数不清。在乡间赤着脚，玩着泥巴生活了十多年才知道乡村的星空如此美妙。

放眼棉花地四周，如盖一层纱，朦朦胧胧，黑黝黝一片，看不清楚。但我知道，紧挨着棉花地东侧是一块苞米地，如屏障般守护着棉花；棉花地西边是矮矮的红薯地，红薯藤茎宛然是一道凝碧的波浪，碧绿如障，使人也不可轻易逾越；棉花地南边地头是成排的杨树，亭亭玉立，如哨兵把守着来犯之敌；在望棉花地北头什么也看不见，不，有一条小道夹在田地之间，看不见它，它却如一条小溪贯穿东西。

啊！夜色是如此深邃、博大、伟岸。我想站在天地之间多欣赏一会儿如此多娇的夜色田野。可是瞌睡虫爬上头，我不得不钻入茅草屋入睡。

此时，棉花地除了静，还是静。偶有树上的蝉声、蛐蛐声、蛙鸣声入耳，声音怪得让你无法辨别，又无法辨明它源自哪个方向。它们的热闹也不如夜色刚暗时叫得欢，我想许是它们叫累了，很快也就入眠了，剩余的夜猫子无精打采地有一声无一声地叫着。这空旷的田野，静似乎成了声音的出处，声音也成了静的参照。

后半夜，我从茅草屋钻出来撒尿。起雾了，缥缈的雾，悠悠地，如幻如梦，浮在眼前。月光如流水一般，静静地泻在这片棉花桃上和叶子上。伸手一摸有露珠，湿漉漉的。

看青，到了下旬。月亮出来得慢，再晚几天甚至快到天亮了，月亮也迟迟不肯出来，即便出来，露一会儿脸即向西山隐退。星星半睁着眼睛，高高地挂在天空，给夜色中的大地照耀的亮光有限。这个时期，我和伙伴海昌也没早先那段时间上地早，吃过晚饭总是在村里大街上听大人闲喷一会儿，才慢悠悠顶着夜色出工上地。

月黑风高的一个晚上，我早早地来到棉花地钻进茅草屋，打开《三国演义》阅读"官渡之战"一章，看得心随故事走，一目两行，激情万丈。正应俗话说，听书人掉泪替古人担忧。要不是尿急，我依旧舍不得放下书本钻出茅草屋。刚站立在茅草屋西南角解决完问题，一阵窸窸窣窣声钻入我耳，我打了一个冷战，警惕性立增，睁大眼睛四处搜寻，发现西南方向一个人影在晃动。"贼！"我脱口而出，钻入茅草屋拿上手电筒，从门口抄起一把铁锨。转念一想，我立即站住了，心想，这黑天野地，贼一跑，我哪儿能撵得上？万一遇到年轻小伙，搏斗起来我还不一定是他的对手。"不中，等海昌一起包围他。"

我焦急地等待着。看青快一个月了，白天或大中午有个别人会顺手捋两把棉花装入口袋，我遇到过，大声吆喝几声便能吓退他们。夜晚趁月偷棉花还是第一次遇见。"胆子太大了，肯定偷得不少，一定得抓住他，把这个偷盗分子扭送到大队部去。"我蹲在茅草屋门前，生怕贼看见我跑了。

海昌到时，距离我发现贼已有半袋烟工夫了。海昌从棉地南头一条小道上静静地走到我跟前，我一把用手捂住他的嘴："不要说话，有贼。"我与他耳语一番。"这还了得，走，逮着他先撸一顿。""咱俩得包抄，前后夹击。"我再次与海昌耳语并用手比画。海昌明白我的意思，他绕左侧包抄到贼前面，我在贼身后，我们俩慢慢向目标移动。

也许贼专注低头偷摘棉花，加上手忙脚乱和棉花茎枝摩挲声，我俩的包抄行动并没被他发现，直至剩到几米近猛地扑上，他"啊"的一声惊醒，但已来不及逃跑，被我俩结结实实地摁趴在地上。

"谁？起来！"我用手电筒一照，海昌"啊"的一声："二叔，你？"我立马看清是海昌没出五服的本家二叔。"叫我咋说您呢，二叔？"黑夜里我能感觉到海昌脸色的尴尬。

"唉，我想你们俩不会来这么早。"二叔坐在地上唉声叹气地说。

"没有人看护，您就能偷啊？二叔，不是我批评你，你这啥思想。"

"眼看你二哥结婚的时候到了，可是新被子还没着落。这年头，俺手头实在太紧了。"

我用胳膊碰一下海昌："让你叔走吧，权当咱俩没看见。"

"不中，棉花没收。"

我佩服海昌六亲不认、铁面无私的决心和态度。

我俩把二叔偷摘的棉花倒到茅草屋里，真还不少，这一会儿工夫二叔已摘了瓷实的大半篮。我把空篮递给二叔，他低着头消失在夜色中。

我再无心情看书，自看青以来黑夜逮着偷青人是第一次，我说不清是喜是忧。我知道，在那个年代，吃喝刚能喂饱肚子，手头花销历来都紧张。棉花和西瓜、甜瓜是当时村里少有的经济作物，偷摘棉花换成几个钱或纺成棉线织成布是常有的事。

个把月，盛开期的棉花朵基本采摘完，剩下的棉花朵在夜色下星星点点散挂在棉茎枝杈上，黑黝黝的棉地也显示着它的过人之处，风一吹棉花朵摇曳一下，能看见它在人眼前晃动。棉花茎枝倒成了此时的主角，立在大地上，虽不起眼，但是满目低矮一片。由于棉叶脱落，棉花朵摘去，棉桃空壳留挂枝杈上，原本密集的棉花枝杈上，留出了更多空隙，小风吹来，就有摩挲声响起。

这时，我已没了早几天在朵朵洁白棉地仰望星空欣赏田野夜色的雅兴。我到棉花地绕茅草屋四周一圈，用手电一照算是完成了今夜的看青任务，然后早早地钻入茅草屋，在油灯下看书。四大名著都是在看青时候看完的。

　　清晨没有村里鸡鸣犬吠的打扰，我往往在茅草屋内被早上下地劳作人的说话声、咳嗽声叫醒。笼罩田野的大幕徐徐拉开，乡亲们开始了一天的劳作。肩膀上扛着锄头、耧耙、弓犁，人们行走在田野的薄雾中，伴着鸟语和泥土芳香，我钻出茅草屋，与出村到田间劳作的乡亲们碰面而过，他们上地干活儿，我走出田野回家吃饭。

　　秋日田野果实丰硕，乡秋景色也美。年轻时觉得乡村是块苦涩的青草地，它不开放鲜花，只有青草。但这里的早霞和晚霞一样美。

　　不是吗？秋风萧瑟天气凉，草木摇落露为霜。一进秋季，暑气就踪影全无。此时的蓝天淡泊安宁、白云飘逸悠扬、阳光和煦恬静、风儿清冽柔爽、空气清新宜人。

　　岁月流逝，牧童牛笛，仿佛一夜之间便成了绝唱。现在的家乡早已没有"看青"这一习俗，更没有了偷青。农民富裕的小康生活，即便眼前满地瓜果滚动，村民也不会"偷青"，足以证明乡村经济社会文明发展的成果。

田野赏月

一直以为天上的月亮都是一个样，但当我停留在一个时空里，在特定环境里，感悟到天上月亮有时是不一样的。

我领略过这个月亮，那是在故乡田野里。她是那么明亮、沉静、优雅、妩媚、多姿、浑圆、透明、洁白，像一块毫无瑕疵的美玉，镶嵌在墨蓝的天空。总之，用再多的美丽词汇赞美她、描述她都不为过。

秋荷一滴露，清夜坠玄天。白露已至，清露晨曦，万物自化之美，用心润泽秋日的静怡岁月。

白天，尽收眼底的是一望无际的田野，玉米沾染了阳光的金黄，高粱头戴红冠披着霞彩，饱满的谷穗笑弯了腰，一朵朵棉花咧开了嘴，枝头的果子散发着迷人的香甜，绘成一幅"秋高云淡，硕果累累"的美丽画面。

在广袤黑夜的田野里看月亮，与在城市楼群看到的月亮是不一样的。城市在霓虹灯照耀下，月亮若隐若现。与在村里自家小院看月亮也是不一样的。在自家小院里看月亮，月亮先是从屋顶、树梢伸出弯月镰刀红，影子在凸凹不平的村庄屋顶移动，有时月光集中到屋脊房顶上，能捕捉到夜猫悠然散步。紧接着，月亮露出半个脸庞，村东头麦秸垛旁一对恋爱中的青年会呈现在月光下，他们浑然不知，任凭月亮为他们送光，秀着恩爱。一会儿，就是整个圆月呈现在农家小院，小院中唠嗑的人家有了月光的照耀，温馨的画面在各家各户上演。

在田野里与月亮为伴，当夜色降临，月亮没有多变的脸庞，一经出现，露个头时，看到的就是红彤彤的、圆圆的，像个大西瓜，照得田野一下子静了下来，如初春的少女，羞羞答答，纯净如水，踩着轻盈的脚步，舒展着笑容，百般明丽，瞬间给田野镀上一层璀璨的金。

一袋烟工夫，月亮就到了头顶，她变得晶莹剔透，荣华富贵，倾国倾城，美丽浪漫，处处展现风情。浪漫得如同田园诗，于朦胧月色中清新和雅，像一枝盛开的百合，在岁月沉淀中绽放，静静散发着清香。

皎月当顶，是月光最浓的时刻。天地静穆，月光如同瀑布，倾天而落，落在暗绿的玉米叶子上、盛开的棉花朵上、草丛中、树梢上。远处的庄稼、树木、田野和村庄，迷迷蒙蒙，只有一片模糊，成为一幅水彩画的背影了。

此时，如同身在碧波荡漾的大海，风吹浪打，银光闪闪，月光包裹大地，大地托衬天空，萤火虫与繁星互动，时静时动，看不见她，却能感觉她在行走。蟋蟀的歌声、昆虫的吟唱，此起彼伏。

繁星簇拥着月亮，与月光比亮，无边无际。月光下的田野显得神秘，变幻莫测，在这神秘的田野间到处有生命诞生着。

朗月之光，牵引出我浓郁的思古幽情。我的思绪坠入科幻遐想，想寻觅天上的牛郎织女，开始对宇宙发出疑问，开始对天空的神秘进行探索，对它的意义开始进行寻求。我想飞向夜空寻找牛郎织女，我想飞向月宫品尝吴刚的桂花酒，我想摘颗星星捧在手中凝视观赏……虽然航天梦的实现，揭开了星河宇宙的神秘面纱。但是月亮依然承载着人们的永恒记忆，人们对月当歌，抒发感怀之情。

"露从今夜起，月是故乡明。"自古以来，文人墨客不知用了多少笔墨来咏叹秋思，赞美故乡的月亮。或豪迈，或婉约，或登高怀远，或思乡念亲，让白露、秋天都充满了浓浓的诗意。面对亘古之月，不同的诗人有不同的领悟，吟月诗词各具特色。据不完全统计，《全唐诗》共近五万首，李白一人就有数百首诗写月亮，可见月亮成了诗人们表达不同情感的方式。李白的象征，杜甫的亲情，白居易的清冷，苏轼的感伤，张九龄的雄浑，张孝祥的壮阔，晏殊的惆怅，辛弃疾的豪放……不同诗词中，月亮这一意象在诗人心里有多种不同意蕴，形成不同情怀和审美意境。

天空星河是一首温馨的诗，是一曲深情的歌，是一杯浓烈的酒，是一曲波澜壮阔起伏跌宕的交响乐，面对奔腾不息的滚滚流水，带着人类去无尽地奔放。哀吾生之须臾，羡长江之无穷。

站在故乡田野感悟月亮之美、之妙，家乡的月亮比异乡的月亮明亮，田野赏月比城中赏月静好。不是偏见，而是对故乡月的思怀情浓。

子夜过后，晴天里的月光尽管已越过头顶向西山移去，但仍如初升时一样大气、干净、圆润、美丽，走完这个轮回时，依然光彩迷人，还是那么圆、那么红、那么亮。如同演奏完一曲荡气回肠的曲目乐章，招手向观众完美谢幕，做到了善始善终。

晨曦起，太阳升，田野在薄雾中拉开另一场序幕。我置身怒放的棉花地，被朵朵棉花包裹，深吸几口凉爽的草香、泥土味的气息，感受着大地滋养带来的幸福，感悟着繁重的秋露承托于百草之上，见证着日月流光，岁月荣枯。让心情领略清露晨曦，让万物自化之美，说声岁月静好。

天空有明亮美丽的秋月，中间有遨游飞翔的云雾，地面有金灿灿丰收的硕果，日子在此消彼长的交替中流逝，其花色简直无穷无尽，自然界供给人类的美餐，可以合任何人的胃口。所以最聪明的法子就是，径自去享受这席菜肴，而不必憎嫌生活的单调。会发现美，身边处处皆是美。何况天空大地本身就充满无限神奇。

摸核桃

天刚擦黑，强军与大喜、爱国一起来到我家叫我说："快，别吃了，到大国家摸核桃去。"大国今天娶了新媳妇，按家乡风俗晚上吃罢饭，要闹洞房，闹洞房有个重要环节是摸核桃。"摸核桃时间还早着呢，去这么早？"我边往嘴里扒着饭边问。"早去早看热闹，快点吧。"三个伙伴不耐烦地催我。我就把碗往地上一推说："妈，碗搁地上了。"与他们匆匆而去。

这是腊月的下半月，月亮还没有露头，稀疏的星星眨着眼睛，乡村格外静寂。大国家在村东南一隅，要走过村里南北一条主路，向左进入一条小路，再向右拐一条小巷即到。村庄不大，但20世纪70年代村中还全是土路，有的路段坑洼不平。强军在前边走得极快，大喜、爱国和我跟在后边。"强军哥，你不是拿着手电筒吗？也不打开照路，你又走这么快。"爱国个子矮小，步频虽快，但跟不上，就嚷嚷着叫强军走慢些。"快没电了，节省着用，大国家就要到了。"

与漆黑村庄形成鲜明对比的是，大国家的小院一棵弯脖子枣树上挂着一盏气灯，屋内点了无数支红蜡烛，把小院映照得灯火通明，小院被来人看客塞得满满的。早年乡下，物质文化生活匮乏单调，谁家有个红白喜事全村都出动看热闹。

我们进入大国家的小院，只见堂屋内、小院里各摆上两张八仙桌，堂屋内客人多是长辈，屋外小院里客人多是平辈。堂屋内三杯酒吃过算是开过桌了，新郎、新娘在执事的带领下开始敬酒。一杯敬天地，承天接地气；二杯敬祖先，家谱续新欢；三杯敬长辈，知礼是贵人。这三杯均由坐在正桌的长辈代接新人敬酒，第一杯接酒长辈双手接过，毕恭毕敬地将酒洒在地上；第二杯他转身面对堂前祖先牌位，毕恭毕敬地将酒洒在祖先牌位前的地上；第三杯双手执杯，一饮而尽。一圈下来十几人，新郎、新娘叫了无数遍的爷辈、伯辈、叔辈。

堂屋内长辈敬完，屋外平辈礼节就少了，但热闹玩笑多了，一圈下来，新郎、新娘没敬出多少酒，倒是反过来让来客灌了不少酒。

本家二奎哥劝阻道："马上要摸核桃了，不能让新郎、新娘喝了，喝醉了咱摸啥？"

酒桌上酣战的同时，本家的女人们早已开始忙活新房新床的布置。崭新的被褥、被子、枕头内放置了红枣、核桃、花生等，新房各角落撒了少许红枣、核桃、花生等，窗台、床头各点燃了两支红蜡烛。正当准备完毕，宣布摸核桃正式开始，大庆嫂突然叫："床上撒蒺藜没有？准备蒺藜没有？"有人说没有准备蒺藜，现在不兴撒蒺藜了。"那不中，快找几块小土坷垃撒在床上也中，新床撒点土，生娃百病除。"于是，几个妇女手忙脚乱到院外找土坷垃放到新床上。

大国弟兄三个，他排行老二，几年前老大在此新房结婚，直到去年盖了新房分家搬出另过，新房是在旧房的基础上扫了扫尘埃，墙壁用泥巴又抹了抹，才见了新。但经长年累月烟熏火烤，屋顶还看得见灰的椽子、黑的檩条、紫黄的大粗梁。房子虽破旧，但在朗朗的笑声中和系挂着红绸带、大红"喜"字的映衬下显得喜气洋洋。

新娘小红穿了一件红色的新褂子，两条细溜溜的小辫子垂在胸前，被从堂屋带到新房，经过刚才一番折腾，灯光下的她显得憔悴而又紧张。这个大婶过来交代她几句："一会儿摸核桃你先摸，往枕头里摸，枕头专门给你准备的，好摸。"一会儿那个大嫂过来对她说："不要怕，有我们护着你。"越交代，新娘小红越害怕，用两只无助的大眼睛盯着几位长辈，祈求长辈们保护她。

接近三更了，屋内屋外喝喜酒的人结束，老人和熬不住困倦的小孩子们又走了一些，人群稀了不少。不时有人向新房内高喊，准备好没有，再不让摸就走了。大国嫂打开新房门看看院中，见人少了，一挥手说："进来吧。"

不大的新房，放了一张大床、一个衣柜、一张桌子、一个洗脸盆架，空间更小了。屋内一下子拥进一群毛头小伙，几乎是前胸贴着后背，脸对着脸。

"打听婶"是摸核桃的总指挥，她站在新床上扯着嗓子喊："听我说，咱们要文明些，讲点规矩。先让新郎、新娘摸，再由大家摸，不要捣乱。"

开始摸核桃了。新郎、新娘从床上抓起一个枕头，从一角刺的一声撕开一条缝，新郎摸出一颗红枣举过头顶，"打听婶"就说："一颗枣，早生贵子好。"新娘摸出一颗花生递给丈夫，"打听婶"又说："二花生，生子成为龙。"接着是"三核桃，和和美美偕头到老"，"打听婶"按照程序，把美好的祝福送给一对新人。刚开始，人群还忍耐着性子听"打听婶"主持，"三摸"过后"打听婶"还要说什么，离蜡烛近的人就把蜡烛吹灭，新房瞬间就暗了下来，不知是谁高声喊："开摸啦！"离床近的人就往床上扑，拉被子、扯床单、掀被褥乱摸，没挤到新房里、站在门口的人使劲往里钻，其中不乏几个目的不纯，想借机捣乱占新娘便宜的。

专门装核桃的褡裢，在人群中被扔来扔去，很快被扯破，床上有核桃，还有花生、大枣、炒豆子、瓜子的新枕头、新被子、新褥子很快也被撕破。

新娘尽管被新郎和本家两个嫂子保护着，但还是被吓到了，尖叫着挤出新房，惊魂未定，身体不停地颤抖。也就是眨眼工夫，布置的所有什物被摸个精光，里面空空如也才停下来，蜡烛重新点燃，人们恢复平静。

已到四更天，灯火通明的小院在月光的照耀下逐渐安静了，尽管是寒冻天，但小院充满着暖暖诗意。刚才还是疯狂嬉闹的看客，与新郎、新娘送去声声祝福后散去，各回各家。

心情平复的新娘被新郎叫到屋里，面对被糟蹋得一片狼藉的新房，新娘小红坐在床沿上发呆，丈夫闩上门说："睡吧。"小红往床上努努嘴，似问：这床还有法睡吗？丈夫说："天都快亮了，明天一早还得串门磕头，和衣将就着睡会吧。"惊恐不安的小红看了一眼眼前的丈夫，看不出丈夫新婚夜的激动兴奋，而是疲惫身躯加之刚才被灌了不少酒有点摇摇晃晃。小红脱去鞋子往床角里蜷缩一下，手往床上一摸是一块土疙瘩，再一摸是一块小砖头，她将其扔下床和衣躺下，丈夫见新媳妇躺下，也倚着床沿和衣躺下，并很快入睡。

月亮半睁着眼睛，安静地向西移去，如躺下的新郎、新娘安静无语。

乡间闹洞房自古都有并传承至今，是结婚必不可缺少的程序，带有明显的地域婚姻文化，早年盛行烦琐，随着现代文化的繁荣发展，闹洞房这一习俗有所淡化，也趋于文明，但根系痕迹仍旧存在。

追着风追着暖入眠

回过头来思量走过的路、经历的事，感悟人的一生，发现真正的欢乐，在于童年。而童年的欢乐，在于故乡往事，在于与故乡人相聚的点点滴滴。

追风

从前，割麦不像现在，机器轰鸣一响，几十亩、上百亩的麦子一顿饭工夫即割收完了，也就两三天，麦收"三夏"就结束了。人力割麦子时，从芒种打场开始，"三夏"结束需要一个多月，这时候，天气逐渐炎热起来。

就从这时候，夜色降下，大地在阳光曝晒下似有股热浪从地下升腾，虽然没有白天阳光的毒射，却闷热闷热的。早先故乡茅草屋和砖瓦房，由于设计得低矮，所以屋门窄、窗户小，房屋不通风、不阴凉，屋内跟蒸笼似的，在没有电扇、空调的年代，人在屋内实在难以入眠。

追风，追着凉风睡。

夏夜晚饭早，人们早早就吃过晚饭，有的拿着一领凉席、芦席和一条被子、床单，有的搬出自家的小凉床，到开阔地带，村中十字路口、大树底下、道路旁等通风的地方纳凉，三三两两的人，成群扎堆的人，追着风、跟着光去寻找凉爽的夜晚，尤其是男人们，半夜甚至整夜地头顶着星光在屋外睡觉。纳凉成为当时乡下夏夜的一道风景。

夜幕刚拉开，地下也是炽热的，如热炕，大多数人先是坐在凉席上，手中的芭蕉扇子不停地摇着，等地下热气降下来才躺下。但夏夜的风稀薄，有时等得心急，凉风也不来，头顶着光，眼望着月，只得受热浪煎熬。

"该死的风，哪里去了呢?"不时就有人作诗般呼唤着风。可是风就是不来。热，是夏夜的底色;闷，是夏夜的色彩。人不动，身子往往也会被汗浸湿。

树梢上有风，鸡趴在上面时不时扑腾几下，变换着睡觉的姿势，狗在纳凉人的不远处卧着，舌头伸出嘴巴外老长，听见有人走近它，狗也懒得叫唤。猪牛羊卧在圈中，尽管夜深了该入睡，也热得不能入睡，它们动静不断。

蝉"吱吱"地叫，叫得人心烦躁，叫得热浪更热。小河里、洼坑地的青蛙"呱呱"的叫声缓一声、急一声入耳，令人应接不暇。还有耳旁嗡嗡作响、总也赶不走的蚊子袭击着，夏夜生灵的东西骚动不安，给夏夜增添着不必要的音符旋律。

乡下常年背负家庭希望、托起大地丰收的男人，肩背如褶皱树皮般粗糙。他们肩背紧贴大地，温暖着大地，也被大地温暖着。躺下那一瞬间，不少人会长长出一口气，踏实的感觉从身体中释放出来。年龄大些的男人，往往选择一块地方纳凉，即便闷热也忍耐着，静等风吹过，静等夜深天凉。

自打记事起，我和伙伴们先是在打麦场里纳凉睡觉。宽阔的麦场上有时也没有一丝风，有人就一会儿换到麦场边一棵大槐树下，一会儿换到麦场西北角十字路口，寻找风口，拉着一领凉席，抱着一个床单，一晚上能换几个地方睡。有时后半夜起风了，风大了，就倚靠麦秸垛避风而睡。

麦场收拾干净，不需要看场了，也就进入暑伏天了，夏夜更热。就借着星月，到处寻找风口，打一枪换一个地方。村东头有片树林，是我们的首选，天然的屏障有些凉爽，但草木旺盛，蚊虫飞舞，叮咬一下更无法入睡。折几根树枝拿到手里，不停地驱赶蚊虫，直至瞌睡虫上来。村西头有条宽阔的土公路，出村小道与公路交叉口是片宽阔地，风从四方来，躺在软软的沙土路上有了惬意。有时一夜风也不来，热得实在受不了，会纵身跳到身旁的小河里浸泡一会儿，等风来，等夜凉。

下半夜，凉爽冲走热浪，星空充满了诗情画意，在这宁静而深远的星空下，曹植的《七哀》"明月照高楼，流光正徘徊"、曹丕的《燕歌行二首·其一》"明月皎皎照我床，星汉西流夜未央"、韩愈的《山石》"夜深静卧百虫绝，清月出岭光入扉"等大诗人描写夜色美景的诗句在此时呈现。上半夜闷热带来一地鸡毛的心情，渐渐变成岁月静好。

下半夜，屋内温度降了下来，上了年龄的睡眼惺忪地回屋睡。年轻人会把天空当被，把大地作床，星光作伴，一觉睡到天亮。

我躲避夏夜的热浪，到屋外天空大地纳凉，仰躺在大地上，对着圆月呆望，仿佛只剩下一个夜，一轮月，一颗星，一个我，一个梦，心静自然凉。

我隐隐约约听到，不时有打鼾声飘荡在寂静的村庄上空。

追暖

乡村冬季很冷。

早先，乡村一般家庭孩子都多，家庭床铺也紧张，被褥短缺，一到寒冷的冬天，不少年轻人结伴寻找温暖的公共场所睡觉。

牲口屋，上了年龄的乡下人知道，是乡村生产队时期集中喂养牛马骡驴的公共场所。依稀记得，20 世纪六七十年代，故乡的牲口屋由上房、两侧厢房各三间大通场式的房屋组成一个小院。房屋是茅草屋，低矮破旧。上房是坐北朝南的房屋，喂养着骡马驴，两侧厢房屋喂养着牛。我们第一生产队喂养多时有二三十头牲口。

牲口屋，一边堆放草料，一边设着牛马骡驴槽，十几头甚至三五十头排开拴在槽上喂养。牲口屋内每天都燃烧火堆取暖，加上还有牲口散发出来的热量，致使牲口屋始终是热气腾腾，在寒冷的季节磁铁般吸引着村中闲散人员在此烤火取暖、闲聊，打发时光。

上初中时，白天放学后，我会偶尔哈着冻得红彤彤的小手急匆匆地钻到牲口屋烤上一把火，在这里能遇见村里的大叔大爷们喷空儿打闹。一天，我前脚刚迈进牲口屋，后脚一个生产队的山石叔便抱着三岁的小孙子，迟我一步掀开牲口屋的门帘进了屋，跺了跺脚上的雪，他放下怀中的孙子说："雪不大，真冷呀！"火堆旁边已围蹲着四个老汉，他就把孙子抱到饲养员庆哥搭设的木板床上，自己蹲下往火堆旁边挤。

庆哥本来正在槽头拌草喂牲口，回头一看，小孩连人带鞋子在自己床上蹦跳，就说："山石叔，你怎么把孙子带鞋子放在床上，我刚换过的被子。"其实庆哥比山石叔大十多岁，由于自己辈分在村中低才叫他叔。"小孩子的鞋子不脏，踩蹬几下没事。""这床你不在上面睡不嫌脏。""你这牲口屋有干净的地方吗？"山石叔这几句话一出，庆哥立马叫道："不干净，谁也没请你来呀，你走吧。""这也不是你自己的家，生产队的牲口屋，为什么让我走？"山石叔不高兴了。

庆哥也犟起来，停下手中的活儿，走到山石叔身后说："我在这儿喂牲口，我就当家，走走走，这里不稀罕你。"

"要不是这里暖和，能避避寒，谁稀罕来你这脏地方。"此话一出，众人都劝山石叔："你这话说得就不对了，不能话中有话，这地方怎么就脏了？别看庆哥喊你叔，他可是老人呢，比你大十几岁，你不能没大没小，更不应该对他说这种话。"

"来烤个火取个暖，还暖出个毛病了。"山石叔丢下这句话，抱起正在床上玩耍的孙子就出了牲口屋。室外的寒冷让他打了一个激灵，把怀中的孙子抱得更紧了。

第二辑　细雨流光

亲情是中国的道，文化的宝，传统的精华，是一以贯之的永恒的核心价值，甚至是整个民族所赋予的使命。家之兴，国之和，家是最小国，国是千万家。然而，人生的自然规律是无法抗拒的，不管怎样不安、怎样提心吊胆、怎样小心翼翼，最怕发生的事情还是发生。我对家庭的眷顾、对家人的眷恋，与从小在大家庭耳濡目染是分不开的。爷爷、奶奶去世多年，父辈兄弟俩一口锅、一个庭院里吃住多年，在村里是少有的。我的大家庭和谐、幸福，在三里五村闻名，孝敬恩爱，手足亲情延续至今。

我的老宅

　　小雪节气里，天灰蒙蒙的，老宅院落里几棵杨树叶子几近落尽，萧条枯枝在寒风中摇摆着，麻雀兴奋地在枝头跳来跳去，鸟鸣声响起来又落下去，起起伏伏，细碎的叽叽喳喳声在树与树之间传递着，似乎在寻找着一种默契。不知不觉中，它们的集体歌咏已经开始了，仿佛在争论中把歌声推向了高潮。

　　院子里是满地的落叶，踩上去有点软软的。院西墙根是母亲埋压的一垄葱，看上去已扎根茂长。坐北朝南的小院，院墙两侧和南墙是灰砖砌起来的，经过岁月风雨侵蚀，歪歪扭扭的，似乎轻轻一碰便会轰然倒塌，然而过了一年又一年，它们依然顽强坚守着。

　　三间灰砖红瓦土木结构的老屋，破旧不堪且孤独地在阴晦寒冷中耸立着，在四周都是两层小楼的包围下，老屋更显得低矮破旧，像古稀老人，弱不禁风。寒风中，麻雀啾啾啾地在枝头喧闹，它们越欢畅，越显得老屋安静，静得能听到自己的呼吸。老屋门被一条铁链锁着，由于门搭早已锈迹斑斑，手用力一拉，锁链掉，门打开。蜘蛛网布满屋梁上下，破柜、木床和几件农具散放在屋内，潮湿的水泥地板泛着白碱，毛茸茸的，踩下去留下一串脚印。尽管是一个阴天，一束亮光从屋棚顶破烂瓦处透过来，照亮了老屋的轮廓。

　　这时母亲跟过来，问我："你看啥呢？你要回来，收拾收拾也能住呢。"并进一步说："透光的地方是一块烂瓦，不碍事的，上去换一块好瓦就不漏了，你到外面看看，屋坡顶平整着呢，一点没往下塌陷啊！"我没回答母亲的话，母亲耳背，回答她也听不见。我每次回故乡，都到老宅站立一会儿，哪怕就一会儿，故乡记忆瞬间就盛满了我的脑海。

后院一处宅子里，盖了外出厦檐的四间房子，比前院的三间老屋多出一间和一厦檐，较前院的三间老屋晚盖了三四年，如今我弟住着。早先分家盖的老屋在村里规划新宅基地时已拆迁掉了。如今的老宅是村里少有的破旧，因我和弟均在城市居住，没有重新翻盖房子。触景生情，老宅给我留下更多更清晰的思乡思情之物证。

作为农民，长辈们一生最大的愿望或者最大的职责，就是希望为孩子盖起可以成家居住的房子。这一愿望如高山般压在父母身上，尤其是父亲身上，压得他喘不过气来。房子盖不起来，会成为心病，觉得亏欠孩子一生、耽误孩子一生。

患病之前的父亲和所有农民一样明白这一点道理，盖几间瓦房，成为父亲的人生目标和生命的希冀。他几乎把他一生全部精力和财力，都集中在为孩子盖房子上。

对于已过知天命年龄的我来说，在城市生活的时间远远多于我出生、生长的故乡。城市有那么多好玩的、好看的、好吃的，有思想的人、厚重的事，但与故乡的草木砖瓦、泥土芳香相比，故乡的往事已经刻在内心深处了，不经意间就会用文字表达它，甚至如泉涌喷发而出。城市的一切好像浮云，悠然而过，留下丝丝云雾，想用文字记录又不知记录什么。

有人说，一个人想把乡音忘掉去说另一种语言的过程是很漫长的。我在城市生活了几十年，能说起、记起城市的美丽，却说不出内心深处城市的影像和言辞，做梦梦见的全是早年故乡的事情。我也一直在想，城市是什么地方？它给了我衣食住行上的保障和享受，感官上的愉悦，给了我那么多难忘的白天和夜晚，但是我从来都没梦到过城市，哪怕一次也没有。

对大多数从小离乡外出的游子来说，尽管春节期间城市有玩不够、看不完的地方，有暖气如春的住室，有便捷丰富的娱乐生活，可每年都不顾乡下老家相对单调的节日生活、不顾寒冷中没有温暖保障冻得龇牙咧嘴的基本设施、不顾吃住行都不方便的生活条件，携妻带子匆匆忙忙赶在年三十前回乡下去过年。春节这种大迁徙似的返乡过年，除牵挂想念家中爹妈及亲朋好友外，还有对故乡的情愫。人住在城市，乡愁却留在故乡。即便故乡没有亲人，家乡已远，内心中的乡愁永远是一个隐隐约约的，有如天边云朵一样的存在，就是怀着这样一个内心的乡愁在城市生活。有时候觉得自己还真对不起城市，在城市生活，在此获得人生进步和荣誉，却把节日和梦想永远留置在故乡大地。

老宅就是我的根脉，不说与城市比留下的记忆深，就是与故乡比它显得乡愁也更浓、更烈些。那是四分半地的宅子，原本在一土丘上，是没有人光顾的一片荒地，被父辈看中，十三四岁的我，便参与对它的开垦之中，先是用平板车一车一车地把高高的土丘拉平整，而后用木夯一夯又一夯地把院内铲平夯实，垒起土院墙，小院就建成了，这就成了家的一部分。

在物资还非常匮乏的 20 世纪 80 年代初，为盖起三间瓦房，父母倾尽一生心血，盖房用的大梁、二梁、檩条、椽子等木材和瓦是花了多年时间一点点购买积攒的，砖是自己打坯烧制的。打坯烧砖的过程，我在《西岗散记》中叙述过，那是人工制作机械式重复非常吃力的一项劳动。父亲带着哥哥和弟弟在自己的自留地弯着腰，脸贴大地，背晒太阳，啃干馍喝凉水，披星戴月，一坯又一坯，打出上千上万块土坯，烧出一窑又一窑砖块，一度掏空了父亲的身体才备齐了盖房所需的材料。请来泥瓦匠正式丈量打地基盖房那天，父亲先在房子构架内，摆上供品祭了天神，放了鞭炮，祈祷上苍保佑盖房一切顺利平安。三间共六十多平方米的房子十多个人力用了半个多月才盖起来。上大梁时，杀猪炖肉招待四方客。房子竣工了，全家别提多高兴了，父亲好像经历了一次登山攀越高峰，到达山顶后，才长舒一口气，高兴无比。隔年，坐西向东盖起两间厢房，作为厨房和磨房。父亲围绕小院墙内外种上榆树、槐树等硬料木质树，虽然长得慢，但长大能成材，是盖房当梁柱和做家具的好材料。在树的映衬下，家的概念和味道如同日日见长的树木成长，浸泡着岁月的陈酿。

这就是父亲给我们营造出来的家，留下的物质财富和精神财富。

我常想，故乡老宅到底是什么呢？答案肯定是家。再进一步说，它是家长里短柴米油盐过日子的地方，是早出晚归亲情聚集的地方，是享受天伦之乐的地方，是打发日月流年的地方，还是苦难共担的地方。

我童年、少年的日子就在小院里度过。故乡远去的日子，往往会随着时间的拉长而越来越清晰。用柴门搭就的院门旁边，是一棵弯腰大槐树，树周围有早先平整院子时留下的三个土堆和一个不知哪年哪月遗留下的一个石堆，四个点位，经过人们长期坐磨和风雨洗刷，坚实光滑。小院门旁如城市里的一个地标，又似一个文化符号，给家烙下深深的标记。夏天早早地被母亲扫干净，洒下些凉水，等待下地干活儿的街坊四邻回来聚集乘凉。秋日里，气候不冷不热，大伙聚集在俺家门口这棵槐树下聊天。月圆时，照耀着扎堆人们的身影，显得安详、平静、踏实。脚下的土地感觉是那么厚重。一年四季房屋墙体上都悬挂着红辣椒、大蒜头，到了深秋，又增添了萝卜缨、萝卜干，浸渗着家的生活气息。

老宅留给我的印象是一幅素描画，家的轮廓简洁几笔勾画出来：黄土大地是小院的底色，父母在小院内忙碌是家中的主调，兄弟姐妹们童年、少年在小院里的欢乐是跳动的音符，简陋干净的院落尽显着时代的烙印。站在院落中，我思考着故土的温度和力量，在日子匮乏中通向反省，在反省中通向希望，使心性得到塑造、安抚和填充。

不知从啥时候起，我喜欢起养兔子，在小院靠东的墙角，挖出一个兔子洞，深有一米，当时的我能下去拿着手电筒爬到洞内看兔子、抓兔子。一天，兔子又繁殖一窝即将满月，保国、铁旦几个伙伴聚集到我家，俩人都要抢先下到兔洞先睹为快，最后用石头剪刀布选出先下洞观看者。这一窝下了十二个兔崽子，创下我养兔子以来新高。看过兔崽子，我对他俩说，今后谁割青草喂，我就给谁一只养，结果，有一段时间，他俩放学后不是到地里割把草，就是爬树上折断几根树枝往我家跑，争着喂养。两个月，兔崽子长大些，我兑现承诺，给他俩一人一只喂。与树上的鸟鸣声一样，我在家中喂养兔子，给日子增添了不少快乐记忆。

如今，四十多年过去了，老宅由于长时间没有人居住，早已容华流失，芳香不在，老态龙钟，如枯枝凋零。可在我心中，它始终如灯光般异常明亮，在我模糊前行的视线里，在熙熙攘攘的人群中，照亮着我的回家路，并看见父母立在柴院门前张望、呼唤着我，拉着我的手领我走进老宅，一直走到现在。

分家

自我记事起，就经常听村上人说：人家哥俩儿，那个亲哟，一辈子没见兄弟俩红过一次脸，没听见争吵过一句高声话，手心手背一个人似的。兄弟俩一母所生，一个锅里还好相处，不一个姓的妯娌俩怎么也那么好相处呢?! 亲姐妹一样，自古少有呀! 村上人这种评价，就是说我的大家庭。

父辈兄弟姐妹四人，兄弟二人。大伯和大娘育有三女，没有儿子。二老对待我们兄弟姐妹几个如同亲生。父亲和大伯兄弟俩没分家时，母亲和大娘总是一起在厨房做饭，一个忙锅下、一个忙锅上，一个择菜、一个擀面，妯娌俩在低矮的厨房忙碌，有说有笑。母亲舀第一碗饭先端给大伯，大娘舀第一碗饭先喂我小弟，这时母亲就说："嫂子不要惯他，让他自己吃。"小弟就会依靠在大娘的怀里撒娇："不，让大娘喂。"往往小弟吃一口饭，就挣脱大娘的怀抱去玩，大娘踮着小脚颤动着撵："别淘气了，饭凉了，快吃。"一顿饭下来，小弟把大娘折腾得气喘吁吁，大娘自然也难吃上几口热饭。现在想，大娘为什么这么疼爱我们兄弟姐妹几人？是大娘对亲情的一种释然，是大娘宽容的姿态。不识字的大娘，不懂得大事理，但用她的胸怀和慈爱，诠释着中华民族的传统美德和农家妇女追崇的"妯娌和，家就兴"的朴素道理。就这样，我们一家十几口人在一个锅里吃饭，一吃就是十多年。与当今结婚即与父母分锅另居、过起小家庭生活相比，大家庭多的不仅是一种热闹，更是一起相处的其乐融融。

我没见过爷爷，奶奶在我三岁时去世了。因此，分家没有祖辈，也没请本家长辈主持，自己就分家了。我曾记得，我家分家时是农村实行联产承包责任制后。分家的头天晚上，父亲把大哥叫到大伯身边说："哥，分锅后，把老大留在你身边。"父亲把大哥过继给大伯、大娘，不说过继，而是说"留"在他们身边，显得更有亲情。父亲又对大哥说："给大伯、大娘养老送终，侍候好大伯、大娘。"大哥没说啥，眼睛眨了眨，嘴巴张了张，似乎想说啥话又咽了回去。

其实，大伯与父亲都不想分家，父亲怕大伯身边无子寂寞或有后顾之忧。大伯则是想着盖了新房，两处院，一个锅吃饭来回跑不方便，想分又不舍得分。在爷爷、奶奶去世多年，没有祖辈人主持家政的情况下，兄弟俩一口锅里吃住多年，是村里少有的。

分家那天早晨，大娘起得晚，早饭也没做，是母亲做好饭招呼大家吃的。都吃过早饭了，大娘才端起饭碗，一把将在院落玩耍的小弟揽在怀里："孩子，让大娘喂你，你要常来看大娘呀，大娘给做好吃的，大娘给做好吃的。"小弟说："不，我吃饱了，吃饱了。"小弟挣脱大娘的怀抱跑了，远远躲藏在一棵榆树后，我就看见大娘的泪花掉到碗里，母亲就说："嫂子，哭啥呢，两步远就到了，你一哭，跟分开多远似的。"

大伯坐在堂屋门前，对大娘说："别哭了，叫孩子们都过来。"大哥、二姐、三姐、小弟和我一大家人聚集在一起，围坐在大伯、大娘和父母周围，大伯说："树大分杈，子大分家。分家自古常有，分家本应该在老人在世时分的，可那几年孩子小，新房没盖，没法分呀，现在有条件了，我们兄弟俩商量了一下，就分开锅灶吧。"我抬头看大伯，他眼里含着泪光，声音有点颤动，接着说："分家，应该找个长辈主持，是个证明人，但咱们一家不需要，咱大家庭亲情浓似海，不在乎你少我多，你长我短。"接着他又说："分家，没和弟妹、孩子们商量，我们兄弟俩做主了。"母亲赶快接过大伯的话："哥，俺妇道人家，不懂啥大道理，您定着分吧，俺没意见。"

"这两天我理了一下家产，咱现有十三亩田地，九亩肥沃地，四亩薄地，大姐已出门了，这边俺四口，要四亩地，两亩肥沃地，两亩薄地，你们分九亩地；犁耧锄耙俺捋了捋，都在东墙角，是双的各拿一样，是单的你们拿走；厨房，锅碗瓢盆筷这些炊具各家一套，不够再买；院内两棵老榆树，都几碗口粗了，各分一棵；另外，杂七杂八零碎的家什，看着随便拿。"大伯把埋藏心底、想说又不想说的话，一下子倒了出来，说完，他坐在那里，一动不动，似乎是一种解脱，眼神中暗含一种悲欢离合的痛楚。

"哥，薄地都分给俺种吧，俺这边人多，您留肥沃的地种。"父亲对大伯说。那时大伯已到老年，父亲心疼大伯。"不，就这样定。种不动了你们过来帮忙。"父亲立马严肃地对我们说："给我记住，你们兄弟几个，麦忙、秋忙都过来帮你大伯家干活儿。""嗯。"我们兄弟几人异口同声地答应。当天我们把家产拉开，立灶开锅，村子多了我家新的门户。

过去兄弟姐妹多，有的兄弟能和气分家，有的兄弟由此结下矛盾，亲兄弟从此不相往来。我们分家如此平静，心平气和，恋恋不舍，与父亲和大伯兄弟二人亲情浓厚，与大娘和母亲妯娌勤劳、慈爱、行孝、和谐相处分不开呀！

分家后，我们兄弟姐妹几个经常到大伯、大娘家吃饭，每次大伯、大娘都带着慈祥的欢笑，这种慈爱一直珍藏在我心中。大娘家做了好吃的，必定叫上我们几个兄弟。分家后，我一直在大伯、大娘家居住到参军离村。

也许是血缘关系，也许是父辈的教育，也许受家庭熏陶，我们晚辈兄弟姐妹几个从没分过亲疏远近，如一母同胞。这怎么能不让我怀念前辈、怀念大家庭的生活呢！

伯父依然如山

这一天不是我祖辈任何人的祭日。我从城里回来，心情平静地来到了祖辈的坟墓前。

这是一个初秋的下午。祖辈的坟墓被碧波荡漾的花生田地包围着。

坟墓在村西北角，太爷、太奶、爷爷、奶奶、大伯、大娘、父亲，还有我不想提起的弟弟长年安葬在这里。面对祖辈的坟墓，我既五味杂陈，又思绪纷飞。站在伯父的坟墓面前，不知何故，我的心灵深处开始与伯父对话。

亲爱的大伯，您早已作古到了天堂，由于您离世年久，加上我不操心记年月日，总也记不牢伯父您的祭日。爱至深且又不记伯父生辰忌日，在我看来也是一对矛盾体。好在哥姐们记着父辈的生辰祭日，该记的年月日都有哥姐们操心记了。我想孝心不在于形式，关键在于长辈在世时，晚辈多尽义务，多表孝意。

我上到初中时伯父和父亲兄弟俩才分家，分家后我多数时间仍在伯父家吃住，伯父和大娘对我的爱始终未间断。

伯父性格内敛如水，不苟言笑，沉静如秋叶飘落，柔和如夕阳温暖。作为晚辈，能时刻感受到伯父沉默如金的分量，随着时光流水般地逝去，关于伯父的往事在我心中逐渐稠密且清晰起来。

伯父念过书塾，进过学堂，是村里少有的文化人。从我记事起，伯父就是大队支书，主政砖楼、东郎两个村庄十多年。

砖楼、东郎两个自然村，归属一个大队。大队部设在砖楼村，我们东郎村距砖楼三四公里，大伯天天来往于砖楼与东郎村，早起披着浓雾往大队部去，晚上摸着黑回到村里。大伯当大队支书经历了 20 世纪五六十年代的大集体食堂、大生产运动、"反帝反修"运动等。各种运动多，大伯就得常往大队部跑，一天两个来回，天天如此。那时连一辆自行车都没有，全靠两条腿，大伯的鞋子就比别人的鞋子穿得费。

我依稀记得，那是深秋的一天中午，大伯进家就对着大娘嚷叫："你做的什么好鞋，没穿几天就磨破了，我的脚也打了泡。"说着，把一只前沿磨得张着口子的鞋扔给大娘看。

大娘拾起鞋说："这才穿了几天，就穿成这样，你的脚是刀子呀？你天天往大队部跑，图个啥？"大伯白了一眼大娘。我见大伯光着脚在地上站着，当时已深秋，地下肯定很凉了。大娘好像是做错了事，踮着小脚赶紧上屋找出一双好鞋让大伯换上。

大娘是个裹脚的小脚女人，也就是一米五多点的身高，瘦小体薄。就是这么一个女人，在大伯成天忙大队部的事而顾不了家的情况下，用弱小的身板抚养着孩子，忙着田地挣工分。

大娘勤劳、仁爱、贤惠，没读过书，却懂得礼让，处处维护着大伯的形象和尊严。大伯忙，吃饭经常赶不回家，他就忙到哪里吃到哪里，因此说，大伯又是一个吃百家饭的人。时间久了，大娘就对大伯说："你在谁家吃过饭就给我记着，每三个月我去给人家还一次口粮。家家粮食都紧张，不能白吃人家的。"

大伯听完大娘的提醒，说："哎呀，我怎么忘了，你提醒得对，咱不能白吃人家的饭。"大娘将此事就记在心上，三个月到期，就向大伯要记事本，大伯就拿出记事本，认真地向大娘交代：张家吃过三顿，应该折还成多少粮，李家吃过五次饭，应该折还成几毛钱，吃过一顿暂时不还，待积累一定量再还。折还成的粮食，一般白面和粗粮混着还，吃得多的家，还要折还成几斤、十几斤红薯一块送上。

大娘的建议好是好，可苦了她自己。每一次还粮，大娘就踮着两只小脚在东郎、砖楼两个村庄之间，跑东家跑西家，把自己累得够呛。

"他婶子，快点拿回去，平时俺请老支书吃顿饭还请不到呢，俺咋能要您这点面。"于是，推扯一番。

"他嫂子，你这不是打俺的脸呢？别说老支书在俺家吃一两顿饭，吃十顿饭才能吃几斤粮啊？"于是，又是一番拉扯。

因为大娘是真心给人家还粮的，哪儿能轻易收回。曾发生了"支书嫂子还吃粮三送三退"的佳话，大娘能不累吗？

大娘就是这么一个通情达理的农家妇女，晚年的她瘫痪在床，一躺就是三年多。我每次从部队探亲回去，都去照看她两日，替替哥哥嫂子。大娘意识清醒却并不会说话，我喂她饭时，总见她眼角溢出眼泪。我就说："大娘，您哭啥呢？您哪儿受委屈了给我说。"她立马摇头。大姐说："那是娘高兴得掉泪。"

一个深秋，大娘的生命走到尽头，我们弟兄几个风风光光地把大娘送走了。老盆是大哥摔的。

我们兄弟姐妹几个对大伯、大娘的孝顺，是发自内心的。大伯、大娘对我们兄弟姐妹几个的爱也是发自肺腑的。

我曾记得，一个春色正浓的下午，我跟着大伯到大队部写作业，伯父静静地在一旁看报，不知啥时候伯父出去了，偷懒的我也悄悄地溜出房间到隔壁小卖部想玩耍一会儿，趴在门口往里看，只见伯父对售货的叔叔说："买两毛钱的糖。""老支书你不能再赊账了，你都欠了五块五毛钱了。"伯父嘿嘿一笑："下个月俺就要卖猪了，卖了就给你，放心。"

少年的我还体会不到过多生活的艰辛，也不知道堂堂大队支书——我的大伯也如此囊中羞涩。大伯变着戏法似的多次给我糖果、饼干之类的小零食，原来都是从这里赊的。这次大伯递给我糖果时，我低头不语，很想学着大人们那样客气：我都长大了，不是小孩了，这么稀贵的东西不该买。可我什么也没说。大伯给我剥了一块："给，可甜了。"说着就要往我嘴里塞。"我不吃，伯，你吃。""伯不喜欢吃糖，你快吃。"

我知道大伯素来喜欢吃甘蔗这类甜食，一句"不喜欢吃糖"让我心酸，血缘之情就在一言一行中，让我心里洋溢着一种温暖，那温暖如山高水长。

在儿时记忆里，大伯白天带领群众下田劳动，晚上大部分时间都在大队部忙碌，每天早出晚归。有时大娘质问大伯："大队部是有你吃的是有你喝的，你天天待在大队部不回家？""没吃没喝，有我的牵挂，是我的阵地。"被问得不耐烦时，伯父就这样回答大娘。有一次我问大伯："啥是阵地呀？"大伯慈祥地抚摸着我的头回答："等你长大了，上了班就知道了。""啥是上班呀？"我又刨根问底，大伯笑容可掬地拉我坐到他的腿上，还没等他张口，大娘在一旁插话："上班，就是下地干活儿。""妇道人家知道啥，俺爷俩说话，你少插嘴。"就这样，我在大伯的怀抱中聆听了头悬梁锥刺股、凿壁偷光、映雪读书等刻苦学习的典故，聆听了精忠报国、助人为乐的故事，背诵了《道德经》《三字经》。我刚上小学，大伯就教我练写毛笔字，每年入腊月，大伯就带着我写春联，记得写得最多的就是"福"字。我曾问大伯"福"字的含义。他给我讲了这样一个故事：传说姜太公的老婆是个八败命、穷命鬼，到一家穷一家，谁也不喜欢她。姜太公封神时，老婆也要讨封，姜太公说你走一家败一家，封你什么神位呢？要不就封你个穷神吧！老婆很不高兴地说："封我穷神？叫我蹲在啥地方呢？"姜太公说："有福的地方都不能去。"这事一传十，十传百，老百姓很快就知道了，家家都写上"福"字，防止穷神上门。大伯最后说，其实这是自己哄自己，在旧社会贴了多少年"福"字也没有真富，还是新社会好、共产党亲呀！我童年和少年中的大伯是慈爱的长辈，还是充满智慧的老师，在他身上有我取之不尽，用之不竭的知识和做人的真理。

我上初中时就喜欢读课外书、小人书，以及国内外名著。因此，影响了我的在校学习成绩，父亲训斥我不该读那些课外书籍，大伯把我拉到他身旁护着说："多读书能开阔视野，说不定俺的侄儿长大后还能成为一名作家呢！"大伯买来《野火春风斗古城》《青春之歌》《艳阳天》等革命书籍供我阅读，再后来也买《巴黎圣母院》《红与黑》《安娜·卡列尼娜》等世界名著给我看，至今我也没成为作家，但一直做文字工作，不时有短文发表，也算是对大伯的一种回报吧。

　　我参军几年后，大伯病了，在我工作的驻军医院住院，我因工作忙，虽然近在咫尺，但伺候大伯的时候不多。一天上午刚上班，我就听到办公室门卫叫我，我走出办公楼，只见大伯提着饭盒在等我。大伯见了我说："我给你买的，趁热吃了，长期不吃早饭，对身体不好。"我埋怨大伯："谁让你买的，不吃早餐习惯了，不碍事。""不中，你必须吃了。"大伯坚决的口气不容辩解。我答应回到办公室一定吃后，大伯才转身离去。望着大伯的背影，只见他花白稀疏的头发在寒风中飘立着，高大消瘦的身躯显得那么单薄，不太灵便的双腿艰难地一瘸一拐地挪动，看着看着，我心中发颤，鼻子发酸，眼睛湿润。大伯呀，您拖着病重的身躯给侄儿送来早饭，这不是普通的一顿早饭呀！是您对侄儿身体健康的关爱，是您对侄儿成才的希冀呀！第二天一早，大伯让大姐捎话让我来到病房，把买好的早餐端到我手里。就这样，大伯住院一个多月，我逐渐改掉了不吃早餐的坏习惯。

　　太阳又偏西一竿远，墨绿的花生藤在秋风中微微摇摆，田野却如静止的湖面，使我能听到自己心脉跳动，与大伯灵魂对接，我再也控制不住涌泉般的泪水，在心里大声呼唤：大伯，自您走后，侄儿常常默默思念您，您慈祥的面容常常在我面前晃动，我要对您说，侄儿在您的滋润和给养中健康成长，在您的言传身教中立志成业了。今天，我来祝福您在天堂里百病全无，与大娘朝夕相伴，笑声朗朗，幸福永远。

　　大伯，您虽然离开十多年了，在我心中依然高大如山。

父亲

父亲当村里生产队队长时，是 20 世纪 50 年代至 70 年代末，这一当就是二十多年。父亲没上过学，不像大伯，有文化，识文断句。我曾纳闷地问父亲："大伯作为长子都上学，都懂知识的重要，您怎么不上学?"父亲愣了一下，似乎问我问这干什么，而后用一句"当时认为上学没啥用"来解释。后来，大伯在与我的一次对话中讲出实情，大伯作为长子，爷爷奶奶仅大伯一个孩子时，家庭勉强能供应大伯一人上学，后来，家中添了父亲、大姑、二姑，孩子多了也供应不起了。

没学问的父亲，却能当队长带领生产队一干就是二十多年，在村庄的威望极高。父亲性格内向，却秉性刚直，是统领村民的帅才。父亲每天清晨准时把生产队的钟声敲响，这一敲敲出了父亲岁月的辉煌和意义。在那贫穷的年代，父亲能把抓革命、促生产两不误，一年四季生产队劳动都被父亲安排得稳稳妥妥，顺顺当当。

性格内向沉默的父亲，身高不到一米七的个头，身体单薄，却有着火暴的脾气。谁做了有损于公家的事，一旦让他知道他会不留情面地指出来，甚至与人吵起来、打起来。有一次，生产队组织锄麦苗，一位年轻人锄过的麦苗地如猫盖屎一样，而且锄得不均匀，麦苗也锄掉不少。父亲让他重锄，年轻人不从，父亲就训诫他："不重新锄，今天没你的工分。"年轻人一听不记工分，气劲儿上来了："你敢?!""记分员，过来，今天他不锄好，工分不记。"父亲把记分员叫到身边交代。一看父亲来真的，年轻人顿时用力狠狠地推了父亲一把，父亲仰面朝天躺倒在地上。父亲生来要面子，在众乡亲面前被人推倒，这哪儿还有队长的面子，父亲站起来扑向年轻人，用头顶住年轻人，嘴里说着："给你打我，今天你不把我打倒，你是孬种。"年轻人瞬间傻眼了，一边往后躲闪一边双手推住父亲的肩膀，最后在众人的拉扯下才平息了这场风波。

晚上月亮照进我家小院，年轻人的父亲带着年轻人到家里给父亲道歉，父亲赶忙支使我："快给你叔、哥搬凳子。"随后给他们递烟，年轻人摆了摆手说不会吸。年轻人刚要开口，父亲挥挥手道："还说啥，年轻人干农活儿手生，偷一下懒，我不往心里搁，往后干活儿注意点就中。我性子也急，不能与孩子一般较劲，做得也不对。"月光下，银光洒满了小院，三人在一起唠了很久，间或有笑声在夜空中回荡。

父亲不苟言笑，但在生产队里很有权威，有着头雁高飞领、群雁随着飞的号召力。他自己是种庄稼的好把式，犁耧锄耙，扬场放磙，样样拿得起放得下。一年四季农耕劳动，田间生产管理安排周详到位，带领全队几百口人心相连，步一致，劲合力，确保地里多打粮食，生产队里人口多分粮食。父亲人缘好，且德高望重，三里五村不少人都认识他，一生做了很多功德善事。以至于村里人大家分小家，小家再分为小家，红白喜丧之事，婆媳兄妹纠纷，都要找父亲去解决。父亲乐意去主持公道。村里有了媒茬，他也愿意当月下老人，经常深更半夜奔走两村撮合好事。父亲讲排场，村里村外结交了不少换帖朋友，以至于村里村外的事情都能接上人帮忙。他滴酒不沾，喝了酒全身过敏奇痒，村里谁家来了客人、亲戚，请父亲到家作陪，席间，父亲能展示出他的待客之道，劝客人喝得痛快尽兴，让主家人很有面子。父亲善友好客讲面子，只要有客人到俺家，不喝酒的他，必上酒招待。他说，饭菜可以赖点，备酒是礼道，是与人亲近的一种形式。他也时常利用有月光的晚上，掂包果子或糖果到外村换帖朋友家串门，一唠就到后半夜，顶着月色回家。正因为父亲德高望重，他走那天，我守坐在灵堂里，看着来来往往的人，一个个伤心悲痛地重复着说了无数遍的话："老队长，你走了，有什么事我给谁说呀?!"出殡那天，全村老少出门目送父亲到坟上。现在看来，这是父老乡亲对父亲一生最好的报答！作为子女，因为有这样的父亲而倍感骄傲自豪。

"双手劳动，慰藉心灵。"20世纪70年代末，村里生产队改制为村小组，父亲才辞去生产队队长，由掌管生产队三四百人口，变为自己家庭单干，家里分了七八亩责任田，在当时生产还完全是手工作业的时代，这七八亩地让两位老人耕种我是不放心也不忍心的。我曾打消参军的念头。可父亲知道我的心思，他也不想让我在村里种一辈子地，就叫我报名参军，并对我说："你妈我俩身体还硬朗着，这几亩地种得了，放心去吧，争取在部队多干几年，干出个名堂。"我在部队一干就是三十一年。这三十一年，也是父母为了生产生活付出艰辛的三十一年，家庭的重担全部落在父母身上，农活儿透支着二老的身体，换来的是责任田的收成一年好似一年。我从部队休假回家，与父亲站在春寒料峭的田野里，麦苗刚泛青，父亲直了直已佝偻的腰，对我说："今冬墒情实，麦子预计收成不错，开春准备栽上两亩棉花、一亩花生、一亩西瓜，栽种些经济作物，能换几个钱，过两年要盖三间新瓦房，你在部队不用操心家里。"说到这儿，父亲满脸洋溢着希望。瞬间，我读懂了父亲带我到田间的用意。种这些经济作物，都需要在酷热的夏季里间苗、锄草、打药、施肥、浇灌、修枝打杈，每到这个季节，父母都格外忙，背着沉重的药桶，穿梭在田地里打药除虫，尤其是在半人高的棉花地打药时极为辛苦，父亲中暑、中毒过两次，每次被及时抬到透风口树荫下抢救时，都会看到他的肩膀、腰部被药桶磨破的伤痕。我劝他不要这么拼命，把地赁给别人家种，或者种点不需要过多管理的懒庄稼。父亲却舍不得。常说，还能干，多积累点钱，给你们兄弟盖新房，娶媳妇。

在一个家里，儿子守着父亲老去，就像父亲看着儿子长大成人一样，这个过程中儿子慢慢懂得老是怎么回事。又是一年，我休假回到家里，站在我家盖起的三间新瓦房门前，心中百味杂陈，只见父亲背驼得往上仰头都有点吃力，头发已全白，在暮色渐浓中是那么突兀。这时，父亲把小院扫干净，洒些水，院中摆上小桌子，转身进屋拿出几本杂志对我说："这是你上次探家时忘在家中的书，我一直给你保存着，做学问的离不开书。"《人民文学》《昆仑》《解放军文艺》《中篇小说选刊》几本杂志用牛皮纸方方正正地包着，保存得完好无损，我随手翻阅，沉默的父亲从书中慢慢再次走进我的内心深处。我转身看父亲，只见父亲坐在小凳子上，跷起二郎腿，点燃纸烟，慈祥地看着我。父亲花白的头发，在夕阳的照耀下，如深秋即将掉完的树叶，稀疏散乱着，安详中带着岁月挥不掉的沧桑。

父亲讲不出做人做事的大道理，但无论是当生产队队长还是耕种自己的责任田，都自己默默承担家庭重任，不影响孩子的工作事业，以不连累孩子为前提。对子女的爱从来都是那么深沉和厚重。

父亲七十出头就身患心血管疾病。早两年他并没在意，病重发作时就吃几片药，病轻时就无休止地劳作，不是身体忍受不了，他是不上医院的。就这样日日月月年年，直到七十三岁病情加重。这时父亲更是少言寡语，他患上帕金森综合征、冠心病、耳聋等多种疾病。病中的他坚强、忍耐、不屈、清醒、明理。1994 年 6 月，父亲病情加重，我强行把父亲接到新郑部队，与表哥一道把父亲送到郑州市人民医院，我和医生让父亲住院治疗，父亲说："病就这样了，我知道自己的病，老了，想治好病不可能，还是回家养吧。"我说："不中，你要住院治疗，你年龄还不大，治好有希望。"父亲一生都是明白人。此时，他心中就是坚定一个想法，不给子女增添困难负担，回家静养。我犟不过他，只好送他回家。

1998 年 11 月，父亲去世。我下部队检查工作，路过家中探望病情加重的父亲，他已经卧床不起了，见到我时，父亲让姐姐扶住挣扎着坐起来，还没等我开口，他就说："是慢性病，一年半载没事。"而后，把话题一转不再说自己的病情，而是问我："听说你到了大机关工作了，你要好好干，你进步了，我的病情就会减轻许多，不要挂念我。"这就是我的父亲，把子女的事业从来看得都比自己的生命还贵重。我再三嘱咐家人，一旦父亲的病情加重立即告诉我。但这次见面成了我与父亲的永别，二十多天后父亲走完了自己的人生，刚过七十三岁生日。在生命最后几天他也不让家人告诉我，我终究没在父亲去世前赶回家中与他的目光对视一下，没最后感受一次父爱的力量，这成为我终生的遗憾。

其实，父亲在临终前也留下遗憾，这是他生前对哥姐说的话，他还想到部队我的小家住一段时间，多看看孙子，看看部队大院，尤其是我调到大机关工作后，他的想法也更强烈。他曾经对村上人说，我给俺家祖上争了光，他没想到我在部队干出了名堂，能步步高升，自豪感溢于言表。只可惜病情日渐加重，且又不想连累我、影响我工作。距父亲去世时，我已当兵近二十年了，父亲只到部队看病时小住一星期多。至今想起来，感到欠父亲太多。

现在回过头看父亲的一生，父亲虽然平凡，却用坚忍、肯吃苦、善良、博爱彰显了劳动农民的高尚情怀；虽然豆大的字不识一个，却用鲜明的个性，带给村庄、子女无比崇高向上的动力；虽然不苟言笑，却用行动温暖感化着他人；虽然一生蜗居村庄，没走过远乡，却把大爱美德以自己的行动远播他乡。

再祭大伯

　　大伯去世时七十一岁。距他确诊食管癌已过去了四年多。大伯与病痛抗衡斗争的四年多里，病情时好时坏，尤其是后两年的时间里，疼痛煎熬，苦不堪言。受罪1460多个日日夜夜后初春的一个黎明，大伯熬尽了生命最后一点气息，停止了呼吸。我在百里外的部队接到这一噩耗，赶回家已是第二天的中午了。我不顾一切地扑向安睡在灵床上的大伯，号啕大哭。

　　两个月前，我曾专门向部队请假回家看望大伯，大伯还能起床，我搀他到院内专门给他买的藤椅上坐下。我喂他水喝，他说不用喂，执意自己端住茶缸喝。我端端正正坐在他面前，像孩子、学生般静静地望着慈祥的大伯。他对我说："学文化难，写文章更难，你在部队从事文字工作要吃苦的。"继而骄傲地自言自语："你能写文章，给咱祖上争了光，我高兴。你在部队这一干就是十多年，奋斗出来不容易。"我扳着指头对大伯说："大伯您这一生也很光辉呢，是村里文化最高的老人，是中华人民共和国成立后村里第一任村支书，是村里当大队支书时间最长的，是支书和生产队队长都干过的唯一一个人，是村里主政砖楼、东郎两个自然村庄当时公社最大的大队支书，是村里德高望重的老人。大伯，您这一生干得辉煌，村里人夸您，公社历史上也记载着您一笔。"

　　大伯显然被我这一连几个"是"给愣住了。他自己也不曾想到，侄儿会给他总结出这么多的光辉历程。

　　小院刚才还暖洋洋的，一会儿便被袭来的一股阴影覆盖住了。我对大伯说：

"回屋吧，天气凉了。"我从大伯颤抖的手里接过茶缸，他不但患有食管癌，还新增了心血管等多种疾病。我们爷俩这么一聊，好似消耗着他的体力，他明显不如刚从屋内出来那会儿精神。我扶他回屋躺下，他抓住我的手好久没有松开，像是怕我离开他。我就任凭他抓住，我爷俩的手指轻轻地握在一起，没有力气。谁都没再说话，时光凝固着，大伯闭着眼睛。我知道他没睡着，只是没有力气睁开眼睛说话了。

病入膏肓虚弱的大伯，与我说话他内心是高兴的。感到侄儿经过部队的培养教育懂国事，知道理，是个文化人。

大伯生于1923年6月，长我父亲两岁。他一米七八以上的个头，在那个年月里算村里不多的高个儿之一。《三字经》《道德经》他会背不少，孔子、孟子道德礼仪知道不少，儒教、道教思想知道不少。新中国成立不久，就被推荐当上大队支书。后来我知道，大伯当大队支书是公社领导到俺家三顾茅庐请出来的。公社领导执意推荐大伯当支书的理由有三：年轻，时年二十多岁；有文化，是村里上过书塾、读过厚书，文化最高的人之一；关键是办事认真，为人忠厚老实，群众威信高。

大伯当支书上任没多久，遇上村西康沟河决堤，村庄奉公社之命到现场抗洪抢险。村庄分工负责的河堤下层出现了大面积管涌，由于管涌的位置在河堤下层，很难发现。管涌正以极快的流速冲过河堤向下游奔流而去，不仅直接威胁着下游人民群众的生命财产安全，还可能会造成河堤轰然坍塌，损失不可估量，管涌随时就会一泻千里。

波浪滔天的河水不停地发出惊天动地的咆哮。大伯带领村里几十名壮劳力连续奋战了十多个小时，不但没把那个暗涌堵住，它反而越来越猖狂，越来越嚣张。大伯一边不停地给公社领导打电话告急，请求公社火速增派人马，供应物资。但公社领导说根本抽不出人力，也供不出物资，还命令大伯要严防守死，不惜牺牲一切，哪怕是人员生命也要堵住管涌。

大伯握住电话愣了一会儿，随后把电话狠狠地摔在地上。两个胳膊抱上两捆人腰般粗的柳条捆，高喊道："年轻的给我跳下去封堵管涌，待找到管涌眼先用身体和柳条捆封堵，岸上的人员要用袋子装好的石子沙土袋往下扔，要快，要快，还要准确。"说完，纵身一跳，七八个小伙子也随大伯鱼跃般跳进水位没过头顶深的河里。几个人憋住气手忙脚乱在下边摸管涌眼。潜入，浮起，露出水面吸口气再潜浮下去，如此多次，终于摸到管涌眼。大伯第一个冲浪般用柳条捆挡、用身体挡，瞬间堆成人堆。岸上的人接到命令，石子、沙子袋雨点般往下扔……

管涌流水慢慢变小了。

水流慢慢变细了……

下水的人逐渐上来了，人们发现支书没有上岸。

"路支书，你在哪里？快上岸！快上岸！"岸上人的呼叫声响彻河岸，人们焦急万分。

有人高喊："看，河道下游一棵树上有个黑点。"村里人向下游飞快跑去，边跑边喊："路支书，路支书，是路支书！"原来管涌眼被封堵住那一刻，河水刹那间形成强大漩涡把大伯卷滚着向下游冲去。眼看越卷越深，河道下游一棵大树挡住了大伯，大伯死死抱着这棵大树，并用尽最后一点力气往树上攀爬，使半个身子露出水面得以救命。

我参军前曾问过大伯抗洪封堵管涌这次惊险举动，称他果断勇敢。大伯轻轻地说："那时是一颗红心向着党，一心为公，组织让干啥就坚决干好啥。当时形势严峻，根本也来不及考虑生死。"

在那个全国万里河山一片红的年代，人民群众的思想达到前所未有的根红苗正。毫无疑问，我的大伯也是一个根红苗正的人。他是一个农民，是一个有思想、有文化的农民。可他在我心里，却是一个"人物"，是一个儒将。从生命与生存而言，大伯这个人物堪说伟大，或者杰出。当年爷爷奶奶带领全家逃荒把大伯留在陕西一处农场，那时他只有十几岁，在陌生又远离故土的异地他乡，大伯表现出思想上的成熟，他心向宝塔山，并曾为之付诸实践。如果不是爷爷奶奶后来把大伯催回故乡，大伯肯定会踏向延安革命之路，汇入革命的洪流，成为革命道路上的奋斗者。

　　在三年困难时期，他带领群众治盐碱，斗风沙。历经了与大地斗、与自然斗的艰难岁月，也带着全村人在村头挖黄土吃，用斧头菜刀去剥树皮熬汤喝。大伯作为家中长子，分得一点粮食自己舍不得吃，先紧着老人，再顾弟妹，大伯的脸和双腿浮肿都比别人厉害。他当大队支书、生产队队长，从没有占过队里一点便宜。有一年，生产队粮库清仓出来老鼠啃过、发了霉的几斤粮食。保管员说队长这一段脸浮肿得更狠了，就自己做主把这几斤粮食送到我家，大伯回家知道后，当夜就让保管员把几斤粮食送到更需要补充营养的人家。后来大伯给我讲这些事情时说："作为大队支书，面对这种天灾人祸也心焦着急。土地深翻了又翻，有机肥施了一层又一层，就是培育不出肥沃的田地，治不了疯长的盐碱，解决不了全村人吃饱饭的问题。"从大伯的叹息中我感受到他的无奈，甚至是自责。

　　等我稍大些，还没和大伯分家，大伯给我的印象一直是不着家，可以说是顶着黎明出门，披着星光回家。他当支书时常年来往于砖楼、东郎两个村庄，虽说两地之间距离只有三四里地，但四季风雨无阻地来往于两个村庄也不容易。20世纪70年代中期，卸去了当了近二十年的大队支书，改任生产队队长，生产队的钟声这一敲又是好几十年。每天是大伯用钟敲响了村庄的黎明，叫醒着睡梦中的群众，描绘着日出劳作，日落回家的动感图画。他日复一日，年复一年，机械地一点一点掏空着自己的身体，催促着自己的苍老，最终病魔缠身。

　　大伯一生爱事业，爱劳动，爱百姓，爱他的孩子，爱他的侄儿侄女，爱他的外甥和外甥女。慈祥一生的大伯不但一直留在我们兄弟姐妹们心中，也一直留在我们村里人们的心中。

　　大伯兄弟姐妹四人，大伯、父亲和两个姑姑。他以大哥的形象影响感召着弟弟和妹妹。当年为了陪伴逃荒留给当地人家当童养媳的妹妹，他听从父母之命，留在当地农场近距离陪伴妹妹，大伯以实际举动承担着当大哥的责任与义务。

　　正是大伯从小懂事，影响着弟弟妹妹，他们兄弟姐妹一生没产生过矛盾。

　　我记得很清晰的一件事，在大伯和父亲分家后，我有几年一直仍旧住在大伯家。一天晚上，我在睡梦中被大伯叫醒，他端到我床前一碗面条。透过煤油灯，我看见几块白白亮亮、厚厚实实的肉片，他催我快吃。原来队里几个干部晚上加班开会后进行"打平和"（加小灶），做的肉面条，大伯给我端了一碗。我自小见了肥肉胃就起反应，我说不吃肥肉。大伯惊讶一瞬，立马明白过来说："我忘了，我忘了。"随后他用筷子把肥肉一点一点去掉，留下的全是瘦肉。隔壁住着比我大不了两岁的堂姐，大伯没叫醒她。我吃了肉，还吃光了面条，抹了抹嘴躺入被窝很快又睡着了。

在吃不饱饭的年代，这碗肉面足以温暖我一辈子，让我记一辈子。我记着这碗面条，更记着大伯对我们晚辈的点点滴滴的爱，浓浓的爱。

大伯经常到公社开会，大队部也有代销店。他经常买一些糖果、饼干等小食品。一次出门三天的大伯要回来了，我们兄弟姐妹几个来到村西头等大伯。太阳暖黄，枝头上的鸟儿跳来跳去，喳喳叫着，田地铺了一层橘色，天地之间透着温暖和谐。我们等大伯回来，是知道大伯肯定会给我们带来糖豆和饼干，或几包花生、瓜子。

望眼欲穿时，终于有人喊："大伯，回来了。"果然，大伯在老远处也看见了我们，紧走几步，疲惫的脸上也有了光泽。我们跑着迎上前去抱住大伯的腿，拉着大伯的手，扯着他的衣角，把大伯围裹着。他从挎包里不紧不慢地掏出给我们买的东西，先小后大依次分发。后来我发现，有时得不到东西的往往是他自己的孩子——二姐、三姐。她俩见分不到吃的，有点失落。大伯就会夸二姐、三姐长大了，得让着几个弟弟。我就看见三姐委屈的小脸上不高兴，她才比我大了两岁，也是小孩子。我递给三姐一颗糖豆，三姐脸上转眼有了笑容。

这是大伯对侄儿的偏爱。

大伯走累了，便坐在一块土堆上，我们幸福地围坐在他身边，每个人嘴里都不闲着。大伯脸色喜悦，任有多少疲劳和尘土，也掩盖不住他那时的高兴和惬意。

抬头望天，一行大雁越过头顶向南飞。大伯指着大雁问："你们谁知道大雁成排飞行，为什么始终有一只大雁领着飞？"三姐说："那是个带路的大雁。"我说："那是'像大人'的大雁，带头领着飞。"大伯赞许三姐和我说的都有道理。接着他又说："你们当中，当哥的当姐的就要负责带领弟妹往前走、往正确的方向走。是不是啊？"我们齐声答："是。"

1980年，我高中毕业没考上大学，一度消极，年底征兵我提出报名入伍时，父亲第一个反对，原因是哥哥当了五年兵刚退伍回家不久。我找大伯商量，谈自己当兵的想法和志向。大伯听后说："男儿有志在四方，部队是所大学校，参军锻炼报效祖国，我支持。"之后，又说："你父亲的思想工作我来做。"后来，大伯郑重地找父亲深谈了一次，大伯对父亲说："小房这孩子有自己的想法，有想在部队干出点名堂的志向和决心，你就让他到部队闯闯。部队提不了干，也能学到东西，长了见识，别窝在咱村里耽误孩子发展。"有文化的大伯大小道理一讲，把父亲思想说通了，我顺利入伍。

入伍离开家那天早晨，大伯把我从院外叫到堂屋，关上门，屋里只有我和大伯。这时，大伯认真又充满希望地对我说："你到了部队可以考军校，考不上军校也要学习一门技术，将来退伍回来有立足之本。"大伯凭他的人生经验，教我如何学习工作，尊重部队首长，团结战友同志。我带着大伯的殷切希望离开家乡，迈入军营。我经受住了部队艰苦岁月生活的磨炼，经受住了部队曲曲折折的考验，经受住了岁月坎坷冷漠彷徨的无助，战胜了自我，在从军的道路上一走就是三十一年。

我参军后第二次休假是20世纪80年代末。当我满心欢喜，走下公共汽车，徒步走到村西头时，远远看见我的家人，父亲、母亲、大姐、大哥、小弟一大家人在村头。亲人们正在围着一辆平板车，俯下身向车上的人说着什么。我走到跟前才知道那人是大伯，大伯病了。见到我回来，他立马从平板车上坐起来，众人不让，大伯愠怒："小房回来，我起来看看他。"我眼泪止不住地流了下来。

与大伯寒暄后，姐、哥把我拉到一边告诉我，大伯前几天突然吃饭吞咽困难，吃不下饭，县医院初步诊断是食管癌，要到郑州的医院进一步确诊。我当即决定陪大伯到郑州看病。

郑州市人民医院进一步确诊食管癌后，随即转院到当时的林县食管癌专科医院治疗。大姐、哥、我还有表哥陪护。治疗期间，大伯表现出了与病魔作斗争的坚强毅力，疼痛折磨没有在他脸上过多地表露出来。我们接受不了大伯罹患癌症这一现实，时常偷偷掉眼泪。大伯却不这样，他很乐观。多次把姐、哥叫到病床前说："我自己的身体我知道，死不了。"说到这句话，大姐赶紧呸呸呸地吐，说这话不吉利，劝大伯不要再说。可大伯继续说："我都六十过半了，阎王爷已给了我多活几岁的爱怜，已知足了。生老病死是自然规律，谁都有这一天。"大伯在"文化大革命"时期学习过马列主义、毛泽东思想，看问题能找到理论依据。也许是大伯的精神疗法真的起到了效果，也许是治疗及时，大伯住院二十多天后病情好转，回到家中康复。

大伯把生命看得如此透彻，他本人又如此勇敢。

大病初愈的大伯，依然热爱生活、爱劳动、爱孩子。只要身体允许，他就下地劳作。早已过继给大伯的哥、嫂劝他不要再下地干活儿，在家做点家务事。他把家中小院收拾得干净利落，在门庭前栽种了两棵柿子树、一棵枣树、几株花草，小院顿时有了生机。晚年他保留着阅读家乡日报的习惯，每当他闲下来，就会坐在小院拿着书或者报纸看。大队部定的报纸别人不看，就送给已不当支书的大伯看。

"我从报纸上知道，苏联已解体，戈尔巴乔夫被赶下台，你知道吗？"一日，大伯一边拿着报纸一边问我。

"大伯，你还关心国际大事？"我问。

"苏联是社会主义阵营，他们政党的解体瓦解，对我国共产党来说有着警示意义。"大伯从政治的高度说出自己的见解。

"苏联政党也是因失去民心造成今天的解体，也有西方国家渗透的原因。"我们爷俩探讨着国际问题。

1991年3月17日，苏联解体。在苏联解体后的不长时间里，我们爷俩有了以上的对话。

大伯如果走出村庄，吃上公家饭，成为体制内的公务人员，一定会是一个站位很高，懂政治，顾大局的领导者。

对大伯来说，日子在时光隧道中既快又慢地流逝着。到了 1994 年下半年，经受五年多病痛折磨的大伯，病情加重了，食管癌开始病变，心血管疾病也日渐严重。我回家探亲，从一名老中医手中得到两颗麝香，教大伯加上一些降血脂、软化血管的中草药泡酒喝。后来大娘对我说，大伯像听话的小孩子，认真地按照我教给的服用方法喝，一天一小酒杯地喝，不差顿不错时，像自己命令自己，按时完成对他来说寄托生命之光的神圣使命。喝完了一瓶药酒，再泡一遍喝。他像抓住一根生命的稻草不放，是那么执着，又是那么让人可怜。这时的大伯有着一种对生命好转延长的强烈渴望，有着对阳光明媚岁月的无限留恋，有着怕失去与亲人们在一起幸福的快乐生活的恐惧。他早已没有了当初患病时，面对痛苦死亡的坦荡豁达。

大伯也怕离开人世。

无论大伯躺在床上还是勉强坐起来，无论脸上挂着什么表情，我都能读懂他内心的恐惧，窥探着大伯内心的惊慌。想着大伯多灾多难又风光无限的一生，我心里在掉泪，不停地掉泪。也因为无法延长他的生命、无法缓解他的疼痛而着急，因为束手无策而自责。

在大伯生命将息的最后几天里，他让大娘、哥、嫂子把他从床上抬到屋外，他要看一看明媚的阳光，看一看小院亲手栽种的花草。还对大娘说，我还没见过小房穿着部队干部服呢，我想看看他穿上军装干部服的样子，他是咱家的骄傲。我每次想到这里，都恨自己。那时我当军官多年了，每次探亲为了行事方便，为了不影响军人的形象，为了落实部队休假期间着便装的规定，仔细一想，还真没有着军装干部服回家见过大伯。给敬爱的大伯留下终生遗憾，我自己也后悔不已。

我是在贫穷、温暖和长辈的希冀中长大的。

我是在大伯的潜移默化中成长成熟的。

大伯在当天凌晨用尽了他最后一口气力说，等小房回来再安葬我，说完就停止了呼吸。

算上去世当天，大伯排三出殡。大伯灵床安放在堂屋正中央。这三天里，我同姐、哥及晚辈们坐成两大排，守坐在灵堂两边的麦秸铺上，陪伴大伯最后两个长夜。

大伯在村里乃至周围几个村庄是无人不知的名人，是德高望重的名人。他的去世引来村里及周围村庄人的关心和痛心。这三天里，早晨和傍晚前来吊唁的人络绎不绝，熙熙攘攘，小院被里三层外三层的人们包围得热气腾腾。

一轮又一轮的男男女女手拿着冥纸来到灵堂前，男的面对灵堂磕头、作揖，女的伏在灵床前哭一阵，孝子们就陪着客人哭。

短暂又漫长的三天到了，今天是出殡日。

上午还是晴空万里的天气，接近午饭后出殡时，天空突然阴了，云层浓重得能拧出水来。初春的季节，不应该有的暴雨天气即将来了。

午饭后，哥领我到大伯的棺材前，棺材用桐油漆刷得明晃晃的，棺材头上写着金色的"寿"字。哥说，半年前大伯病情加重了，就把门前爷爷辈栽种的长了几十年的三个人才能合围的老桐树伐了，给大伯做了这口棺材，底和板都有三十多厘米厚。村里上了岁数的老人都说，大伯的棺材气派。

哥用他哭哑的声音接着说，大伯是村里有脸面的人，受苦受罪一生，棺材做得要对得起老人家，让他在天堂有一个结实的家。

说话间，执事的一声吆喝，准备出殡了，孝子、亲戚、打杂的，各就各位。

十几个打杂的人把一旁的棺材移到堂屋正门前。棺材前摆放着一只倒头鸡、礼条肉、寿酒、寿面和几炷香，一一摆放整齐。孝子贤孙们一身白衣分成两排跪在灵堂前。

随着执事的又一声吆喝："烧纸开始啦!"响器班在大门口成排站立吹奏，吹奏的曲子凄凄惨惨。先有亲戚们按照远近依次烧纸，对着灵堂跪拜、叩头、作揖；后有街坊邻居代表跪拜、叩头、作揖；再有村里平辈、长辈的代表依次跪拜、叩头、作揖；最后有本家近门的长辈代表向大伯跪拜、叩头、作揖、行礼。

灵堂后设置一个大铁盆，专门用来烧冥纸用，这项既被火熏烧且又脏的活儿，按风俗由过继给大伯当儿子的哥来做。哥配合着执事的一声声喊叫，机械地烧了一捆又一捆冥纸。

其间，执事人不停地吆喝："前客让后客，后客要跟紧，客人多，咱们节奏紧凑些。"就这样，连连续续，紧紧张张，直烧了两个时辰。

凝重的阴天，变成了小雨淅淅沥沥下着。整个村庄上空飘浮着凝重的阴云，把天空压得很低。

现场的人纷纷表示老天爷有眼，也在为一生都在行善积德的老支书落泪。常言道，人生有五福——长寿、富贵、康宁、好德、善终，大伯一生除占有"好德"之福外，其余"四福"都没有沾边和享受啊！

小院内塞满哭声、吆喝声、鞭炮声。伴随着执事一声悲伤喊："入殓！"孝子贤孙们抬着大伯放进棺材中。四个高个儿手持一条大被单，一人一角扯撑起来，在棺材上空掩盖着不能见天光。

"都不要再哭了，开始洗脸。"此时父亲表现得非常冷静。在钉棺前他命令孝子们不要再哭，不要让眼泪掉在棺材里、掉在大伯的身上。开始依次给大伯洗脸，作最后一次告别。

大伯被穿得肥大的棉袄棉裤撑得直直的，像平常人仰面睡觉。他的两只脚被一条麻绳绊着，嘴里被塞进一枚带孔的铜钱。父亲先揭开用一张黄表纸严严实实地盖着大伯的脸。

"人伯的眼还睁着呀？"我第一个发现，对父亲说。我伸手就要抚摸他的眼。父亲立马拦住我的手，由他用手从额头往下轻轻抚平一下，大伯的眼闭上了。

大伯为何睁着眼离世呀？

也许大伯断气前没见到的他侄儿吧！我在想。

我先看到大伯睁着的眼，也许是大伯与侄儿的灵魂对话吧。

父亲第一个给大伯洗脸，一手揣着一碗烈酒，一手拿一朵棉球，棉花蘸着酒，边擦边说："哥，洗脸吧，洗罢脸，上路到天堂。你放心走吧，家中有我领着，一切都会好的。"棉球擦一次丢进棺材里。

"大伯，洗脸吧，你平时好干净，洗净脸好上路。"

"洗脸吧，洗脸吧，洗脸吧……"晚辈们依次给大伯洗脸，直到把半碗酒接近用完，剩余的酒由哥一口喝完，这是家乡的风俗。

洗脸程序结束，执事又嘱咐：少不少放啥陪葬物？我立马说："快找本书放入。大伯一生喜欢读书，放本书他在天堂不寂寞。"大家手忙脚乱在屋里找，最终大姐找到一本《春联集》放入棺材。我想，年年春节大伯领着我们写春联，大伯到了天堂，天天书写春联过大年。

娘家客站在大伯的脚后跟看，根据娘家客的手势挪动着大伯的姿势，摆正了。娘家客的代表说："就这吧！"木匠们上来，把棺材的盖子往棺材上抬，又一推，那榫就合住了槽。近亲属们呼地一下子移到棺材周围，把棺材围得严严实实。我们兄弟姐妹狠命拍着棺材的帮，哭喊着叫："大伯呀！大伯呀！我们再也见不到您老人家了啊！"木匠们以他们专业技能和职业的操守，以"叮当、叮当"的钉棺材声，与孝子贤孙们的号啕大哭声连在一起，在村庄上空回荡，久久地回荡。

随着执事的吆喝声，响器班吹奏着悲伤的曲调。孝子贤孙哭喊着，打杂起棺材的吆喝着，以及"快闪开，快闪开"让围观者让路的叫喝声，灵车从小院移到街道，哥由本家兄弟搀扶着，围着灵车转了一圈，把手中的劳盆高高地举起，摔向车辕轱轮，摔得粉碎。

摔罢劳盆，按家乡风俗，哥过继给大伯的重任才算真正完成了。

摔罢劳盆，灵车随着牛车、马车，还有人群，浩浩荡荡将大伯运到西岗老坟安葬。

这时，我想，我家老坟里有太爷、太奶，有爷爷、奶奶，大伯不会孤单，也不会感到孤独，这黄土岗不远就是我们家的院子，他很容易回家看看。

"多情却似总无情，唯觉樽前笑不成。蜡烛有心还惜别，替人垂泪到天明。"唐代大诗人杜牧的诗代表我此时的心情。我同披麻戴孝的孝子们一起不停地呼喊，愿大伯一路走好，愿灵魂永远长存，愿天堂里没有病痛。

大伯的离去，如同一场暴雨，将我的内心世界淋得湿透，曾经有很长一段时间，我心中无尽的悲伤难以言表。

爱唠叨的妈妈

庚子年四月初十是妈妈的生日。从这一天起，再过一年，妈妈整整九十岁。这个年龄在我家是高寿，在她娘家也是高寿。因此，她经常在子女面前说，人活多大是个够啊！

妈妈在她七十岁过半时耳背了，听力越来越差。除此之外，身体还好，头脑不糊涂，腰板不弯曲，腿脚灵便，语言表达没有障碍，一日三餐自己做，吃多吃少从不缺顿。老话说："家有一老，如有一宝。"我要再添两句："老人能自理，晚辈有福气。"妈妈健康平安，我们晚辈少操心。

妈妈没上过学，目不识丁。早些年，她是一个不太善于说话的人，絮叨、唠叨与她好像联系不上。自耳背近二十年来，她话多起来，好似不说话别人会忘记她。起初听妈妈东家长西家短、三皇五帝说个不停，尤其是讲起我们儿时的家境和成人路上的多灾多难更是止不住话头。我曾纳闷，大字不识一个的母亲怎么能回忆起那么多过往旧事，上了年纪且耳背又怎么能晓得村里那么多新鲜事。一天，我推开老家的门，妈妈正在院里背对大门嘴里念叨着："今初八，明初九，后初十，老二该回来了吧。俺算着又半个月没回了，唉！"

"妈，妈。"我连叫两声，快步到她身边，妈妈也没听见。直到扶了她一下肩膀，她扭头看到我们愣了一下："怎么今晌午回来了？怎么今晌午回来了？"爱人说："今儿个母亲节，回来看您。"妈妈听不见，也不知道有个母亲节。爱人拿出给她买的衣服，她激动起来："儿媳妇咋就这么能想到我，孝顺啊！"望着高兴得像孩子般试衣的母亲，我鼻子一酸，泪眼模糊了。天下老人对子女的要求并不高，经常回家看看就很满足。我瞬间读懂了母亲唠叨的内心深处，既是老人在孤独寂寞中排遣内心思念儿女的一种常态反应，也是老人固有的一种恐惧和无奈。每想到此，我心中便五味杂陈。

我因当兵很早就离开父母，在部队一干三十一年，转业回地方工作又十年多了，一直没与母亲生活在一起，父亲过世早，留下母亲一人生活，一晃就将近二十年。和哥、姐多次商量如何照顾日渐衰老的母亲，兄妹几个都愿意让妈妈与自己生活在一起，不需要轮流照顾，这一点我很欣慰，兄妹几个都很孝顺，在赡养老人问题上从没有推脱责任，也没有产生过分歧。我想让母亲随我一起在城市生活，但她只是每年冬天寒冷时来我家小住。前年进入腊月，乡下特别冷，妈妈一早就对街坊邻居说，今年要到开封儿子家过年，乡下太冷，过了年开春再回来。妈妈说这话时充满幸福自豪，向街坊邻居证明着她不是孤寡老人。可她仅仅住了一个星期就执意要回乡下老家。我求她多住几日，她勉强又住了两日，还是执意要回家，并说："你对妈的孝顺我懂，可儿啊，妈在这楼房里还是住不惯。"妈妈好似病了般，吃不香睡不实，我顿悟妈妈是在儿家住图个新鲜，新鲜劲儿一过，心魂归故里，乡下的老宅是她自由自在、平安幸福居住的家园。

那年算来，妈妈在我家住了九天，是二十多年来我与妈妈相处生活最长的一次。如今交通越来越发达，平时回家是来去匆匆，基本上不在老家过夜。就是这短短的几天，我领略、体会、享受到了妈妈的唠叨。

"俺活了大半辈子了，政府每月还给乡下老人发钱，像城里人一样领工资，每月六十元、八十元，没吃没住了政府还管，过去，都是农民交公粮，世道变了，世道变了。"妈妈说这些话时，总是低着头。我有时坐在她身旁，有时忙自己的事，任凭她唠叨。她说的发钱是政府给上了年龄的乡下老人发的生活补贴。

"现在村里老人可多了，不光咱东郎村，西郎村、何庄、马庄、砖楼村、金庄村都有好多七八十岁的老人，九十多岁的老人村里也有，过去哪有这么多高寿人？五六十岁的年龄都走了，现在都说吃得好长寿呢。"妈妈一口气说出了我们村附近多个村庄的名称。听到这儿，我问妈妈："你咋知道别的村庄的老人？"她抬头看我一眼，知道我在问她话，却听不见问的啥。

妈妈唠叨的话题大多集中在从前家庭苦难艰辛的岁月上。我出生时刚过三年困难时期，主要靠吃红薯勉强支撑生活。我三四岁时经常生病。一个灾荒年的初春，家里囤粮已吃完，新粮没下来，青黄不接。就在这时，大的灾难落在我家，我和哥哥都患上了当时叫脑膜炎的一种病。这种上吐下泻的病，在当时的医疗条件下，死亡率很高，患上这种病全家都恐慌。一天上半晌，大伯和父亲把哥哥送到医院，父亲照顾哥哥。大伯刚返回家里，后半晌我突然病情加重，躺在地下的破席上奄奄一息，妈妈坐在一旁抹泪哭泣，姐姐带着一岁大点的弟弟号啕大哭："妈妈，快救救我弟，你看他不动了，不动了。"姐姐哭得死去活来。妈妈说："家里一分钱没了，你哥才送医院，咋弄？咋弄？"妈妈束手无策。大伯迈进家门见状，围绕着躺在破席上的我转了两圈："借钱，抢救，一条生命呢。"可上哪儿借钱？那个年代手头儿宽裕的人家不多。"找二营借，我见他回来了。"大伯对妈妈说。二营是村上少有的一个在外地上班吃商品粮拿工资的街坊。妈妈擦着眼泪小跑去借钱，二营手头总共有十元，借给妈妈五元。妈妈回来对大伯说："二营真不赖，好人。"大伯把我抱到架子车上，妈妈在后头跟着把我送到公社医院，与哥哥住一个病房。时光倒回当时的画面，家里凄惨悲伤的情景可想而知。

只要与妈妈独处，她总是娓娓道来，唠叨我年幼时九死一生那个年份，每个细节都能说得上来。"大难不死，必有后福。现在儿子当了官，过上了幸福生活，世道很公平呢。"这些重复无数遍的往事，从妈妈的口中道来，我坐在旁边静静地听，心思沉重。

孝顺老人，就是顺应老人。也是为了配合妈妈的唠叨，我坐在她面前不厌其烦地听她讲那没完没了的陈年往事。其实妈妈说得多了我早不再认真听，心思早跑偏了。即便这样，我也不阻止妈妈讲那陈谷子烂芝麻的久远往事。

常言说，父亲是山，母亲是海。山给人依靠，海抚慰人心。父亲是灯，母亲是火。灯照亮方向，火带来温暖。回顾妈妈的一生，和乡下千千万万个老人一样，普普通通，平平凡凡，没有更多可以夸耀的地方，也没有更多值得记载的历史。养育兄妹几个生活的艰辛和苦难，由于我记忆不深，不是妈妈唠叨出来还勾不起我太多的回忆。

然而，在我眼里，重要的是从妈妈的勤劳持家操劳一生中，我得到了取之不尽、用之不竭的精神财富，汲取了积极向上的人生动力。妈妈虽然嘴上没教育我如何学习、做人，但母爱像家乡的那片厚实的土地，她用心滋养着土地上面的每棵嫩芽，配合阳光、雨露，让那一棵棵植物苗壮成长。按现在的说法，成长路上不缺"钙"。为了家庭和谐幸福，为了孩子的成长，妈妈犹如一头躬耕乡田的老牛透支着生命，从年轻力壮到岁月染白双鬓，淘尽了青春，一点点变老。

在我脑海中，妈妈有两段忙碌艰苦或者说是操劳受累的岁月。一个是奶奶在世时大家庭的忙碌。20世纪70年代末，我长到十四五岁时才与大伯一家分家，祖孙三代十几口人一起生活了二十多年，村上人无不夸赞我们大家庭的和谐相处。在那段贫穷日子里，妈妈每日既要出工上地劳动，回到家又要就钻进厨屋做饭，洗洗浆浆，缝缝补补，照顾老人，带养孩子。经过大伯和父亲的努力奋斗，20世纪70年代末，我家又分得一块宅基地，并且盖起三间新瓦房，一家七口人搬到新房居住。如今，新房早已变成老屋，却依旧耸立在那里。很长一段时间，我们是分家不分锅。每天妈妈顶着晨曦到老院做早饭，披着星月抱着幼小的弟弟回到新院，结束一天的生活，一切都历历在目。

"你大娘是个裹脚小女人，身板不太硬朗，家务事我做得多。你奶晚年有病一躺就是两年，喂药喂饭，擦洗身子，端屎端尿我不能不干。你弟还在怀里抱着离不开人手，天天是顾老的忙小的，灶上一把灶下一把。你大姐没嫁人时是个帮手，她嫁人了我忙得前心贴后背、脚跟不连地。"这段光景妈妈总是唠叨，我对大家庭这段生活也记忆犹新。依稀记得有一天，妈妈白天没时间，夜里带着哥、姐推磨磨面，再不磨面眼看就断炊，哥、姐推磨不大一会儿就被妈妈赶走睡觉，她自己一人推着沉重的石磨直推到启明星西沉，磨出几十斤面粉。忙完出磨房直接到厨房做早饭，当天下晌，妈妈病倒了。一整夜，妈妈推着本应由牲口拉的石磨在方寸之大的小磨房里一圈又一圈地走到天亮。中国乡下吃苦耐劳的妇女的伟大形象在妈妈的身上得到充分体现。

另一段时光，则是 20 世纪 80 年代。当时我当兵离家，妈妈已六十多岁，她由大家庭屋内的忙碌转入田间劳动。哥哥与大伯生活在一起，姐姐嫁去他乡，两个弟弟还正在上学，责任田由父母耕种。每天，两位老人一早迎着晨光下田劳动，很晚才摸黑回到家里。我从部队休假回家，与两位老人一同下地劳动几天，我发现妈妈学会了扶犁耕地、摇耧播种、锄草间苗等，田间农活儿样样拿得起。炎热夏日，妈妈身背几十斤重的药桶，右手握着喷雾器杆，左手握着压杆在半人高的棉花地里步履维艰穿梭着给棉花打药灭虫，一背就是一晌。

艰苦生活总是被平凡的岁月淡淡抹去。父亲走后，妈妈停止了田间劳作，而她已经七十岁过半。我们几个不能时时陪在她身边，老宅多是留下妈妈一个人，她的唠叨好像就是从这时开始的。给她带吃的带喝的，她总是给街坊邻居送点，并说是孩子从城市买的，比乡下的好吃。我的爱人逢妈妈生日、母亲节和春节都给她买衣服和鞋子，每送给她一件新衣，我们前脚走，妈妈后脚就到村里老太太面前炫耀，说："看看，刚给我买回的，好几百元，穿上合体，俺儿媳妇可会给我买了。"几年前，侄女从上海给她带回一桶含高蛋白的进口奶粉，她喝了明显有精气神，自此，一桶还没喝完就给我要，因市场上买不到此奶粉，爱人从网上购买，这一喝就是好多年。每给她捎回一桶奶粉，妈妈声音哽咽："我这该死的老婆子有福，好奶粉供我不断喝，儿媳妇孝顺比儿子孝顺好。"我说："妈呀妈，儿子媳妇为您买奶粉是应尽的孝顺，不值几个钱。"看着她茫然的眼神，我的心中感慨不已。其实天下老人很容易满足，子女应该为老人做一些力所能及的事情，由于他们年事已高生活不便，对子女关爱的渴求会更多。

如今，妈妈每天早起到村西头转转，到村东头小河边走走，一年四季不断，天天坚持锻炼。晚上，如果是夏天，她会坐在小院仰望星空，口中念念有词："一颗星，两颗星，数来数去数不清，头抬酸了，眼看花了，瞌睡虫来了……"如果是冬天，妈妈依旧有她打发长夜的生活习惯和自编自吟的顺口溜："吃完饭，没事干，外边寒冷不出来。烧开水洗洗脚，洗完脚就上床，床头念佛唱经歌，唱着唱着就睡着……"妈妈自编自吟朗朗上口的顺口溜还有很多。我在佩服妈妈独到的养生疗法的同时，也为妈妈常年的孤独而自责。每次回老家看妈妈，临走她必嘱咐我们："我身体可好，不要挂念。"可马上又说，初几初几是个啥日子，你们不忙了就回来。我会心一笑，妈妈是怕那个节日我们忘记回家看她。

　　理解妈妈唠叨过去岁月并不是炫耀自己多么伟大，更不是因曾经为我们大家庭的付出而摆功。作为晚辈，听老人唠叨也是子女对老人的一种孝顺和尊敬。如此理解，回家坐坐，听妈妈唠叨成为我永不满足的欲念并潜存心底，还情不自禁地从心里感激母亲。感激她让我从真实的生活和现实的社会里、从纯美的大自然中学到了许多书本里、课堂上学不到的东西。她让我懂得日子的艰辛和困苦是磨炼人、成就人的重要前提，并且这样的环节不可逾越。妈妈对孩子这种不教而教，使我受益一生。

　　妈妈，您唠叨，说明您身心还安康，子女希望您永远在我们面前唠叨下去。

磨坊里的记忆

两间坐西向东的土坯草房是我老家旧时的厢房。

说是两间其实是一大间，中间有一根榆木梁东西架起，故称两间，南北长东西宽，不足二十平方米。

我对这间老屋的依恋远不止房屋本身，而记忆最深的是这房子的功能。

房门设计正靠房屋右山脊，进门就是垒起的土灶台，灶台占去房屋四分之一面积，房屋左边是一眼石磨，占去房屋大半部分空间，房子是厨房，也是磨坊。

20世纪六七十年代，村里还没有打面机，吃面基本上完全靠石磨碾。家有一眼石磨，就不会挨饿。这是当时村里人的传言。那时从地里收获的粮食，如小麦、大豆、高粱、玉米、红薯干等，晒干后磨成面食用。我家乡是平原，没有山石，不产石磨。所用的石磨都是从外地的山区买来的。我家的石磨具体来历我没考究，只知道圆形的石磨呈暗红色，是用大块的火成岩凿制而成，石质坚硬，磨盘厚重。石磨分上、下两扇，下扇起轴，上扇开孔，把轴置于孔中，推动上扇以轴为圆心转起来，夹在两扇石磨间的粮食就可以被磨碎。

谁家用磨坊磨面，最后都会留几把麸子给房东，厚道的人家留的麸子能再磨出一两斤面，磨干净的麸子是猪牛骡马驴的上好饲料。在生活极度贫困的年代，一家能有一眼石磨，等于多了一个生财之道。

家有磨坊标志着家庭条件不错，标志着家里人缘不错，还标志着主人家在村里的地位和威望。那时村子里除我家有磨坊外，还有另一家。

一年四季，尤其是冬季，全村排队到我家磨坊磨面的农户一个接一个。母亲就给大家排好队，有时候一排就排出七八天。每到这个时候，大人们在磨坊里磨面，孩子们就在磨坊外面嬉戏，像一幅平静、祥和的村庄风情画。推动石磨转动的动力一个是驴拉，一个是人推。常年在家能听到石磨"隆隆"碾压旋转的声音，听到被一块帆布蒙着双眼的毛驴"呼哧呼哧"喘着粗气和"嗒嗒嗒"蹄疾拉磨的声音。

一米多高、呈圆形的石磨面台，粮食堆积在上扇石磨平面，眼孔四周堆成圆尖形，随着石磨转动粮食就从磨眼孔中流下被碾压一层，碾压的面粉在两扇石磨不停地旋转中从缝隙间流下一层又一层。

遮挡着双眼的毛驴不知疲倦地拉动着石磨，旋转着，又旋转着，转一圈，又转一圈，磨上一袋面，毛驴不知道要转多少圈。正应了"毛驴拉磨走不出那个圈"的歌曲，毛驴是拉磨的好牲口。

磨开的面花，像撒开的珍珠从两块石磨缝隙间流出来，细细的如瀑布一样，不断流淌到磨台作业面堆成一圈，待积成一定量，用小簸箕铲起倒入箩柜中。半人高、两米长的箩柜中用两根木棍架起的支架上放上箩筐，人略弯腰用手拉或脚蹬使劲前后摇动箩筐，面粉从细箩筐网眼飘洒落下，筛下的麸子再倒在石磨上再磨，如此反复直到磨完仅剩一把麸皮。无论是麦子、豆类还是其他粮食，只要经过磨眼进入锻槽，很快会在石磨"隆隆"声中四分五裂，化为面粉。

早晨炊烟袅袅，母亲开始忙做早餐。"他二嫂、孩子奶。"前来我家磨坊磨面的街坊邻居一进我家小院就喊叫。

"来啦，今儿个早。"正在灶上灶下忙碌做饭的母亲赶忙出来迎接，帮忙牵牲口，帮忙接粮食。"二嫂，我一个人就中，你做你的饭。""做饭不着急，帮你先磨上。"母亲帮忙往石磨上套牲口，动作娴熟，手脚麻利。磨面的主人清扫石磨、收拾箩柜。不一会儿，随着"吁吁"一声吆喝，石磨在毛驴的拉动下开始"隆隆"转动。

待石磨转动，开始磨面，母亲重新忙起做饭。我依稀记得，一天早晨，母亲因帮人磨面耽误了做饭，我着急上学但饭没做好："我上学了，饭不吃了。"我气嘟嘟地埋怨母亲。"快做好了，不吃饭不中。""管那么多闲事，我不吃了。"母亲似有自责且怪我不懂事："你婶一个人忙不过来帮个手，小孩子不懂事，饭马上就好。"

母亲忙完自己的活儿，一天大部分时间就会待在磨坊帮人家磨面。磨坊成为母亲与天地对话、与生活对话、与岁月对话的场所。

母亲一头忙着灶上，一头忙着石磨。柔弱的肩上挑起旭日，也挑回夕阳，把平凡的日子变得敦实丰盈。

就巴掌大一个磨坊，母亲在里面付出着劳作，感悟着生活，收获着成果，享受着快乐。

中午放学回家，见母亲在磨坊帮人磨面，晚上放学还见母亲在帮人磨面。一天，我放学回家趴在我家磨坊门口，母亲一手抱着一个娃娃，一手扫着磨盘上的面，跟着毛驴拉动的石磨一圈又一圈走着，那细细的面粉从石磨中间的缝里流淌下来，我看得入神。母亲抬头看见我，说："快带你弟出去玩会儿，他妈回家拿布袋了，我帮她磨一会儿。"

目不识丁的母亲教不了我学习，我写作业时偶尔也坐在我身旁督促我。"写字呀，不能着急，要像小毛驴拉磨，急不得，一字一字地写。"母亲说，"骡马跑得快，可拉起磨论起耐力抵不过小小毛驴呢。"

我家磨房从早到晚传出的隆隆声，早晨伴着我匆匆上学的脚步声响，中午又伴着放学收工，上午、下午各磨一盘。

有时眼看自家面缸空了，由于白天磨坊一直被街坊邻居用着，母亲就利用晚上磨自家的面。这可就苦了家人，晚上牲口一般是不能拉磨的，就得靠人推磨。往往晚饭一结束，母亲就对哥、姐说："推磨，不推，明儿个就没馍吃。"我推过两次磨。那是在磨的上扇两侧，各斜着凿有一个穿透性的磨系眼，磨系眼上拴的绳套叫磨系子，把推磨棍穿进磨系子里，短的一头别在上扇的磨扇上，长的一头顶在人的肚子上，利用杠杆原理，人往前推，石磨就转动起来。石磨和磨盘是圆形的，磨道也是圆形的，推磨的人只能沿着磨道一圈又一圈地转，循环往复没有尽头。

一般成年人推磨棍一头顶在肚子上，而我还没长成人，个子不高，推磨棍顶在我脖子下的胸部，两手往上托举着，特别费劲。我人小力薄，推不了多大一会儿就没有了耐力，于是找个借口，溜进堂屋上床便睡，待母亲发现我已在床上进入梦乡。哥、姐有时也推不到头，只有母亲一个人坚持，推一会儿，箩一会儿，直磨到拂晓，累得腰疼胳膊酸。有几次我们几个抗议母亲，自家没面吃了，磨坊优先保障自己，不能再让村人用，母亲当时答应，可到乡亲用时又优先让给了乡邻。母亲往往这样给我们解释说："都是乡邻乡亲，不让用说不出口，咱守着磨坊，打个夜摸黑磨也中。"

有些人的爱，从不表露心迹，也不会说甜言蜜语，只会一味地付出，属于典型的那种不说话只做事的人。我想，母亲就是这样的人吧。母亲在磨面中感悟了很多人生要义，她不会总结，更不明白人生哲学定律，但她懂得勤劳是人一辈子要坚守的本分，是庄稼人成家立业特有的秉性。

我长大懂事了，一直坚信能量守恒定律，只要付出了足够的努力，命运定会优待于你。这种信念与母亲磨面悟出的道理如出一辙，是受母亲言传身教的影响。

现在看来，磨坊一侧承载着当时我们一家几口人厨房做饭的功能，一侧承载着几乎大半个村里乡亲磨面的作用。任凭时光流逝，我家磨坊几十年来一直静静地耸立在我心中。它是茅草屋，近距离看它，如同暮龄老人，飘摇欲坠，弱不禁风。远处眺望它，如风中油画，恰似一道风景，在凄风苦雨中展示着它的独有风光。

屋里由于长期烟熏火燎，墙面黑乎乎的，每到年关家里打扫卫生，父亲总用大扫帚把磨房屋脊、梁顶、墙面扫了又扫，却也掩盖不了它的陈旧，但从这破旧磨坊中酿造出来的温馨画面和动人故事源源不断。我常想，母亲健康的身体，得益于她勤劳好动，也得益于早年贫困时代养成的吃苦耐劳的秉性。

我是被故乡牵挂的人。在那片最为熟悉的原野和大地上，小村小河，一草一木，亲人与乡人，他们横亘在我从少年到壮年的生命中，成了我的胎记，我的血脉，我的呼吸与心跳。我没有考究过祖先们使用石磨磨面的具体时间，但我可以以自己的亲身经历说出石磨在我国终结的确切时间，那就是 20 世纪 80 年代，也就是在我国开始改革开放的年代。随着农村通电和打面机的普遍使用，石磨被取代了。石磨逐步淡出乡村生活，我家磨坊一直保留到 20 世纪 80 年代末才拆除，从此石磨彻底告别历史舞台。但家中的石磨似一个文化符号烙印我心，就如现代一些民俗游乐园设置的石磨，复原着从前石磨劳作生活，那时是实用的，而今是怀古的。

记得一位作家说过，你珍重的东西，它便在你的身后长出绿荫，结出沉甸甸的果实。你漠视它，它会化成轻烟，消散得无影无踪。有时，短暂的一瞬会成为永恒，这是因为把脚印深深地留在了人们的心里。有时，漫长的岁月会成为一瞬，这是因为浓雾和风沙湮没了它的脚印。

以物睹人，以人思物，是我时常对故乡留恋怀念的一种形式。我的追寻与期许，包含在故乡近乎原始的生活和经历当中，让我这个乡下人对土地、对故乡、对田野、对大自然格外敬畏和尊重，让我更加敏感，更加容易动情、动心。也正是这段农村生活，让我认识到生养之大地的包容与接纳，对于故乡，石磨磨面的时代结束了，怀念却开始了。我家磨坊的故事一串又一串，模糊又清晰，忘怀不了。

等一碗乡愁

"服务员,主食有什么?"

"有米饭、豆酱馍,我们主打的是芝麻叶面条。"

"芝麻叶面条,六碗。"我没征求其他人的意见,就做主点了主食。

这是立秋刚过的太行山,凉意渐浓。山坳里的一家民宿中,游客进进出出,似晨间雀跃的百鸟,在木质桌椅板凳的林间觅食。热气腾腾的芝麻叶面条成为该饭店的名片。"呼哧呼哧"起伏的吃面条声,似清风凉气飘荡于山间林溪。

"真香,有妈做的味道。"

"真舒坦,有儿时的记忆。"

我们一路同游的战友大多是从农村离乡当兵的,舌尖上的乡愁尤其浓烈。每次一同外出,吃饭必点芝麻叶面条。酒足,等待那一碗乡愁成为固定动作。每每吃完很惬意地一抹嘴巴,爽快离去。

沿途不时有一片又一片半人高的芝麻地一闪而过,泛黄的叶子、挺拔饱满的荚角在山风中摇曳,展示着即将成熟的形态。

同行战友国强哥说:"你们看,咱们刚吃的芝麻叶面条,就是这个季节稍早几天打的芝麻叶。过去,农村人喜欢吃,现在城里人也把它作为舌尖上的美食。"

国强哥的一句话让我心里涌起一股乡愁。

一个冬天,回家看妈,中午妈问吃什么,我说:"妈,有芝麻叶吗?我想吃芝麻叶面条。""我今年没来得及打芝麻叶,上你二婶家看看。"妈一连跑了三家才找到一点儿芝麻叶。热气腾腾的芝麻叶面条,缀上碧绿的香葱花,我连吃了两大碗,那个香味至今难忘。

打芝麻叶大多是在酷热的中午。此时,芝麻叶长势茂密旺盛,叶身长、厚实。叶子经过中午太阳的暴晒,叶面似半睡半醒的美人伸曲有度便于打摘。芝麻叶打回家须用开水焯一下,晒干更容易保存,吃起来又保持着新鲜和香味。否则,芝麻叶太嫩了不经焯,老了就保持不了新鲜。因此,打芝麻叶是一项出力流汗又细活的劳作。年轻人从不去做这项劳动,都是上了年纪的妇女,不顾炎热一叶一叶打摘回家,经过处理保存,为的是一把乡愁。

现在城市的年轻人,只知道小磨油的香,不知道芝麻叶的可食之处,更不知道芝麻叶生产的工序。唯独从乡下走出来上了岁数的人知道,芝麻叶开水焯后晒干储备下来,煮面条、蒸包子、包饺子、凉拌都可以。

为了我,妈在暑伏天打芝麻叶这一劳作,一干就是近二十年。她七十多岁时,每每给我讲起打芝麻叶的过程时都会说,她钻进芝麻地里弯下腰,低下头一鼓作气能打满一篮筐,而后才到地头树荫下歇一会儿,妈妈的话中透出自己能干的自豪;妈到了八十来岁,给我讲起她打芝麻叶的过程时,往往会说,老了手脚不利索了,打一会儿就得到树荫下歇一会儿,身子没力,怕中暑;妈到了快九十岁,给我讲起她打芝麻叶的过程时会说,妈不中用了,打不动了,今年就打了一篮筐,晒干就剩下这一把了。

妈为难的,不光是上了年纪行动不便,还有种植的芝麻地不像过去生产队时多,大片大片芝麻地任由人去打叶子。由于芝麻作为油料调味植物,产量低,现在家乡种芝麻的农户不多了,妈常常为打芝麻叶犯愁。

妈每当给我讲她打芝麻叶的过程,我脑海、眼前就呈现她特写般的镜头:太阳高照、酷暑难当的正午,正是人们或午休,或纳凉,或吹空调时,她在几乎淹过头顶密不透风的芝麻地里,一叶一叶地打摘。太阳赶不走她,酷暑也吓不走她,身单力薄的她支撑着身体,似蜜蜂忙着酿蜜,常常浑身被汗水浸透。

早先几年,妈身体还好,每年一连多天大中午顶着烈日到芝麻地里躬着身埋着头，左胳膊扲篮，右手打芝麻叶，打满一把随即往篮筐里掷去，打满瓷实实一麻袋背回到家里。她顾不上歇脚，把芝麻叶摊到棚席上等到散去热气，即下到已烧开水的锅里焯，家乡也称为焖炸至叶熟出锅，再用凉水冲洗一遍即摊到棚席架上晒干，用塑料袋装好保存起来。

妈打芝麻叶的劲头，来源于她心中始终记着喜欢吃一碗芝麻叶面条的儿子。我每每端起芝麻叶面条，心中就会有无限的感慨，五味杂陈。

妈说她不能再亲手给我打芝麻叶时，是一个落雪的日子，我一个月没回家看她了。她擀好面条，泡好芝麻叶等我回家吃饭。她得知我在县城吃过午饭后，仍旧给我做了一碗芝麻叶面条，逼着我吃。我深切体会到，一碗面条要用爱来做才更美味。我吃光了面，喝光了汤，喝下了爱的味道，也喝下了难以消化的离愁。

那天，离开家时，妈从屋内拿出一兜芝麻叶，用颤抖着的手递给我说："往后妈打不动芝麻叶了，身子吃不消，也受不了那热了，今儿一大早我从你二大娘家讨要了几把。"我接过芝麻叶，轻如薄丝的叶子，此时掂在手里似千斤重。我曾对妈说，现在城市饭店都有芝麻叶面条，今后您不要再给我准备了。妈耳背，听不见，我就用手比画着，妈是看得懂的，可每年她一如既往地惦记着我好这一口，不间断地给我准备。

继而我深深自责，那年我不该向妈要芝麻叶面条，让妈这一记就是二十多年。这二十多年里，她记住的不是每年在暑伏天里打摘芝麻叶的季节，而是对儿子的情爱与牵念啊！

面条是我国最常见的传统面食之一。历史悠久，源远流长。聪明的中国人，尤其是中原人，发明了多种制作工艺，调出了多种风味，吃出了多种花样，演绎出丰富多彩的面条文化。妈为我准备的芝麻叶，我当作山珍海味珍藏。每当周末或节假日，我一早就泡上一把芝麻叶，亲自和面，擀上手工面条，做一锅芝麻叶面条，中午吃不完，晚上接着吃。那种解馋的感觉过瘾得很。尤其是寒冷天气，用点豆腐的卤浆水做出的芝麻叶面条，味道更美，会吃得酣畅淋漓。有一年深冬大雪天，头天晚上酒喝多了，第二天中午就想吃芝麻叶面条，家里却没有芝麻叶了，那个中午口馋好一阵没缓过来。两天后，妈打来电话说，打的新芝麻叶准备好了，回来取吧。接到电话的那一刻，我瞬间泪奔了。

母爱，情悠，乡愁，如影随形，永远抹不掉、挥不去呀！如今，人们衣食无忧，大鱼大肉吃腻了，山珍海味也不稀罕了，可吃一碗糊涂面、芝麻叶面条的人越来越多了。这是舌尖上的乡愁，也是一种慰藉。

家在何处

"家有一老，如有一宝。""有妈在，家就在。"这是人们的共识。

"如今，妈不在了，哪里还是我的家？"几日前，岳母突然离开了我们，爱人丢了魂般，不停地自问。

常走在回老家的路上，是因为老家有父母。岳母走得突然，头天傍晚还精心浇灌自家小院内的菜园，为即将回家的女儿采摘院内熟透的杏子，吃过晚饭上床睡觉，可这一睡再也没有起来。早晨爱人给母亲打电话，响了半天也没人接，大女婿、女儿接到爱人的电话，紧紧张张赶到家门口翻墙破门而入，只见岳母安详地紧闭双眼，晚辈哭喊大叫再也没把她叫醒。从她嘴角溢流的血迹判断，可能是在半夜突发脑出血而去世。

老家人说，岳母突然安详地去世，是她一辈子修来的福分，八十四岁高龄，算是喜寿。可女儿们很长一段时间接受不了老人家突然离去的现实，时常自言自语："一向身体好好的，一辈子也没去过医院，怎么说走就走了？""没伺候她一天，没尽到孝心，我们后悔没与她一起居住。""妈呀妈，您撇下俺这一走，哪里还是俺的家！"……几个女儿说着说着就又哭泣起来。

什么是家？家在哪里？我脑海中始终留有烟火气，有童年、少年一个个无数的记忆……既是云卷云舒的自然之美，更是返璞归真的心灵愉悦。以前，常常漂泊却总不会忘记走在回家的路上，是因为家有老人。树有根，人有家，家蕴含着父母这个"根"。

　　岳母有六个女儿，没有儿子，这一度成为岳父岳母的心头病。在农村过去的传统观念里，家里没有一个男孩，在村里好似低人一等，总被人欺负。好在岳父岳母一生行事低调，与人为善，乐于助人，勤劳忠厚，也不惹事，赢得村里人尊重。岳父是种地的好把式，在世时，犁耧锄耙、编筐织笼样样农活儿都能干，谁家让帮个手，从来不推托、不惜力。岳父还是十里八村烧砖窑的行家里手，烧出来的砖色泽纯正，火候拿捏正好，手艺远播他乡。20世纪八九十年代，农村实行联产承包责任制，解决了温饱后的农民，开始了一轮盖房热潮，请岳父烧砖窑的农户络绎不绝，岳父都一一答应，排好工期，家家帮忙，不计报酬，管顿饭就中。自家的田地多是交给岳母和女儿耕种。岳父身材瘦小、力薄，但肯下力气，这个时期，岳父为街坊四邻、三乡五村烧砖盖房，忙得透支着自己的身体，落下胃病、腰椎痛等多种疾病，以至于六十岁出头就因胃癌过早地离世。岳母勤俭持家，在家里能缝缝补补，洗洗浆浆，还常帮邻居忙于灶前案头。她个头大，在田里劳作样样不比男人差，割麦一弯腰一气能割到田头，连男人也为之叹服。岳父岳母在村里谦卑勤劳，乐于施助，很受村里人尊重。

　　把六个女儿抚养成人，岳父岳母两位老人付出的艰辛可想而知。岳父走得早，没有享受晚年的幸福，岳母晚年生活是令村人羡慕的。她的六个女儿一个比一个孝顺，隔三岔五都会到她身边陪她，吃穿富足，东西多得经常送给村人。"她婶婶，女儿才买的，俺吃不完，你拿去吃吧。""她大娘，二女儿买的新衬衣，太艳了，俺穿不出门，你年轻，拿回去穿吧。"我观察过，岳母给街坊邻居送东西的表情和心情，表明她有一种成就感、幸福感、自豪感。

　　就在她离开我们的前几天，我和爱人回乡看望她，她正在院中种菜，小葱、韭菜、荆芥、西红柿、黄瓜等满园碧绿。我问她："您种这么多菜，谁能吃得完？"她说："给你们姊妹们吃，你们吃不完，送给村里街坊邻居吃，他们忙着种庄稼，没时间种菜。"岳母就是这么乐善好施。她常教育女儿，对人要真诚，要舍得，你对人好，人家能对咱孬？得道者多助，失道者寡助，她知道这做人的道理。我理解岳母这种心情，既有中华传统美德的品质，也有家中无儿子的缘故。我曾多次跟她说："妈，现在社会变了，家有女孩胜过男孩，女婿也是您的儿子，不要有啥顾虑。"

其实我也有顾虑，就是担心百年后岳母在村里不能走得风光顺利，村人不肯帮忙捧场。岳父走之后的早几年，岳母就搬到大女儿家长期居住，一住就是六七年，与村里人少有来往。每次见我，她或多或少都会流露出回村的念头，可她老家房子早已塌掉，回家居住成了问题，她无家可归的伤怀感日益渐重。

叶落归根，这种想法，上了年龄的农村老人尤其强烈。虽然大女儿的家与岳母的家相隔不远，但她认为女儿的家终究不是自己的家，魂归故土是她念念不忘的心结。六年前，我下定决心，没与几个姊妹商量，就在岳母老宅院盖起两间新房，岳母搬回老宅居住，虽然女儿们多操了几分心，但岳母格外高兴，找到了回家的感觉。她每日变得心情愉悦，精神矍铄，身体越来越健康。转眼几年过去，岳母在家中的小院西侧开辟出四四方方一块菜院，菜院一年四季都有常绿水灵的各种蔬菜。她把小院也整治得整洁有序。小院墙外环绕东、西两侧和南墙是长势茂盛的一排杨树，栽植七八年，正是长势旺盛期，茂密的叶子把小院几乎遮挡着，盛夏时节院内是纳凉的好地方。

每每我走进岳母的小院，总是能遇到左邻右舍的大娘、大婶一起唠嗑闲聊。初春的一天下午，我和爱人进院，只见四五个老人聚拢在小院房门前，有说有笑。小院内种植的蔬菜初露地皮，菜苗正泛着青，一旁浇灌菜地的水管哗哗响着，岳母手端一瓢鸡食，"咯咯咯"呼叫散养的几只鸡，我抬头看枝头上的鸟儿正俯瞰着院内，和着温馨的阳光一起欣赏着小院内几位老年人的美好生活。目睹此情此景，我被眼前勾画的小院图景赞叹。我想，岳母找到了家的感觉，小院、故土、村人是滋养老人晚年身心最好的营养品，她晚年的生活是舒心安康的。

倦鸟思巢，落叶归根，其实，回到故乡故土，犹如回到从前靠岸的地方，从这里启程驶向永恒。我相信，岳母在天堂里，仍将怀念留在尘世的这个家。

岳母走得匆忙，令我们姊妹几个措手不及，在丧事的料理上，全村人倾力出动帮忙，消除了早先我对岳母百年后事办理的担忧，感叹故乡人对死者为大的理解和尊重。

岳母等待下葬的三天里，村里负责白事办理执事的两人，第一时间赶到家里，承担起丧事料理整个事务。按乡里白事旧习俗，每一个环节、每一个礼道，一一安排到位。灵棚啥时搭设、报丧亲戚朋友范围界定、唢呐安排几班、厨师用哪个村的、几个闺女供礼标准确定等等，白事中的琐碎事宜全部安排妥当。出殡那天，全村打杂的男女放下田地正忙的农活儿，一大早就集中在门口，等待执事人分工：哪几人负责打墓，哪几人负责拉桌，哪几人负责接客，哪几人负责送客……连谁烧纸、点炮以及扶携几个闺女出殡时的打杂妇女也精确安排到人。本家的大爷大叔，同辈弟弟、弟媳带着伤悲，整个丧事办理以家人身份操心安排，忙前忙后。

三天里，灵堂前烧纸不断，火光里的纸线不时有了刺刺声。亲人们用手忽一下忽一下地拨动着，以便能让这些纸线燃烧得更彻底些。

我跪在一边，看着暖黄的火苗呼呼地把一片片纸钱燃烧尽，打着旋子慢慢化成灰烬，心里渐渐有了一丝安慰，就好像岳母当真会从灰烬里取走些银两。

买冥纸的时候，几个闺女各自安排家人多买了些，说："活着时候一分钱掰成两半花的母亲，死了，就好好地奢侈一回。"

午饭后下葬时，天空骤然刮起大风，刮得昏天黑地，尘土飞扬，似乎上苍也在为岳母送行。全村人出动自发集中站立灵柩车经过的街道两旁，伴随着响器吹奏的凄凉悲伤的哀乐，村人肃穆庄重地目送岳母走完最后一程，还有一些人跟随灵柩车伴随孝子队伍送入坟地。岳母整个丧事的办理，几个女儿女婿没多操心，在全村人无私的操办下，顺顺利利，风风光光。看到打杂的忙前忙后，我们说声"谢谢"时，他们回答的都是："不谢，一个村的，人都有百年后，不帮忙再送一程，那不中。"死者为大，入土为安，古言古训的深刻含义，在故乡岳母村里得到很好的诠释。

我对爱人说："母亲走了，老家人的深情厚谊没有断离，故乡不就是咱们的家，故乡人不都是咱们的亲人吗?!"

岳母慈善一辈子，走得悄无声息，不连累任何人，天堂里的她也会平静安好，感恩村人，祝福村人安好。

　　岳母去世"三七"那天，爱人一大早给她姐打电话说："清晨梦见妈了，妈戴着红帽子，身穿红衬衫坐在院里，安详地看着她的菜地，并对我说，妮，走时把生菜、韭菜割点带走。想妈了，妈在我们心目中没走，今天你上坟多给妈烧些纸，多祈祷祈祷她，不要挂念咱们。"

　　有词云："阅尽天涯离别苦，不道归来，零落花如许，花底相看无一语，绿窗春与天俱暮。待把相思灯下诉，一缕新欢，旧恨千千缕。最是人间留不住，朱颜辞镜花辞树。"岳母没读过书，不认识文字。可她用一生行动，注解了这首词的含义。

您永远与我们同在

大姑，约在四十年前，我曾给您写过一封没寄出的书信。那是正上初中的我写的一篇作文，题目是《给远方亲人写封信》，写给当时远在陕西我还没见过面的您。在那封信中，我向您汇报讲述我的学习情况，抒发了我学生时代的激情。当今，书信这一联系方式几乎中断了，我再次给您写信，这封信，我同样不准备寄出，您当然收不到。我们兄弟姐妹几个对您深深的爱戴和想念将装满这封信中。

当接到表哥说您病重的消息后，我们兄弟姐妹几个驱车火急火燎赶往陕西看望您。只见您处在昏迷之中，枯瘦如柴，蜷曲在小床上。记得您身体一向硬朗，几年不见您竟然变成这样。我们几个接受不了这个现实，泪水止不住地往下流，不时哽咽着轻轻呼唤："大姑、大姑，侄儿侄女来看您了，醒醒看看俺，醒醒看看俺！"牵您的手，摸您的脸，也许是心有灵犀、血脉相通的缘故，您浑浊的双眼慢慢睁开，您的大女儿赶紧说："妈，您看谁来啦？"

"大姐！"您口中挤出了清晰的两个字。我们知道您的意思，是对您的女儿说，您看到、知道了从河南老家来的侄儿侄女，也就是您女儿的表姐。顿时，我们兴奋不已。表哥、表姐说，这是您病重一个多月来张口说的第一句话，是说给娘家人听的。之后，我们搀扶您坐起，您吃力地睁大双眼，死死盯着我们好一阵，直到第二天我们离开您时，您再没给我们说上一句话。耄耋之年的您病得不轻，虽然有点意识，却无力表达。

离别时，大姐伏在您的耳畔细语："大姑，我们到南山看看，一会儿就回来。"您再次睁了睁眼睛，脸上出现了会心的一笑，并使出力气点了点头。您这种愉悦，常人难以看出来，我们几个却能看出您内心的高兴。我们知道，您是想让我们在表哥、表姐的安排下到秦岭看看风景。早些年，我们到陕西去看您，您总是不顾年迈领着我们到处走走看看，逢人就高兴地说："俺河南娘家侄儿、侄女看我来了。"自豪之情溢于言表。您常给村上人讲，河南娘家有好多亲人，是个大家庭，侄儿、侄女可孝顺您呢。大姑啊，我知道这是您从小长期远离亲人故土孤独无助遭遇别人欺负、历尽万般心酸后的一种释怀，也是对故乡亲人的依赖。每次听到您这样说，作为娘家晚辈，我们的心总似被针猛刺一下，娘家人欠您的太多太多。

其实，与您分别时，我们几个跟您撒了个谎，没如您领会的那样到南山转转，而是因各种原因不能多陪您，返回河南了。而且，这一别很有可能阴阳两隔，这一别也许将成为我们晚辈们的终生遗憾。在转身的瞬间，我们几乎要失声痛哭，恋恋不舍。这些，我的大姑，您不知道！

我们返回的第二天，就是中秋节。圆月在秦岭山峰间时隐时现，我的思绪如在公路上飞驰的车辆穿山洞、过桥梁、越时空，延伸向前。匆匆来匆匆去，这次别离瞬间，仿佛在那个饥荒的年代，颠沛流离的爷爷奶奶和父辈把您一人丢在陕西大地一样，心如刀割却又毅然决然转身离开了您。

由于时间跨度太久，我们晚辈不知道您确切的出生年月，也说不准您哪年哪月逃荒到陕西的。您的儿女选定农历九月初九为您的生日，以示纪念。

推算起来，大约是1942年。1938年的黄河花园口决堤让豫东大地变成一片汪洋，冲得家破人亡、妻离子散。河南人逃荒到陕西，如同山东人当年闯关东一样令人震撼，让人心碎。听父辈讲，当时大姑您十三岁。十三岁，正是天真烂漫的年龄，爷爷、奶奶带领您和大伯、父亲、二姑到陕西逃荒，辗转行走到陕西省周至县一个叫王屯的小村，饥饿难耐的你们实在走不动了，一户刘姓人家用一袋小米和几尺花布把您留下。当时的悲惨场景，曾在长大成人的我脑海中这样呈现：奶奶担心挺不住骨肉分离那一刻，带着二姑躲藏在村头的一条土沟里；爷爷蹲在一棵大树下吸着旱烟，阴沉着脸，不敢抬头；大伯、父亲扯着手把您交给刘家，并嘱咐说："俺妹还是个孩子，待她要好些啊！"猛然间，您知道要与爹娘、哥哥、妹妹分手，卖给比您大好几岁的男人，便号啕大哭，挣脱陌生人的手扑向大伯："我不离开你们，不离开你们，我不饿，我不饿……"

奶奶曾说，当初大伯、父亲比您大不了几岁，每天要推车赶路逃荒要饭，二姑只有五六岁。只有把您送给陕西人家，这样才不至于饿死在逃荒路途上。爷爷怕把您一人丢在远乡没个亲人照应，便把大伯留在离村庄不远的一个农场，以期你们俩有个照应。返回河南后，奶奶实在受不了送给别人姑娘又远离儿子的痛苦，几个月后把大伯接回老家。从此，小小年纪的您，远远地离开亲人家乡，孤身一人在陕西一个小村庄艰难度日。

可以想象，把您留在他乡，到后来稍大点便结婚生子，您吃的苦受的累比树上的树叶都稠。早些年您年龄小，可家务活儿早早地就落在您柔弱的肩膀上，个子没灶台高，做饭刷锅就搬一个小板凳站上，挑水拾柴、下地干农活儿样样都过早地承担起来。早两年您经常跑到村头面向河南故乡方向呼喊："妈妈，我想你们，我要回家，妈妈，您来接我回家吧！"村人为您的呼喊动容，为您过小地承担艰辛的生活而心碎。

大姑啊，在那个兵荒马乱的岁月，难以想象您一个弱女子是怎么闯荡过来的，贫穷苦累的日子不知道您是怎么挺过来的、熬过来的。

至今我能想象到，在漆黑的山野，一个小女孩那种凄凉恐慌无助哭诉的模样，即便是素昧平生的人也会心肠恻恸，何况您的爹妈亲人？

20世纪70年代中期，奶奶去世。埋葬奶奶的当天傍晚，您赶回老家，没让亲人接站。您进村在村西头见一座新坟头，便一头扎在坟墓上号啕大哭，您猜到这就是夜夜思念难见面的母亲的坟墓。如今相见，却是您在外头、母亲在里头，您在地上、母亲在地下。您凄惨哭诉，不停地呐喊："妈妈呀，我回来晚了，狠心的妈妈啊，您不等见我一面就走了……"几十年的思念、几十年的怨恨，此时化作滔滔泪雨，时而低沉时而悠远的哭诉穿越深秋田野，飘进村庄。

路过的村人赶忙到家中报信："陕西的姑姑在村头坟上哭呢，快去吧。"

大伯、大娘、父亲、母亲几乎是跑着过去的，您的两位嫂嫂一左一右挽着您的胳膊，把您接回家里。这是我第一次见到您。煤油灯下的您，是那么弱小，泪水涟涟的脸庞尽显疲惫，苦难的岁月过早地夺去了您的芳华，哭红的一双大眼倒显示着与前辈们酷似的相貌，也许是哭得太久，喉咙略显沙哑，言语之间有些低沉。

"咱妈断气那会儿，还不停地叫你的小名。妈是睁着眼走的，临终没见你一面，死不瞑目！"大伯对您说。

您又哭晕过去，亲人手忙脚乱地呼叫您、掐人中。过了好一会儿，您才苏醒过来。这样反复几次，直到您因悲伤困顿而入睡。

那几日，家人几乎寸步不离地陪着您。当闲下来后，父辈向您说起当年把您留在陕西的无奈时，您轻轻一句："都过去了，不提了。"

当您有了第一个孩子回河南老家时，爷爷奶奶曾想让您留下来，不再让您返回陕西。您却说，苦难的时候陕西收留了您，日子慢慢过得去了，不回陕西不近人情，也丢不下那边的亲人。

我历经苦难的大姑，看到您在陕西那边的家庭，娘家亲人不再说什么。在那极度贫穷困难的岁月，娘家亲人与您难以经常来往。

依稀记得我第二次见您，已是 20 世纪 70 年代末。您回河南老家时，已有三女二男五个孩子，成了一个大家庭。我得知姑父四十多岁就去世，那时您的小女儿才出生几个月，日子过得异常艰苦。那次回河南，您带着自己一针一线绣的枕头、枕巾和床单、被罩，想变卖几个钱补贴家用。我看到过，您绣的鸟儿活灵活现，绣的花草灵动逼真。娘家人领着您到集会上卖，上街坊邻居家推销，还跑田间地头儿向他人介绍您的手艺。您的大嫂、二嫂往往会说："他婶子，他嫂嫂，俺家妹子从陕西带回的绣枕，你们看，可好了，买一对吧。"如果他人不要，会接着说："俺妹妹从小逃荒到陕西，家庭可难了，你就可怜可怜，买一对吧。"这样说，有时会让人心酸做成一单买卖。

如果我没记错的话，您回老家半个多月，带回来的绣品也没换成几个现钱。

返程那夜，大伯拿出了自己家里仅有的一百元，父亲又借了二十元才凑够一百元，共计两百百元，准备给您解燃眉之急。您硬是不要，大伯、父亲发脾气说："你如果不要，今后就别回这个娘家。"他们的话说得重了些，说的是气话，是因为他们内心觉得一直亏欠着您。

有人说，苦难生奇迹。这句话在您身上得到体现。您身处异乡，过早失去爱人，在没有家族其他人员帮助的情况下，经受住了一般女人难以承受的苦难。而困难没压倒您，贫穷没击垮您，您挺直腰板走过一生，您走过的每一步、迈过的每一个坎，都如同浪花起舞，美丽得令人赞叹。您坚韧肯干、为人善良、行事大方，为同村人所称颂。您培育的子女，个个事业有成，孝道之心远播十里八村。这一点，您应该感到欣慰。

大姑啊！我们侄儿侄女几个少有的几次到陕西看望您，您对我们疼爱的情景历历在目：吃饭时，您命令您的孩子们站在我们身后，我们碗里的饭还没吃完就被夺过去加饭；冬夜，您怕我们受不了陕西气候的寒冷，被褥加了一层又一层；生活状况稍好些，您领我们赶早集、逛庙会，到终南山看风景，用万般呵护倾注至爱深情……与您相处的时间虽然短暂，却足以让我们感动一生！

大姑啊，我亲爱的大姑，啰啰唆唆写了这么多，我仍觉得意犹未尽。我在心中默默呼唤，远方的亲人将永远与您同在！

我深知，乡愁永驻在大姑心中！

再祭大姑

我只想说我再也见不到您了——我的大姑，可怎么也没有想到这几天一直在梦里与您相见，如同您生命再现。

梦中有大姑，生活当中也有大姑的身影。一连多日，我一直梦想大姑可以千里迢迢再次回到故乡，走东家串西家，与村里老人重逢相见，嘘寒问暖，久久不能平静。窗外大雪不停地下着，我的心思有些深沉，眼睛望着窗外的大雪发呆，连自己也不知为何如此伤感。

此时，我的手机响起，是陕西表哥打来的，询问大姑的姓是带"雨"字头的"露"，还是不带"雨"字头的"路"，表哥说大姑去世马上三周年了，按当地风俗要大办祭奠。挂了电话，我脑子里一片空白！清醒了过来，我对自己说，昨晚还梦见大姑，感觉到大姑回来了，就站在我的面前，那么慈祥安静，今天表哥就打电话说大姑已去世快三周年了，要为天堂中的母亲办个隆重的祭奠。

我越想越难过，表哥作为大姑的儿子，连自己母亲的姓是哪个字都搞不清。

细想，也不怪表哥，在贫穷落后、通信不发达的年代，大姑在讨荒途中被爷爷奶奶送给陕西周至县乡下一户人家做童养媳。不识字的大姑记不住自己的姓，记不住自己的出生日期，这很正常。在很长的岁月里，她都用雨露的"露"作为姓氏存档在村里沿用几十年。随着时代的变迁，社会不断进步发展，生活条件改善后，早先几年，我们联系大姑的次数相对多了。我曾经对大姑说，咱的姓是道路的"路"，不是雨露的"露"，大姑记不住两个字的笔画，更记不住两字的不同含义。为此，我与表哥交代，让他把母亲的姓"露"改为"路"。表哥也许忘记了，也许嫌麻烦，也许是认为，大姑作为老人，登记姓名的机会不多，大姑的户口簿、身份证上的"露"姓一直没改成"路"姓，直至去世时写的牌位也是"露"。

表哥来电话询问大姑是哪个姓，再次勾起我对大姑的思念。大姑去世转眼满三周年了，作为娘家的侄儿、侄女有一段时间曾一直沉浸在悲痛之中，当初总还以为是一种幻觉，认为大姑没死，她还在远方的陕西周至县乡下健康地活着，一个矮小但干净利索的老人在儿孙缠膝下幸福快乐地颐养天年。我曾打电话对表哥说，再过一段时间开封的菊花就开了，菊展节举办时，你送大姑来开封看看菊花，再到故乡居住一段时间，侄儿、侄女及故乡健在的老人都想着远在他乡这个苦命的亲人。通完电话也就一个多月时间，菊花马上就开了，表哥打来电话说大姑重病，大姑想娘家人了，能不能前来看望。我有些责问地对表哥道："看你说的啥话，能不能去看望大姑，这还用问？一定去看望大姑。"放下电话，我立马与哥、姐商量，第二天，我们兄弟姐妹五人驱车近千公里赶到大姑病床前，并在不长的时间里数次前往陕西周至县乡下看望病中的大姑，直至她离开那一刻。而后我们几个披麻戴孝送大姑到坟里。当时，我跪在坟墓前祈祷，对天堂里的大姑说，人世间您受尽了万般苦累，如今，生活幸福，子孙满堂，您在天国再无他顾，尽享极乐生活吧。

我苦难艰辛一生的大姑，有很长的一段岁月，因不知道自己的生日，后来其子女便将农历九月初九重阳节作为大姑的生日，寓意谐音"久久"，有长久之意。大姑真实生日是四月初八，她去世时按照农历生日算已过九十岁大寿。在我们家算是长寿的长辈，在她所在的村里，也是少有的长寿者之一。村里老年人说，是大姑一生积德带来的长寿。我的大姑啊，上苍有眼开恩，您用苦难的一生，换得了晚年时的幸福生活。作为您的晚辈，我们为您高兴。

在兵荒马乱的岁月，大姑不但记不住自己的生日，还有很长一段时间记不住自己的娘家在何方，自己的亲爹亲娘、哥哥妹妹咋样也无从知晓。她为了缓解思乡之愁，在距她几里地的村庄，结识了一个干姐，这位干姐长大姑几岁，也是逃荒年代从河南被爹娘送到陕西周至县的乡下的。大姑视这位干姐为娘家人，按照当地习俗举行了拜亲仪式。大姑逢年过节就到干姐家串亲，两个苦命的女子频繁走动，聊解思乡思亲之痛。大姑去世及下葬时，其子女及村里执事人员征求娘家人的意见，先征求远在河南的娘家人的意见，再征求近在身边的娘家人的意见。作为真正的娘家人，既为大姑有两个娘家人为她送行而欣慰，内心深处也为她长时间因思念娘家亲人痛苦一生，而隐隐作痛。大姑颠沛流离的生活也让娘家的亲爹亲妈、亲兄弟姐妹及晚辈们思念牵挂一生。也许正因为大姑被爹娘过早地远送他乡，致使侄儿侄女们对大姑格外亲近和疼爱，算是替长辈们了却对大姑的一份愧疚之心。

当年，办完大姑丧事回来，为怀念大姑，我写了篇题为《您永远活在我们心中》的文章，我含着眼泪写完了大姑不容易的一生，将对大姑的痛惜、思念和一份深深的挚爱写进文章里。文章发表在《开封日报》，好几个熟悉的战友、朋友看后赞叹文章写得真实感人。如今，大姑去世三周年，再写祭文纪念大姑印证着"感人心者，莫先乎情"的道理。大伯和父亲在世时多次交代我们晚辈："陕西你大姑一生不容易，很小就被送给人家当童养媳，爷爷奶奶亏欠她这个女儿，俺哥俩也因为没照顾过这个妹妹而心痛。如今生活条件好了，你们要替前辈对远方的大姑多尽份亲情。"这是不常见面而又十分想念大姑的原因。

20世纪90年代中期的一个深秋，我刚从外地部队调到开封驻军。正是菊香满城的时候，大姑从陕西回到老家，经我反复劝说才到部队我的家里小住了几天，使我再次感受到了大姑的勤劳善良。在我家里，她手脚不闲，不是洗衣就是擦地板，一遍又一遍，拦也拦不住。她知道我爱吃手擀面条，一早就和面醒上，擀出的面条厚薄均匀细长，做的卤水口感极妙，是正宗的陕西臊子面、炸酱面味道。那几天，我们一家三口大饱口福。我带着大姑到龙亭、包公祠等地游玩，她逢祭供必烧香，遇见沿街要饭的人必递上几角钱，一举一动显示着她经历磨难一生的善良、慈悲、仁爱的情怀。那次大姑在我家住了不到一个星期，也是仅有的一次。我送大姑到车站分别时，她拉着我的手不舍地对我说，部队生活苦累，你又常年加班熬夜，要注意身体，还说她不常回来看我，留放在家里书桌下五十元钱，给孩子买点吃的。瞬间我真正体会到了什么叫"浑然天成，欲罢不能"的亲情之爱。当我看到她瘦小单薄的身材挤上火车的那一刻，我的心在痉挛着。我紧跑几步，目送大姑渐渐消失在拥挤不堪的车厢人群中。我从心底呼唤着，大姑啊！您血液里流淌着对娘家亲人的亲近、慈爱，是那么浓烈，那么天然。您人走了，心和情感却永远留置在故乡。那时对于家境还很穷困的大姑来说，五十元钱也许就是半年的积蓄。火车开出老远了，我还向驶离站台的火车摆手，祝大姑一路顺风平安，您远方的侄儿会常去看您！

这些天来，我一直处于恍惚之中，总觉得常常看到大姑来了，大姑回到故乡来了，或者是我们几个去陕西看望大姑了，与大姑快乐地生活在一起，陪她尽享晚年幸福生活。现在，我的笔无法把我的心情全部写出来，但我读懂了大姑的心态和人格。大姑在远乡孤独地走过七八十载，形成了她人间大爱的品质。我好似与大姑对坐在一起，虽然大姑她在另一个世界，虽然一切无声，又似我们娘俩在谈着话，交流着灵魂。大姑啊，就让我们在往后长长久久的岁月里一直这么交流吧！

照叔

写了一些系列"乡愁"的短文，多是故乡面貌习俗，记录人物，除了写几篇至亲文章，总觉得故乡中有一个人在脑海中时常闪出，不写出来心里始终是一个"念"。

照叔，名叫"照"，同属路姓，我喊他照叔，是我的长辈。勾起他在我心中的印痕是在与爱人、姐同车回老家给老娘过九十三岁大寿的日子。在车上，姐谈起哥年龄还不大，但近两年日渐耳背了，与他交流要提高嗓门。说到此，我们不约而同地谈到村里的照叔。照叔在村里是个耳聋之人，几近死聋，同时，也是村里公认的一位勤劳、善良、传奇、孤独、执着、可爱的老人。

照叔给我初始印象时，约四十有五了，他一脸福相，圆脸盘，慈眉善目。但头顶稀疏头发，年龄不大，老相成型，一看就是一个憨态可掬的老人。他一生未婚，属于一人吃饱全家不饿的人，这就练就了他一手烹饪手艺。在刚刚吃饱肚子不挨饿的年代，人们以吃红薯生存，红薯面掺些豆面、玉米面、高粱面，在照叔手里既能蒸出花样，又食之有味，白面馍蒸出来更是集鲜、香、筋道于一体，无论是蒸出的馒头还是蒸出的花卷、包子都会令人垂涎三尺。

他端着那特制的大瓷碗，倚墙蹲着吃饭。春夏秋季，一天三顿饭，即便有暖阳不冷的冬天，只要不刮风下雨，他都是到离家不远的村中央十字路口西南角、俺家围墙角边吃饭。中午，他手里端着一碗盛得满满的捞面条，用筷子往嘴里哧溜、哧溜地扒，早饭和晚饭端着一碗面汤，手里拿一个夹着咸菜或豆酱的大馍，吃得津津有味。时间久了，土墙上有了明显的人体摩擦痕迹。

村里无论是年轻的、年长的，同辈的、长辈的，从他身边经过，都会向照叔说同样的一句话："吃了？"他也不答话，有时只是冲人一笑，直直地看着人家。这就是在村里吃饭时照叔给我最深的印象，这种雕塑般的记忆自20世纪七八十年代以来始终在我心里。

在一次集体劳动中，我目睹过照叔为大家和面、擀面条的经过。几十斤的面粉在半人高的大盆里，他左手舀一瓢水，细瀑布似的顺盆沿细流入面中，右手慢慢搅拌着，随着面与水融为一体，左手也腾出来与右手同搅拌，先快后慢，先轻后重，待面团筋道地形成大气球般，用手撑使劲往面团上啪打几撑，用一块大馏布覆盖住面团醒一袋烟工夫后，切西瓜般切一块面团，擀出来一沓面条，直至把和的一大面团擀完，供参加劳作的几十人吃。由于照叔擀的面条软硬均兼，打的卤味道极好，深受就餐人称赞。这个过程，是一个体力活儿，一顿饭做下来，体力不好的人都支撑不住。

照叔有两个侄儿，一个在县城工作，一个在村里务农，两个侄儿对一生未成家的照叔很孝顺。照叔晚年时，大侄劝他到县城一起生活，他谢绝了；二侄让他搬过来一起生活，他也谢绝了。他说，自己身体无恙，一人生活习惯了。

在那个生产队集体劳动的岁月里，什么脏活儿、累活儿、苦活儿，没人干的活儿，比如生产队牲口屋清理牛骡马驴粪，早晨到村口一粪池收集各家各户晚上积攒的粪便等，分工给照叔，他做得认真负责，从不叫苦、怕累、嫌脏。

村里常有人说，那是窝囊人做的活儿，照叔窝囊，是好人好欺负，能忍耐。在我看来，这是勤劳培养成的一种习性，是勤劳的结果，是勇者的象征，不是懦弱的表现。

其实，村里评论他是什么样的人，都无所谓。因他耳聋，不贴近他耳朵说话，他几乎听不到。早年村上人问他耳聋的原因，他说，是在朝鲜战争中被炮弹震聋的。作为头批入朝的志愿军战士，随军入朝参战，参加过大小战役几十次，可谓九死一生。部队撤回国内，原本已是干部的照叔，又是残疾人的他可以安排到城市工作生活，可他说像他这样的不合乎人，在城市生活不习惯，就不给国家增添负担了，回乡村好适应。回村庄时他才三十岁出头，每月领取国家六元钱残疾退伍军人津贴。一个聋得死疙瘩般的人，即便在全国崇尚英雄的年代，照叔也没有找到媳妇。头几年村里人对他说，你是一个英雄，让国家给你找媳妇。他害羞说，胡扯，国家从哪里找？并且进一步说，相比那么多牺牲的战友，我能回国，幸运多了。

他很少与村里大人谈起他在朝鲜战场的功绩，可小孩子嚷嚷着要听他讲故事时，他有时会放下手中正在干的活儿绘声绘色地讲起来："那是在二次战役的时候，我们二连向敌后猛插，去切断敌人的逃路。当我们连赶到一个山体地点时，逃敌也恰好赶到那里，一场壮烈的搏斗就开始了。敌人为了逃命，用三十多架飞机、十多辆坦克向我们连的阵地汹涌卷来。整个山顶都被打平了。汽油弹的火焰把整个阵地都烧红了。一个叫李刚的战士，是我们三班的，投掷一枚手榴弹时，就丢到我脚下，我一看，坏了，没有投出去，我眼疾手快，捡起手榴弹投掷出去，还没等身体卧倒，轰的一声炸响，这是三枚捆绑在一起式的手榴弹，特响。那时我两只耳朵刚开始是轰鸣响，后来就啥也听不见了。事后才知道，李刚之所以没投掷出，是右胳膊已被炸断，根本使不上劲。"照叔每次给我们讲起他在朝鲜的战斗经历，都会陷入那场史无前例，打得极其激烈、悲壮、残酷的战争中。我上小学时，最好听他讲战争的故事。上初中，学习魏巍的《谁是最可爱的人》的一课，放学后我特意找到照叔，把书本给他看，想让他结合书中故事再给我讲讲那场战争。他对我说，1951 年 4 月，《谁是最可爱的人》发表没多久，便在朝鲜志愿军队伍里争相传阅，作品讲的故事都是他身边的，有的是他亲身经历的战役。他坐在门墩上又陷入长久的思索，两眼发着呆，我向他告辞，他没任何表情。

生产队时，照叔当过生产队的保管员，把生产队的一草一木看得比生命都珍贵。开春一早，照叔就把生产队里的犁耧锄耙、桨绳马鞍等农具一一修好配齐，保证生产各样农具完好无损。农闲时，他把这些农具清理干净，编排序号，码齐排放。为防止生产工具被其他生产队的人借而不还，或者是混淆不分，他将放碌碡扬场用的桑杈、木锨等场上用的农具，先是用毛笔写上"第十生产队"

的标记，大队重新划分生产队时，照叔又在原来写的"第十生产队"的基础上，将其重新编为"第一生产队"。由于毛笔写的标记容易抹掉，他就用小刀在桑杈、木锨上深深地刻上生产队的序号。一日，麦忙打场到紧要关头，桑杈、木锨挑麦时一用力，刀刻的地方折断了几个。队长批照叔干活儿死脑筋，这样细的木棍能在正中间关键处刻这么深的标记吗？群众埋怨他愚蠢，怎么会用这样的笨办法。别人说的话，他大多听不见，但他从群众的眼神里看出对他的埋怨。第二天一早，他赶集自费买来五把桑杈和四把木锨。队长让生产队给他报销，他死活不要。

照叔性急，也许还有经历战场生死的磨炼，造就了他做事干练果断的性格。他始终低着头，细碎步慢跑式专注行走，带着风，想着事。家里、地里、村道上三点一线，他的身影时隐时现。他年轻时，东家有个爬高要做的事，叫他帮忙，他放下自己的活儿就去；西家有个逮猪撵狗别人干不了的活儿，他二话不说就去。匆匆来，匆匆去，视若村庄无他人，火急火燎的身影，这是照叔留给我的又一个最深的印象。我想，照叔不是真的好忙，而是在静与动中塑造出他特有的做人风格和行事方式。

村里人都说照叔一定会很长命，因为他经历过战场上的大难不死，获得了全村人都说他是好人的评价，干过那么多服务村人的善举，有菩萨一样的好心肠。他果然活过了九十岁高龄。

家人打电话告诉我照叔去世时，是21世纪初的秋天。我正在部队参加军事演习，很想回村送他最后一程，可军令如山，不便请假。我遗憾了很长一段时间。

每当想起照叔，我就情不自禁地从心里感激他，感激他让我从小就学到了许多书本里、课堂上学不到的东西，学会自立和做自己想做的事，并懂得日子的艰辛和困苦，掌握生存的能力，当然也包括一手好厨艺。

世事沧桑跌宕，人生曲折磨难往往在所难免。无论从事何种职业，年长日久，历经坎坷，若无真诚与执着，不屈不挠，坚韧不拔，便容易滋生疲乏和懈怠，甚至沾染世故与油滑。照叔一生，始终兢兢业业，无怨无悔，挚爱如初，可以说，从来不曾厌倦、不曾冷漠、不曾懈怠。

　　一个人对于自己所投身事业之意义，理解了，才知珍惜，才会有发自内心的真诚与执着，才能保持一种永不衰竭的依恋和激情。

　　我会时不时地回到老家走一走，与家乡上了年龄的老人聊聊往事，在对人、事、物的回忆中，将那点点滴滴的旧时光，有滋有味地反刍，回味……

第三辑　沉吟至今

　　学习，就有体会，工作，就有感悟，有深有浅。只有学会思考，才能洗涤思想心灵，行稳致远。感悟背后，是在浩瀚书海中的长期贪墨，是在漫漫人生中的长期苦觅，是在积沙成塔中的长期沉淀。于是，有了收获，且流注笔端。我感谢生活和工作这场人生大考，考出了遇喜不会得意忘形、遇挫不会一蹶不振、遇怒不会丧失理智的意志。淡定地守住内心的宁静与镇定，有着不疾不徐的从容，有着学而后悟的感怀和爱好。

为了风景这边独好

难忘军营，军营难忘。

军营风风雨雨三十多载，从部队转业十多年，每到"八一"建军节，不时都有军营那些刻骨铭心的事和物，片段式地出现在眼前。

1993年秋的一天下午，我正在故乡休假，那时妻儿还没有随军，我特意请假回乡帮助妻子收秋。

我站在自家苞谷地头，刚从苞谷地里钻出来，把掰得满满一筐子的苞谷倾倒在平板车上。苞谷棒在太阳的照射下金山似的，金黄金黄的。太阳已开始西下，抬头望天，天空蔚蓝，云彩洁白，田野素净。云在头顶时而舒展，时而一团，好一个天高云淡天气。

我心情格外愉悦。

"哥，部队电报。"此时，弟弟气喘吁吁地骑着自行车老远就高声呼喊。

"紧急任务速归。"我盯着电报上的六个大字看了又看。休假在家被部队催归队不是第一次了，可这次我还是有点惊讶。一是我请假一个月才刚回家不到一周，二是据我休假离队前所知，部队此时并没有重大的紧急任务。何事催我速归？

"天上一轮才捧出，人间万姓仰头看。"世界上哪里还有如此凝聚人心思的节日哟！再过两天就是中秋节了，很想在家过一个中秋团圆节。但军令如山。我抬起手臂看表，已是下午四点，我算计着，从家里往尉氏县城赶五点四十分那趟小火车，到部队驻地新郑县（那时新郑县还没撤县改市）还来得及。我急忙辞别还钻在苞谷地里掰苞谷的妻子，坐上弟弟的自行车回家洗了把脸，换了身衣服向县城赶去。

从尉氏县乘坐小火车赶到部队驻地新郑时已是傍晚。走下车，老远就看见团队报道员郑礼增向我招手："老路，老路，在这儿。"下站人并不多，郑礼增跑步走到我面前。"车在外面等，走吧。""还有车接？哪来的车，何劳大驾来接？""是李进学主任特意请示了一辆小车来接你，怎么样，你待遇不低吧?!"当时一个团队，只有团长、政委合乘一辆北京202吉普车，团里其他首长平时也难得坐上吉普车。

上车后，我迫不及待地问："部队有什么紧急任务，刚休假就把我催回来？""好像让你写什么脚本，唉，详细情况我也不知道，李主任在办公室等着你呢，见面便知。"郑礼增回答我。

202吉普车直接开到我们高炮团机关办公大楼，我随郑礼增上二楼来到李主任办公室门口，他正了一下军装，立正报告，随着一声"进来"，我俩推门入室。

李主任身高清瘦，温文尔雅，平易近人，脸上始终带着微笑。他站起来主动与我握手说："坐。"

"去年集团军'两年经常'（经常性思想工作，经常性管理工作）工作现场会在我团召开后，赢得了全军一片叫好。今年集团军党委年初就决定下半年在我团召开军营文化工作现场观摩会，目的是部队实行双休日后，如何推动军营文化活动工作上质量、见效果。"李主任开门见山地说。

他从办公桌椅上站起来接着说："这次集团军文化工作现场观摩会上，集团军首长明确指示要拍摄一部全面反映我们高炮团文化建设工作和全军实行双休日以来团队文化活动开展情况的专题汇报片。"接下来我才知道，观摩会上准备的专题汇报片脚本已数易其稿，却一直通过不了首长的审核。在这个节骨眼上，负责写脚本的人员患急性胃穿孔住院。眼看距离召开现场会不到一个月时间，团首长很是着急。

"二十分钟的专题片，从现在起你要立即进入情况，不分昼夜，加班加点，拿出你的才能，与吕翔干事一道，制作出高质量、高水平的专题汇报片。"李主任没给我插话和推托的机会，直接下达任务，并提出了快速、坚定、高水平的要求。末了，他补充道："团长卢马扣、政委刘志建都看好你，相信你一定能完成此项任务。"

有时候领导的信任能让人迸发出无穷的能力和动力。当听完李主任给我下达的任务时，我的头"轰"的一下就大了。这时我还是一名业余报道员战士，一直从事新闻报道，从没有写过电视专题汇报片脚本。心里想，我哪有这个能力和经验，在这么短的时间写出专题汇报片脚本啊！

此时用"赶鸭子上架"最能代表我的心情。但团首长对我的充分信任，很快化成"明知山有虎偏向虎山行"的坚强决心和信心。我立正并郑重地向李主任敬礼："请首长放心，保证完成任务！"

吕翔，是从集团军作训处电教室刚下到高炮团里不久的宣传股干事，他酷爱摄像，摄像技术很有造诣，在全军电视新闻报道工作中获得过无数次奖励。他是一个事业心极强，在集团军出了名的拼命三郎。我曾以他的事迹创作了长篇通讯《一个兵的电视台》，并发表在《解放军报》上。

"哎呀，你可回来了，急死我了。"当我走进吕翔十来十几半方米的电视制作室时，他一下子把我拥抱起来。

门头挂着"电视台"的房间，一半是制作平台，一半是播音台。麻雀虽小，五脏俱全。简陋的电视制作室承办着团里每周一期，每期一个小时的丰富多彩的电视节目。《团队新闻》《官兵风采》《文艺节目》《家乡来信》《教您一招皆有招》等栏目，每周末七点半央视《新闻联播》结束后，准时与全团官兵见面。官兵们看着发生在自己身边的人和事的电视节目，既给官兵带去娱乐，又容易使官兵接受教育。

吕翔干事顺手递给我稿子："你看看，这是原来写的汇报片脚本，这不是专题汇报片脚本，是份汇报材料。没主题、没文采、没画面感，我实在没法下手拍呀！不得已我才向首长们推荐了你来主笔写这部专题汇报片脚本。"

我"呼"地站起身来，几乎是声嘶力竭地叫："你为什么推荐我？你凭什么说我中呀？你这不是让我在火堆上烤吗?！"

"本来难得的一次休假让我中止，本来没有写过专题汇报片脚本让写处女作，本来就没有这个能力水平还让完成如此重要且时间紧迫的任务。是你让我作难，出我洋相。"我向吕翔干事抱怨着说出我的窘迫。

吕翔见我似乎真的生气了，双目瞪着我喊道："你就是中！咱俩合作过那么多电视新闻报道，我还不知道你的写作水平？团队关键时刻要用兵，你不出手，团里谁还能出手？"吕翔是个把事业和工作看得比生命还宝贵的军人。他最看不起的是工作偷懒、不求上进的人。他也是一个极其善于表现自己的争强好上的军人。这次全军文化工作现场观摩会在团里召开，他一定会抓住这极好的机会，展示自己的才华，助推团队工作发展。

部队早已吹过晚饭号声。从在老家接到部队催归队的电报，急匆匆赶回部队受领任务，到与吕翔干事争吵一番，几个小时过去了，我连口水都没喝，身心疲惫。环顾房间，端起不知道是谁的茶杯一饮而光。

"我的水杯，有细菌。"吕翔干事顺势拍了拍我的肩膀，"走，我请你吃拉面。"

"一碗面就想打发我，不吃。等你请吃大餐。"于是我气呼呼地回到宿舍，洗把脸，泡了碗方便面吃完，又回到团机关办公楼，与吕翔研究专题汇报片脚本，直到次日军营起床号吹响。

经过我俩一整夜的长谈，研究梳理出了专题汇报片脚本的主题思路、突出重点、框架结构、写作方式等。

吃罢早饭，我冲了个凉，让自己清醒些，便躲到团文化活动中心图书室一间书房里开始展纸落笔。

梳理出来的脚本思路，此时真正落到纸上时，题目起什么，开头如何写，结构如何布局……我在办公桌前迟迟动不了笔。

窗外有几棵枝叶繁茂的桐树和银光闪闪的银杏树，叽叽喳喳的鸟儿在树枝头跳来跳去。透过窗外的景色，我的灵感突然来了，写下题为"风景这边独好——二十集团军五八师高炮团开展文化活动建设纪实"的题目。

又是一个二十四个小时，我除吃了一顿午饭，就没再走出房间。脚本分"官兵同乐乐无穷、教您一招皆有招、五好花开竞相艳、今宵多么美好"四个板块快速草就。写到兴头时，一名团首长派出两个兵找我说有要紧事，让我到距团部有十多公里的一营找他。我教士兵让他说谎："就说没找到我，去不了。"我怕写作思路被打断，我要争分夺秒赶写。

当我在结尾写下：周末，熄灯号响起，月亮照进军营。团队文化活动广场举办的文化大餐，在官兵们的欢声笑语中渐渐静了下来。循着官兵散去的背影，今晚他们会带着一身轻松进入睡梦，是那么香甜、那么美好。明天的他们一定会在训练场上生龙活虎，喊杀阵阵，练就一身杀敌本领。

六千多字的脚本草就，写得我手发疼，脑发胀。

四十八个小时的连轴转之后，我把脚本交到李主任手里，时间是下午。我对他说："即便写的是堆废字，今天也不要叫我改了，我要回去睡觉。"没等李主任说完话，我转身就走。我不知道哪来的胆量和勇气，敢对团首长说出这样的话。

这一觉我睡到第二天部队午饭号声响起。

下午我在上班的路上，团政治处通信员小李跑向我："李主任让我看你睡醒没有，叫你到他办公室。"

李主任办公室的门开着。刘志建政委、李主任、吕翔干事在办公室。我进门时，刘志建政委慈祥地望了望我，李主任指了指一旁的椅子，说："快坐。"吕翔干事倒了一杯水递给我，脸上露着赞许和肯定的笑容。

"小路，脚本我们都看了，总体反映了咱们高炮团近两年文化活动开展的情况。有高度、有深度、有现场感，符合咱们团工作实际。六千多字的脚本有点长，需要再精练些。"刘政委话锋一转，"有个好的脚本还不够，关键是要做好拍摄编辑的下篇文章。"刘政委看了一眼吕翔干事又说："你们俩要紧密配合好，制作出高水平的片子。"李主任则走向我伸出手，紧紧握着，说："辛苦你了。没想到你在这么短的时间能写出这么优秀的脚本。"

走出首长的办公室，吕翔干事把我拉进他的电视制作室，上来又把我拥抱起来："我说你中吧，没想到你这么中。脚本我也看了，照此拍摄一定能制作出一部好的汇报片。就是有点长，需要压减到四千字左右。因为还要配音。"

脚本经过稍微修改即定稿，进入拍摄阶段我可以不参与实地拍摄。但吕翔每次深入一线拍摄都要拉上我现场指导。他不分白天黑夜加班加点地工作，我拖着疲惫的身体奔走在全团基层一线陪同拍摄。

为了"风景这边独好"，最后几天制作期间，我俩一头扎在制作室内六天六夜不出房间，吃饭也在制作室解决。没有高级编辑设备，没有高技术手段，用"小米加步枪"简陋的设备，手工一个镜头一个镜头地剪辑。有时一个镜头重复十遍几十遍地剪辑。手工绣花般制作出二十分钟的汇报片。观摩会上，引起与会首长一片叫好声，当得知是团队自己拍摄制作的汇报片时，又引来将官、校官、尉官齐夸"了不起"的赞誉。给现场观摩会增光添彩不少。

我没到现场看专题汇报片，就急速到团卫生队住院了，我连续奋战半个多月，身心被熬累掏空病倒了。

我在高炮团服役三年多时间，因为写新闻报道，让我获得了无数次的立功受奖。多年来的付出，真正让我引以为傲的还是这部观摩会专题汇报片的创作制作。

"风景这边独好"汇报片引来上级部门的关注和无数家媒体的采访。军队双休日如何使官兵过得有意义？一时间，我们高炮团的文化工作经验成为全军学习的典型。当时的济南军区政治部派工作组到团里总结经验，《政治工作简报》专刊以题为《积极开展军营文化活动，营造健康向上的思想文化氛围》、济南军区《前卫报》连刊六个篇幅、《解放军报》用长篇通讯，全面报道介绍了高炮团开展文化工作的经验。

师政委陶方桂看了专题汇报片问："谁写的解说词？"团里刘志建政委报告说："是团里的一名志愿兵，名叫路子房，他临危受命，完成了任务。"首长们爱才惜才的伯乐之情，化作实际行动。陶方桂政委指示，此人才要设法保留下来。第二年，在陶方桂和刘志建政委的主导下，团里分配了两个提干名额，给了我这个老兵一个，使我搭上了提干的末班车。从此，开启了我人生又一个光明旅程。

当我的笔与部队大项工作相遇时，最由衷的总是对部队的生活训练的不舍与敬重。我不敢用那些不敬之语来描写，更不敢有半分亵渎之心。我用情、用心、用力量抒发着对部队的敬重。即便是如今转业离开部队十多年，一旦写起部队生活，此心依然没有改变。

我越来越感到，部队生活训练是青春绽放的地方，虽然那不是青春的唯一，但是我一生中最值得热爱、自豪、留恋的地方。我习惯了部队训练生活中的诸多不快和艰辛。正是这种没有什么了不起的不快和绝对了不起的青春锻造了我近乎不锈钢一样的坚忍。

我喜欢这么一句话，天寒到了极点，就立春了。

入伍之初，我就为自己绘制了梦想。同时也是那个时代的青年人最喜欢的梦想，将自己的一生交给文字。无论成功与否，决不半途而废，相信生命在于奋斗，相信自己所设定的那个目标，是青春与灵魂的一场约会。

我从一名普通士兵起步，直到成为一名上校军官。灵魂赖以起飞的翅膀，指尖敲击出似水般的文字，都无疑烙下深深的部队这个"根"的印记。

这个"八一"建军节，写下了"风景这边独好"专题汇报片创作的过程，再次勾起在部队训练工作生活上的点点滴滴。此时，我变得更清醒，变得更有力量、有智慧。

兵戈赋

大地有了绿色，就显示出蓬勃生机；山川有了绿色，就显示出壮观美丽；江河有了绿色，就显示出奔腾活力。

绿色是部队的象征，士兵是绿色的写意。

不管是列兵还是将军，都有一个共同的名字叫军人。

面对山河一样翠绿的军装，我曾深深地思索：军人啊，你真正的内涵是什么？

军人的风采以"血染的风采"为荣，体现了国格、人格和军人非凡的气度，体现在默默的耕耘、无私的奉献、忘我的牺牲。

军人是真正的男子汉，是国家尊严的象征，是一个民族的锋刃，铸成一道盾牌，守护着家园。

我自豪，曾经是军中一个兵。

我骄傲，曾经军中立过战功。

军人以奉献和牺牲击打出的优美旋律和铿锵音符，格外催人奋进、悦耳动听。

这种音乐中，少不了枪之声、炮之鸣。

伟人说："枪杆子里面出政权。"让无数枪膛发射出相同信仰，为了这种信仰，当过兵的人将为之奋斗终身。

有了当兵的历史，就如铸就的一尊雕像屹立在祖国的大地。

目光穿越雕像，会有一种精神的光芒和理想永远不倒。

目光穿越雕像，会听到炮弹呼啸而过的声音永远不忘。

目光穿越雕像，会保持一种飞翔的姿态像大鸟承载军人的使命和重量。

兵是国魂，兵是军魂。

让国魂、兵魂在天空、在大地、在海疆、在长城内外永远滋生繁衍，确保伟大的祖国永远绿色春浓。

夜行将军路

纪念中国人民抗日战争暨世界反法西斯战争胜利 70 周年，我的思绪在不停跳动着、飞扬着。连日来，我一直被抗战精神和抗战事迹感动着、鼓舞着，不禁回忆起夜行将军路的情景。

"五一"小长假，我和朋友相约游览大别山。

从大别山龟峰山脉一座山顶领略气势磅礴的杜鹃花海后下山，顺大广高速南下，傍晚至新县，夜宿此地。十多年前，我曾因瞻仰许世友将军故里来过新县。

新县，是鄂豫皖革命根据地首府，是第二次国内革命战争时期全国第二大革命根据地，是中国革命武装斗争的重要发祥地。可以说，这里的每一寸土地都浸染着革命烈士和老区人民的鲜血。我对新县这个嵌在大别山褶皱里的小城，既熟悉又陌生，既了解又觉得它有一分神秘的色彩。

在新县宾馆吃过晚饭，出宾馆往东不远处就是一条穿城而过的护城河，河两岸霓虹灯闪烁，河水在霓虹灯照射下碧波荡漾、美轮美奂，使地处深山的新县县城的夜晚充满浓厚的现代化气息。

紧挨河西岸的是一条将军路，建于 2014 年 11 月，全长 2300 多米，路两侧电线杆上面镶嵌着新县籍将军头像，有李德生、许世友、郑维山、吴先恩、张池明、范朝利等 43 个人物画像。在中华人民共和国成立之初，第一次授衔开国将帅的 1955 年，作为革命老区的大别山地区，站在授勋台上的将帅有 200 多人，其中新县籍的开国将军就有 43 位，是名副其实的将军县。43 位新县籍将军头像竖立道路两边，故名将军路。

将军路南北走向，南边连着新县东西一条县城主干线，北面直达大别山下一处环绕公园。将军路是新县县委、县政府为缅怀革命先烈，弘扬革命传统，激励后人奋发图强，建设美丽新县而打造的红色旅游项目。它与将军山、英雄广场、军事博物馆、烈士陵园、八路军总部旧址、新四军总部旧址、苏维埃革命旧址、许世友将军墓等红色景区遥相呼应、相得益彰，使新县成为别具一格的红色革命圣地。

夜色中的将军路，将军头像在灯光照耀下金光闪闪，熠熠生辉，如同耀眼的星月，给这条道路增添了光彩。

行走在将军路上，我时而驻足仰望，时而任思绪穿越时空，一个个闪光的名字，如同一支支穿越时空的火炬、一面面光耀寰宇的旗帜，呈现出将军们在战火纷飞的年代浴血奋战的壮烈场面，展示着老战士那坚强的革命意志和崇高精神。

丰碑永恒，长存我心。

这不是李德生将军的头像吗？这位从新县陈店乡走出去的将军，1930 年参加中国工农红军，1955 年被授予少将军衔，1988 年被授予上将军衔。抗日战争时期，李德生参加并指挥了百团大战中夜袭阳明堡日军机场和敌后抗日根据地的反"扫荡"等重大战役。1942 年 5 月，日军纠集 2.5 万余人对太行山根据地北部地区进行扫荡。他临危受命，沉着指挥，面对数十倍于己的敌人，带领全营抢占有利地形，粉碎了敌人的一次次疯狂进攻，成功掩护八路军总部和后方机关胜利突围。1945 年 1 月，担任团长的李德生，主动请缨攻打日军马坊据点。他精心策划，周密组织，化装成农民深入日军据点侦察，随后带领 82 名突击队员一举端掉该据点，全歼守敌。李德生的经典战例就是"刀劈三关"攻克襄阳。所谓一劈琵琶山、二劈真武山、三劈铁佛寺，一举破城。进攻琵琶山时，他巧用奇兵，猛打猛冲，以突然威势制伏敌人。

贡献彪炳史册，记忆刻骨铭心。英雄的名字也许无人知晓，英雄的功勋永世长存。在历史的天空中，当年的烽火边关、金戈铁马已远去，但无论是在世的老兵，还是血染沙场的每一位英烈，都值得我们永远铭记。

站在许世友将军头像前，我仰望凝思。这位从新县田铺乡河铺村走出来的将军，1955 年被授予上将军衔，他几十年戎马倥偬，为国尽忠、为父母尽孝的故事早已为后人所传颂。这位传奇将军，曾 7 次参加敢死队，5 次担负大刀敢死队队长。上阵杀敌时，他总是左手提着一把沉重的大刀，特别是当敌我出现胶着局面时，许世友就会把帽檐往下一拉，带着敢死队就往前冲，吓得敌人屁滚尿流，令敌人闻风丧胆。因此，在攻城拔寨的"肉搏战"中，许世友不仅是一名战场斗士，还是一名忠诚卫士。他一生忠于党、忠于人民，把毕生精力贡献给了无产阶级革命事业。

无论是当地人还是外来游客，行走在将军路上，就会睹像思人，沉重凝思！我想，将军路是一条壮美、雄浑、宽阔、沉静、大气之路。行走其间，怎能不让人顿生敬意！

在将军路上，1915 年出生于新县泗店乡的郑维山将军的事迹也令世人传颂。他 13 岁参加革命，15 岁入党，历任八十八师师长、六十三军军长、二十兵团代司令、北京军区司令员、南京军区司令员等职。在抗美援朝战争期间，他大胆在美军视为固若金汤的"密苏里防线"前 200 米处潜伏 3500 人和 200 门大炮，实施大兵团潜伏一昼一夜的行动，一举歼灭敌军 2.83 万人，拉平了"三八"线，迫使以美国为首的"联合国军"在板门店和平协议上签字。在此战斗中，涌现了著名战斗英雄邱少云，创造了世界战争史上的奇迹。

形象力就是影响力，影响力就是战斗力。无论是雄奇瑰丽的自然文化，还是厚重的地域文化，只要是传播正能量，有筋骨、有道德、有温度的文化，在你"身入"的同时也会"心入""情入"。

曾记得一位学者说过，文化是灵魂的故乡。从社会学角度看，将军路作为新县红色文化的重要符号已超越其本身，它的味道是源自人民军队灵魂故乡的味道。

忘记历史就意味着背叛。铭记，才是对英雄最好的告慰；传承，才是对英雄最好的纪念。

　　文化根植于历史，也影响着历史。即使历史翻过新的一页，那些红色人物升腾的民族心灵圣火，依旧指引着我们在人民的历史中进行文化创造。

　　为什么大地春常在？因为英雄的生命开鲜花。将军路，铸造着城市的品格；小城，传承着文化的血脉。在这条路上，我了解了中国革命的艰难与辉煌，看到革命老区人民昂扬向上的精神风貌，感受到这片土地正在发生着翻天覆地的变化。

　　人改变着环境，环境也塑造着人。那一日，我打新县小城走过。虽然我只是一个过客，但当我离开时，却汲取到一种无声的力量。

　　小城有大爱，深沉平静中积蓄释放着无穷的革命动力，平凡湿润中彰显着一种积极向上的力量。

山高谁为峰

一

一条渠，令我魂牵梦绕。

一条渠，我曾千呼万唤。

我走近它，是 2017 年的仲暑时节，天气异常炎热，参加单位组织的"不忘初心、牢记使命，继续前行"党课现场教学活动。

豫晋冀三省交界处的林州市盘踞在太行山深处，这个县级小市因红旗渠而闻名。

我们到达时正是中午，吃过午饭稍作休息，直奔红旗渠纪念馆。

即便酷热难耐，环抱在群山森林间的恢宏、雄浑、壮观的红旗渠纪念馆却游客如织，馆外游客不顾炎热，纷纷在纪念馆门前留影。

随着导游进入展览馆，我仿佛穿越那个历史隧洞，在太行山峦间穿行绵延，盘旋起伏。在这里感受领略那段惊天地、泣鬼神的激情燃烧岁月。

这条人工天河，如巨蟒蜿蜒在太行山山腰，是为解决林州历史上严重干旱缺水，把水源丰富的漳河水引入林州的一项宏大水利工程，工程命名为"红旗渠"，意思就是高举红旗奋勇前进。

红旗渠经山西省石城镇和王家庄乡的崔家庄等 20 多个村镇，到牛岭北坪沟的南平村入林州境内，地势险峻，工程宏伟。工程始于 1960 年 2 月，至 1969 年 7 月以红旗渠为主体的灌溉体系基本形成，渠道总长达 1500 千米，总干渠就达 70.6 千米，干渠支渠分布全市乡镇，是林县（今林州市）人民在巍巍太行山上，逢山凿洞，遇沟架桥，一锤一钎历时近十年建成的引水灌溉工程。该工程共削平 1250 座山头，架设 151 座渡槽，开凿 211 个隧洞，修建各种建筑物 12408 座，挖砌土石达 2225 万立方米。据计算，如把这些土石垒筑成高 2 米、宽 3 米的墙，可纵贯祖国南北，绕行北京，把广州与哈尔滨连接起来。建成后，林州有效灌溉面积由当时全县的水浇地只有 1.24 万亩提高到 54 万多亩，粮食产量由通水前的亩产二百多斤提高到八九百斤，彻底解决了林县人畜用水问题，被中外游人誉为"人工天河""当代万里长城""世界第八大奇迹"。

在红旗渠修建过程中孕育形成的"自力更生、艰苦创业、团结协作、无私奉献"的红旗渠精神，成为一笔宝贵的精神财富。1974 年，新中国参加联合国大会时，放映的第一部电影就是纪录片《红旗渠》。

二

纪念馆教育长廊，像一列静止的火车，使你驻足仰望，仰之叹之；又像安卧着的一条巨蟒，使你骤然身心颤抖；更像是一座精神丰碑，使你心头不停地深思澎湃。

不是吗？一侧是陡峭山崖，一侧是深渊壕沟，怎么能在壁立如仞的悬崖峭壁上开出一条长长的水道长城？

这不禁让我想到了大诗人李白的诗句："噫吁嚱！危乎高哉！蜀道之难，难于上青天……西当太白有鸟道，可以横绝峨眉巅……黄鹤之飞尚不得过，猿猱欲度愁攀援。"漫步纪念馆，只要看看、听听、想想，就知道当时与天斗、与地斗、与人斗，重把山河来安排的决心之大，毅力之坚，困难之重。

时任中共林县县委书记杨贵发出"重新安排林县河山"的号召时，正是我国三年困难时期，当时全县只有150万亩耕地、300万元储备金、3000公斤储备粮和28名水利技术人员，条件何其艰苦，困难可想而知。

然而，所有困难并没有吓倒林县县委班子和全县人民。1962年2月11日黎明时分，来自15个公社的山庄村寨干部群众按时出发，向目的地会集。

啊，这不就是"新愚公"精神吗？

路漫漫，水长长。这是一条神奇渠，这是一条感慨万千的渠。开工没多久，工地到处告急、告难，劳力跟不上、物资跟不上、技术跟不上、领导跟不上，困难矛盾相互交织。盘阳会议上，林县县委不得不叫停工期，梳理问题，总结经验教训。

这还不算，工程进行不到一半，因"文化大革命"动荡，上级叫停红旗渠建设，红旗渠即将成为半截子工程。杨贵作为县委书记，时年才36岁，是工程的创始者、发动者、指挥者。此时，他多次被上级叫去谈话、督促停工，不少人员开始动摇信心。杨贵书记既与上级据理力争，阐述建渠是几代林县人的梦想、摆脱贫穷的首要条件，又时常明修栈道，暗度陈仓，表面停工，实则悄悄进行，大批人马撤退，留置几百名青年潜伏山间继续战斗。晚年的杨贵在接受媒体采访时，声音仍如洪钟："我坚信当官为人民谋利益没错，只要老百姓欢迎你干的事情，就要坚持到底。"就是抱着这种共产党人的信念，他提出的"宁可苦干不愿苦熬"的豪言壮语才得以实现。杨贵书记这种担当精神宛若一本厚重的经典，承载了一个民族复兴的梦想，启示着一个民族的今天，还有将来。

感人的故事一个接一个。吴祖太，一名刚毕业的年轻水利技术人员，天天往返于工地勘察、设计、除险，攻克了一个个技术难题。一天，他刚从工地下来，听说王家庄隧道遭遇险情，指挥部没安排他前去查看险情，可他二话不说放下饭碗执意前往，不幸遭遇塌方牺牲，年仅27岁。他去世后，人们在他的衣兜里发现了他写给病中恋人的没有发出的信："……你病了两个多月，只有十几公里的路我仅回家匆匆看望你一眼，那一眼也实在太短，实在有失一个热恋中情侣的身份，工地技术人员太少，我不能远离，等这个工期干完，我第一时间赶回去照顾你，好吧？……"信没寄出，却阴阳两隔。红旗渠修建近 10 年当中，先后有 81 位干部和群众献出了自己宝贵的生命，其中年龄最小的只有 17 岁！

一条人工河渠横空出世，这是用他们的生命换来的。

在一个个故事前驻足端详，内心在太行山上矗立着一座座丰碑。我想，躺下的是他们的英魂，站直了的是一棵挺拔的青松。无论是站是躺，都在滋生勃勃生机。

修渠人，是将生命凝筑水渠，而水渠滋润了远方大地。

有人说，雕像是静止的，不会说话，只是让人欣赏的艺术，可我不这样认为。久久伫立在每一个雕像前，忽觉它似一支火把，熊熊燃烧，为我们驱赶黑暗，迎来充满希望的黎明；它像一面镜子，映照着过去和未来，映照我们前行的方向；它像一个号角，激励着我们不忘初心、牢记使命，继续前行。

三

第二天，我们迎着朝阳实景去感悟大河之风韵。我有点激动，虽内心早刻有林县红旗渠精神，但没有近距离欣赏过它、感悟过它。

迈入景门，拾级而上，红旗渠主干渠映入眼帘。眺望远方河渠，宛若一条九曲十八弯腰带系在太行山腰。渠道在雄奇、峻峭、壮丽的太行山中像长城，似巨蟒，又如乖巧柔弱纤女静静地盘在山间，引入的漳河水，在渠干里悠远、清新、庄重地向远方流动，向着经过人们重新安排的山河线路，流动灌溉到林县干涸的每一片土地。

河渠水没有黄河般幅员辽阔的狂野奔流，却泛着金黄，翻滚着激起一个个涟漪，伴随山风吹响的绿叶沙沙声，太行山似灵动的胸脯有节奏地起伏，让万物峥嵘的山川盈满诗情画意，流传千古的动听故事，会让石头飞溅的天空，感动地飞洒着湿润的雨帘。

山因水而活，水因山而秀。红旗渠，用它沸腾永不干涸的光影为高山为大地增添着生命血液，用它长长的臂膀挽着壮丽雄厚的山脉，朝着岁月和大自然的历史长廊走去，给世人留下一个永远庄严的身影。

沿渠而行，左侧是平静缓缓流淌不息的河水，右侧是峻峭的山壁，经过一个个景点，如鹰咀山、虎口崖、神工铺、青年洞等，看名字就知道，在那个缺少机械的年代，完成这样一个巨大的工程有多艰难多凶险。

仰望高山感受高山的生灵，瞭望河水感受生命的翔舞，聆听着一个个动人故事，眼中会有一阵阵湿润的水汽，摩挲着我的脸颊，身心仿佛与自然在同一脉搏里跳动，同一音符里起伏。

山路，蜿蜒起伏，它让点点相连。

河渠，曲折壮观，它让太行山为之闪开。

据导游介绍，不少参观者参观后留下感言，不少景点是看景不如听景，而红旗渠是听景不如看景。

我想，参观者在这里看到的，不仅仅是太行山的雄姿、河渠的壮观，更多的是红旗渠博大的精神和深刻内涵的滋润。

这不是山高我为峰，又是什么？

四

上午实地参观，下午听红旗渠学院的老师授课。课毕，我一人悄悄进入红旗渠荣誉室，进一步寻找精神、辉煌、荣耀。"红旗渠精神，这些革命精神是我们党性和宗旨的集中体现，历久弥新，永远不会过时。"习近平总书记的指示，赫然入目。为了弘扬红旗渠精神，2012 年 11 月，在中组部、河南省委的指导下，林州市成立红旗渠干部学院。该学院以"为民、务实、清廉"为院训，遵循"传承红旗渠精神，增强党性修养"原则，一时间，中外八方游客学者接踵而至，他们潮涌红旗渠，见证着新一代红旗渠精神的继承创新。

改革开放初期，十万林州人出太行，在建筑领域创造奇迹的林州人吃苦肯干耐劳。林州人不畏艰难，真诚实干的精神在祖国大江南北颂扬，铸就了足以让世人赞叹的红旗渠人的特有音韵。

驻足红旗渠荣誉室，我久久沉思，八百里雄伟壮丽的太行山把最美的一段留在这里。红旗渠犹如一条飘带，缠绕在太行山腰，达到"雄者愈雄，险者愈险"的高度，是自然育景与人工装点胜迹的完美结合。当初人们建设红旗渠的动机，不是特意为后人创建一个旅游景观，而是它所创造的伟大奋斗精神，是共产党人永远崇尚的动力源泉，是后人自觉为了提升自己境界而纷至沓来的引力。

参观回来，单位组织交流体会。大家纷纷上台谈感悟，一致认为，无论时代如何变迁，太行山依然巍峨，林州故事依然动人，红旗渠精神旗帜依然鲜艳，红旗渠精神都弥足珍贵，这种精神是时代前进中的伟大动力源泉，在当下推进实现伟大的中国梦进程中，在本职工作岗位担当作为中，仍需要"守望"红旗渠精神这样大气磅礴的鸿篇力作。

是啊，彼此同感！

东郎村的新气象

天天都想走近您，指引着行动，勾着灵魂，我的故乡东郎村。

多年来，尤其是近几年，我都在走近您，并断断续续写了不少关于您的文字，诉说对您的思念。

我曾一度担忧，随着城镇化的加速推进，会不会出现田地荒废、村庄寂寥、院落杂草丛生、房屋断壁残垣等现象，农村渐渐成为记忆中的样子，当父母至亲离世后，寻根是否会变得异常困难呢？

我没想到，您依然生机勃勃，有着一种新气象。

当金色的麦浪随着机械轰鸣而过，块块麦田瞬间收割完毕，"三夏"很快结束。之后，田野换成另一番繁忙景象，夏播图景在炎炎夏日徐徐展开。种花生、种棉花、种玉米、种大豆、种西瓜、种甜瓜，农民们不顾酷暑袭身，汗流浃背，抢着夏播。

用不了几时，各种秧苗齐刷刷地破土露绿，雨水充沛的话，大地很快被绿色覆盖，静夜能听到拔节声。花生、西瓜苗一堆一堆贴伏在大地上，似蘑菇云一朵又一朵，以矮植物形状向四周生成，茎变粗壮，叶长舒展；棉花、玉米等高秆植物，如初春少女般舒展而多姿，茎叶挺拔、粗壮，拥有活生生、热辣辣的生命激情，在阳光和水分的滋养下，它们肥厚的叶片，都像用桐油刚刷过一样，是熠熠有光的墨绿色，昂首向天，高吟着生命的"解放曲"。

夏日的故乡田野，绿色碧波秧苗似奔驰的生灵，正以少年、青年奔跑的方式在大地翔舞挥洒。

农村长大的我，对庄稼有深刻的理解。各种庄稼一旦播种土地，它们每一棵都努力寻找适应各自生存的环境，无不以"种瓜得瓜，种豆得豆"最初心、最真挚、最本色的生存状态，作为自己生命的最高梦想，奉献自身价值。

每一次走近您，我总能感到有一阵阵湿润的水汽，摩挲着我的面颊，轻绕着我的肩膀。风吹来秧苗的清香和野花的馥郁，让我感到自己的身心仿佛与大地的庄稼在同一脉搏里跳动、同一音波里起伏，就连呼吸也变得无尽地畅快。

一日，我走进东坡一块田地，看到两个年轻人操作一台小型播种机，一人在前边掌舵，一人往后箱里填补种子。"你好，老乡，你俩种的是什么呀？""元胡。"一个年轻人回答。

"元胡？过去咱村好像没有种过这种植物？"我问年轻人。两个年轻人三十岁出头，是村里路平大爷的儿子，早年我离乡参军时两个人还没有出生，与我有点陌生，但还是很友好地与我聊起来。

他们告诉我，他们前几年一直在外漂泊打工，随着家乡发展变化，包括种植产业的调整，除保留传统优质粮食种植外，不少家庭选择种植高效的经济作物。元胡是具有活血化瘀功能的中草药，近年来市场需求量越来越大，价格相当可观。随着我的深入了解，村里的年轻人在农业种植观念和粮食种植调整上，观念更新，思路创新，家庭收入也年年攀升。在外打工的年轻人中，回到村里发展农业生产的人越来越多。他们用振兴乡村的实际行动搅动一池春水。

天色向晚，我从西岗眺望东郎村，在柔弱霞光的照射下，家家户户二层小楼房平铺在我眼前。村庄经统一规划，楼房结构色调基本上是一致的，村庄规划井然有序。顺着柏油小道走进村庄，只见整洁干净的街道早已代替早先的"脏乱差"。各家各户的土院早已变成砖墙小院，门前花草景观树木代替了传统经济树木。宽阔南北走向的主要街道旁边，一线摆放着半人高的垃圾桶，做到日产日清。清运的垃圾及时送到乡里再生能源处置站回收。低头不见垃圾，抬头看一眼净。村庄不像城市空中飞线乱拉乱扯,文明标语处处可见。

走进翻建一新的村委会小院,分东、西两处,东院设有办公室、会议室、电教室,西院有卫生所、图书室、娱乐室等,各种功能一应俱全。我从东院走到西院,发现西院有一棵古桐树,树根部围绕设置一圈木条椅,几位老人正在纳凉。小院的一角,几株月菊开得正艳,与墙外不远处的荷花竞相绽放。

太阳落下,乡村的风凉了起来,图书室的门轻轻打开,让风吹进去,吹到正在阅读的几个年轻人身上。我走近他们,他们只顾专注阅读,不见有人抬头。不禁使人联想,村里年轻人的一静一动,蕴含着极富传统的哲思。我内心不禁感叹,有勤奋好学、吃苦耐劳的年轻人,家乡会变得更加美好!

然后,我转身,在一路上村里人"回来了"的打招呼声中,走进村民二孩家。这是一座坐北朝南的二层小楼,设计古朴典雅,是一幢精美的建筑,与两间东厢房一同盖起,交相辉映,显示着主人的欣赏水平和艺术水准。

我在村里转悠了大半圈,一连走了几家更让人难忘、更漂亮的楼房小院不说,让人印象最深刻的是,每家上下水、燃料、暖气等主要配套设施齐全,包括卫生间也全部实现水冲式。昔日,家中牲畜粪便遍地,杂物垃圾成堆,如今,家家户户整洁文明。细细品读,真能读出我的村庄内在的变化呢!

我的东郎村,虽然不大,却越来越显示着精致。它的外在美和内在美,以及田间地头繁忙景象,无不彰显一个古老民族的远大理想和美好梦境。

是啊,在美丽中国美好乡村建设中,我的家乡跟上了时代发展的步伐,不但富了,也更有味道了。

天黑了下来,我停住脚步,抬头隐隐约约听见一群又一群鸟儿在枝头喳喳叫。我想,它们一天又一天,一年又一年,往复循环,陪伴村人,享受着、见证着村庄的美好变化。

村庄美了,村人的思想进步了,自然界的生灵也会跟着人类的文明和谐,围绕在人的身边喃喃低语,演奏出一曲曲动人的音符。

在故乡,我似乎每天都能听到鸟儿的鸣叫声,仿佛在说:"您好,我的东郎村!"

我在兰考"品"乡村

　　小寒时节，我与同事一起赴兰考县排查农村危房改造。车在连霍高速上飞驰，冬日阳光透过车窗朝我扑来，心里顿感暖洋洋的，我的心情格外舒畅。兰考是我分包工作联系点，在不长的时间里，我常来兰考，都是在县城检查指导工作。

　　兰考县因焦裕禄而闻名，是第二批党的群众路线教育实践活动联系点和全国首批、河南省第一个实现脱贫摘帽的国家级贫困县。兰考县城高起点和大手笔的规划、前瞻性和科学性的设计、高楼林立和宽阔的道路、现代元素和传统风相结合的景观常常让初来兰考县城者惊叹：这是昔日的兰考，是县级城镇吗？分明是一个都城呀！走走看看，我常思考兰考县高质量快速发展背后的故事。

　　从兰考东下高速，往县城方向没走多远，向右拐直奔兰考县农村大地。车奔驰在宽阔平坦笔直的乡村公路上，立马感受到兰考县乡村公路作为全国示范公路是什么样。没有颠簸，没有错车感到的狭窄紧张，双向车道，车辆风驰电掣般向前。

　　车没行多远，第一个要看的三义寨乡就到了，该乡办公场所四周没有围墙，办公小楼大门向村民敞开着。三义寨乡乡长许静说："乡工作人员全下村了，乡里冷清吧。"而后，她用手向西北角一指，说："咱们到白云山村看看吧，我们义寨乡农村早两年前就没有危房了，全县也不会有吧。""是的。"陪同参观的兰考县住建局局长周豪回答。

我顺着她指的方向眺望，一排排二层小楼映入眼帘。步行七八分钟即到村头，沿村中主干道往村中走去，发现家家户户都没有院墙，全是坐北朝南三面开放式农家小院，左右两侧垒起略高出街面的路边石，是每户宅院与公共部位的界线，庭院前边界线留着约一米宽的绿化带，以标准、整洁、有序的形象呈现在人们面前。

我惊讶地问："各家各户怎么没有垒院墙呀？"许静说："退院归公，腾出的闲余空地，可用于拓宽村里的道路，可以建设公共的娱乐、休闲、健身活动场所，还可以挤出一点宅基地用于退耕返田。"眼前的许静，文静中透着女人的干练、沉稳。她掰着手指，如数家珍地向我介绍村里的发展变化。她政治站位高，谋划新农村建设的发展远景，让我对她肃然起敬。我问她："你们村每户上下水问题是如何解决的？""三义寨乡各村上下水管网都与县城主管网相连通，很顺畅的。"确实，我没发现街面污水外溢的现象。我曾到过不少村庄，现在不少村庄解决了自来水流入各家各户的问题，但多数没有解决下水管网问题，污水和雨水满村流溢现象常见。兰考县建设新农村很好地解决了这一问题，说明兰考县领导高屋建瓴、深谋远虑，在城乡建设上通盘考虑，协调发展，是真正为群众办实事。

"生活垃圾怎么处理呀？"在村中走走逛逛，大街小巷干净得用一尘不染去形容都不为过。"每天村里及时清运到县里垃圾处理厂。"在村中央的小广场上，几位老汉坐在文化休闲广场中的长条凳子上聊天，一旁的健身器材上，几位妇女在进行各式各样的锻炼。冬日的阳光照耀在他们身上，荡漾着与阳光一样的温暖。

车停在村头小河旁，村里为美化环境修建的小河，几乎绕村庄一圈，水面平静清澈，透着湿润和灵动。离开村子上车前，我回头再望一眼白云山村，灰白基调的村舍风格，在阳光普照下，平静安详，真的不是江南、胜似江南。

看了一个村又一个村，村村变迁巨大。哪儿还有昔日村中道路泥泞不堪、到处是牲畜粪便、满街堆放柴秸的脏乱的景象？

良好的生态意识，离不开良性的生态教育。保护生态，呵护赖以生存的土地水源、林木草地，需要行动迅速、理念更新。周豪说："大力实施人居环境提升行动，统筹县城城镇和村庄规划建设，扎实推进美丽宜居乡村建设行动，乡村风貌提升行动，持续推进绿化、美化、净化、亮化建设，是兰考县委、县政府落实习近平总书记在兰考指导群众路线教育实践活动指示精神的重要组成部分。"难怪，兰考大地令我耳目一新，一个个美丽宜居的村庄在兰考大地格外耀眼。

临近中午，我来到兰考县东南部阎楼乡何寨村。何寨村党群服务中心在村西头，正对面是村民文化活动广场。闫楼乡党委书记王彦、何寨村党支部书记卞西龙迎上前，递给我们每人一个杯子说："先尝一尝我们村自己酿制的梨膏茶。"我喝上一口，绵甜厚醇，是润喉止咳的好饮料。

"好气派的文化广场！"同来的戚局长不由得赞叹道。此时，大电子屏幕上正播放何寨村专题片，我拿出手机围转广场快拍儿下。

位于国道 240、国道 310 交会处的何寨村，共 379 户，1350 人，最东边与商丘睢县接壤。该村坚持规划引领、道路先行，新修改造村内道路、村外连接道路 4 公里，修建梨园产业路 2.5 公里，铺设雨污管网 2 公里，实现道路通村入组。村里修建文化广场 4200 平方米，建设梨园游园 40 亩，种植绿化苗木 4.5 万株，刘村内沿路建筑主体实施亮化、美化，推进"一宅四园"，按照"一户一景"思路建设美丽庭院，实现庭院美、环境绿、收入增的目标，人居环境得到极大改善。

沿村贯通南北的主要街道向北走，两侧是两层灰砖红瓦房，两侧墙体上的彩绘乡村图景吸引着我，一组组、一景景图画栩栩如生。驻足欣赏，我想起《秋浦歌》诗中描写的乡村景象："渌水净素月，月明白鹭飞。郎听采菱女，一道夜歌归。"水清月明，白鹭轻飞，夜幕即将降临，在田间耕作一天的小伙子，大声呼唤水中采菱的姑娘们收工，他们一道踏着皎洁的月光回家，还唱着小曲。一幅纯洁美好的乡村生活图画栩栩如生。

乡村总是那么忙碌、那么艰苦，村民为了生活不得不披星戴月劳作，但诗歌也写出了这种日子的几分安宁、几分从容、几分纯洁，千余年韵味不减。何寨村这组"乡村素描"描绘了集体农耕生产年代中自然属性的劳动场景。第一组"民族要复兴，乡村必振兴"主题素描，白地红字下面，勾画出淡淡村舍炊烟、头戴草帽、肩扛锄头、面朝黄土地的农夫，淡然、安逸、坚毅地站立村头，寓意着广阔天地之间天人合一、自然与家园的和谐统一。第二组"幸福都是奋斗出来的"主题图画，描绘的是大地一片金黄，正值小麦收割季节，拖拉机在田间穿梭运粮、人在麦浪间收割的丰收景象，充溢着散文诗的抒情气质。一组组我再熟悉不过的村景画面浮现在眼前。再往前走，一组农家小院图画，夕阳西下，三个妇女围绕着灶台，一人端一大箩筐洗净的金黄的梨往锅里倒，身穿花格子衣服的妇女手持木棍在锅里搅拌。灶台下的妇女头围白毛巾，侧着身、勾着头往灶里添柴，几个小孩在一旁玩耍。院内茅草屋南墙角是一棵老槐树，叶子不多，尽显遒劲的枝干，如硬笔书画，映在太阳快要落下的天空。树梢上，几只小鸟俯身低头，看着农家小院忙碌景象。图画艺术地展现出何寨村人劳动生活的美好风光。我正看得入神，卞西龙指着熬梨膏的画面说："这组图画描绘的是我们村里传统家庭作坊熬梨膏的劳动场景，如今都是现代科技工厂了。"乡村素描画不仅描绘出农村大地上欣欣向荣的劳动生活场景，也展示着当代农村人民砥砺奋斗的景象，以新视角记录乡村巨变，也是弘扬农村时代新风采的印证，彰显着村里人对精神文化价值的向往。

太多的细节，注定要成为时间的陈酿。走在这里，你会感到自己的眼睛与耳朵必然要与之相遇，避不开村庄的变迁时期。再往村北头走去，呈现在眼前的依旧是河沟，集观赏和灌溉功能而成，一个月牙似的浅水池，东西走向绕村庄延伸，向田间分沟，水浅了些，干枯的芦草长于池两岸，柔软、舒适，与地里泛黄的麦苗一起，等待十里春风，等待春雨到来。亭台楼阁，小桥流水，赛似江南。在月牙池南岸是丰收广场，能容纳几百人活动，展示着当代新农村的发展痕迹。

利用常年空闲旧屋，修缮变为公共活动文化阵地，是何寨村新农村建设又一特色亮点。

正是冬日，何寨村街上颇为清静。我从村北向西绕去，没走几步，两处青砖青瓦旧屋吸引了我，只见门上上联为"有事好商量"，下联为"全是好邻居"，横批是"说理"。门口右侧墙上书写着六尺巷的典故。拾级入屋，基层协商民主议事工作口诀栏、协商议事程序栏等协商事宜规则挂在墙上，桌面上摆放整齐的协商人登记本和各种资料一应俱全。王彦介绍说，阁楼乡接近一半的新村规划时，利用空闲屋翻建了图书室、议事室等，目的是让村民有一个集中学习交流的去处，不在于真正意义上调解了多少矛盾纠纷和解决多少问题，关键是一种导向引领。紧挨"说理"屋右侧是村图书室，门口贴有对联，上联为"闲来无事喝茶"，下联为"静坐用心读书"，横批是"念书"。从两屋门上对联可以读出何寨人对文化的崇尚。屋内摆放着好几千册图书，多是致富、科普和农业知识书籍。见我们进来，几位正在静心阅读的老汉礼貌地向我们点了点头，继续阅读。"书中自有黄金屋"，看来书真正地吸引了他们。

面朝黄土背朝天，土里刨食，是人们对农村、农民的刻板印象。如今，从这里的农民身上可以得知，他们传递出尊重自然、顺应自然、保护自然的生态文明理念，不断培厚生态文明土壤，爱护生态环境、保护美丽家园已成为更多农民的自觉行动，正在不断汇聚成绿色发展的磅礴力量。

在兰考县乡村走走看看，我从农村、农民身上看到，他们正在树立这样一个观念：环境破坏了，人就失去了赖以生存和发展的基础，必须守住发展和生态两条底线。这不仅符合当今世界潮流，更源自我们中华民族几千年的文化传统。如今，黄土地上处处可见美丽宜居村庄，乡村正在越来越接近"理想家园"的模样。

我只是村中一个过客。时间虽短，兰考县的乡村变化，如同细雨一样无声地滋润着我，让我喜欢上了兰考县新农村建设的真实变化。这种发展变化随之带来的不仅仅是村貌表面的，而是对上百年生产生活方式的转变、改变。也许不曾变，像忘记生长的老树，带着最真实的尘埃和亮光。转眼，一岁将尽，但村里人的变化、村里人的故事还在继续。这些变化宛如和煦的暖风，在中原大地一直吹拂向前。那些从大自然和记忆中的觅获，如一滴草尖上的朝露，照见山水，照见天空，让人瞬间丰富、扩大——因为有光彩，有乡愁。

此时，虽是寒冬，但我愿意一个人坐在村头、树下、老屋门前，与月亮、飞鸟相伴，不动声色地看春节万家喜庆、日月星辰。

我的报刊剪贴本

如今，家家都有了书桌书柜，摆放着成排成排的书籍。这成为一种风尚，书柜成为不可或缺的装饰物，家里没了书，如同全是水泥林立的大地上少了绿色。

在家里，我常常在两个地方停站、凝思、发呆，一个是书柜，一个是紧挨书柜一边码放整齐的报刊剪贴本，齐腰高，有的早已泛黄，有的还墨汁飘香。书柜摆不上它，书柜尺寸也盛纳不下它，便被我堆叠排放在地上。

剪贴本大体分为三种：一种是用各类杂志当底版做的剪贴本，这类剪贴本大多是 20 世纪 80 年代，我当兵时期的剪贴本；一种是用 A4、A6、A8 纸做底版做成的剪贴本，这类剪贴本大多是 20 世纪 90 年代初至今，我当干部后的剪贴本；还有一种，是用大的笔记本做底版做成的剪贴本，这类剪贴本贯穿我做剪贴本的整个过程。

从剪贴本的内容看，大体为四种：第一种为新闻报道剪贴本，这种又细分为消息、工作消息、动态消息、人物消息、人物通讯、工作通讯、人物特写、人物专访、典型报道、工作经验报道等等。新闻剪贴本大多是我当新闻报道员、新闻干事时期的学习剪贴本。第二种为理论学习研究剪贴本，这类在我剪贴本资料中占有很大比例，从党的十三大到党的十九大精神学习，上至中央领导学习讲话，下至基层普通干部学习体会，从专家学者理论研究到实践运用成果，我认为有学习借鉴启发的，当天报纸被我开了"天窗"，这类剪贴本多是我在部队从事理论教育干事，任集团军副处长、处长以及在人武部任政委时期的剪贴本。第三种为言论、杂文剪贴本，从《人民日报》《解放军报》等中央各大报刊社论到地方报刊评论，从社会现象言论到事件公共檄文，等等。第四种为文学杂谈剪贴本，此类内容在我的剪贴本中分量不重，却是我喜欢的短文，尤为极爱的是优秀散文，写景的、写事的、写四季的、写乡村的、写田野的，抒怀的、赞美的、感叹的等，读到喜欢的，我刀下没有留情，报刊开了"天窗"，成为我学习临摹的范文。属于此类型的，还有我摘抄的名言美句十多个厚厚的笔记本，列入剪贴本序列之中。剪贴本，大到整版篇幅，小到几百字短文，都有收集。剪辑的文章资料被我小心翼翼地编号、归类入册。每次剪辑下来的残报纸花，似雪片般铺在脚下。看似一项简单轻省的活儿，实则是一项细致又需要头脑的工作。

剪贴本是我的心头爱，在军营三十余载，数次搬家，甚至转业到地方工作搬家，清理扔掉不少物品家什，丢不去、扔不掉的是我的剪贴本。如同高山，耸立我心中，爱不释手。在家的有限空间内，我给它一个恰到合适的地方，闲暇之时，总喜欢把它拿出来翻翻。

列宁说："书籍是巨大的力量。"莎士比亚说："书籍是全世界的营养品。"西塞罗则告诫世人："没有书籍的房子，就像没有灵魂的躯体。"诗人陆游吟咏："人能不食十二日，惟书安可一日无。"乐在书海淘真知，是喜欢读书人的普遍共识。我除了积累一部分书籍，报刊剪贴本也算是我别具一格的知识宝库了。

我爱书，亦爱我的报刊剪贴本。

我的报刊剪贴本，分类细致，内容突出，写法新颖，有的短小精悍，有的整篇收录，有的通俗易懂，有的思想哲理深奥，篇篇是我认为的优秀佳作范文。在我心中，是学习知识的宝藏，追求精神的高地，使我经常贪婪地翻阅学习。我觉得它不是静止堆放在那里，它以独有的方式吸引着我，它像跳动的音符撩拨着我。我以剪贴本为伴，可充精神之饥；以剪贴本为食粮，可比华服之美。我常想，丰富而完整的人生是不能没有好书相伴的。我积累了报刊剪贴本，多了一种读书学习的乐趣，多了一种学习的方式，保留了我学习临摹的各类优秀范文。

这还不算，更重要的是，通过翻一次剪贴本，能把我带回一次过往的回忆，这个回忆，是美好的、有温度的回忆，活灵活现地呈现在眼前。早已泛黄的第一本剪贴本中，有一篇《长城的砖》的散文，只有短短的六百多字，发表在1982年11月8日《唐山日报》，当时《唐山日报》还是小刊四个版。当天的报纸被我从收发室拿回所在的团卫生队，我先睹为快，看到了《长城的砖》这篇散文，对初学写作的我来说，是值得学习收藏的范文。阅读两遍后，报纸就让我开了"天窗"，粘到剪贴本上。第二天，李育民军医找头一天的《唐山日报》，卫生队总共订了两份《唐山日报》，另一份让一名炊事员拿去包东西了。李军医顿时不悦，说："报纸上登有咱们卫生队为群众治病的新闻，没等我们阅读，都被你们糟践了。你，小路，剪报纸不是第一次，不考虑人家看没看，你就剪掉了。整天见你剪报，也没见你发表过多少文章。"冲着我说完，李军医便跑到高队长办公室告了我一状。

高队长名叫高新春，是河南鲁山人，我从作战连队调到团卫生队就是高队长亲自挑选的。不一会儿，高队长把我叫到他办公室，和蔼地说："你剪贴学习是好事，但你也得等人家看完不看了你再剪呀。你没看到昨天的报纸有报道李军医的稿子？""队长，我没看到，是我考虑不周，我做错了。"我怯怯地低着头回答。"今后注意点。""是。"我向高队长敬了个军礼转身而去。随后，我主动找李军医承认了错误，并了解采访了李军医下山登门为群众治病的事迹，我换一个新闻角度，撰写了《信神信鬼害死人，军医除妖显神威》的新闻稿，不久，发表在《河北日报》《引滦入津报》《战友报》，当我拿着发表的报纸给李军医看，他笑眯眯地夸："小路，可以呀，发稿子了，没有白剪贴。"看完稿子，李军医又说："我到刘大嫂家两次登门治疗，不是三次哟。"说完拍拍我的肩膀，并不是真正的责怪。自然，我心领神会。

这之前，还有一个故事。那是20世纪80年代初，我还是新兵时，部队从天津驻地奔赴河北省迁西县景忠山脚下，准备引滦入津工程。我刚从作战连队调到团卫生队当文书。一天，高新春队长对我说："师里就要组织开展卫生员培训工作了，我给你争取了一个卫生员培训学习指标，时间六个月，你心里有个准备。"我张了张嘴，没说出口。他接着说："咱们卫生队还有几个战士都争着去学习，指标先给你了。"可他并不了解我当时的真实想法是想到政治机关当报道员，我的梦想是当一名记者。

哪儿承想，我心里还没有做好准备，一个星期后，回部队驻地天津参加卫生员培训学习的通知就到了。高队长亲自送我到车旁，嘱托道："好好学习，等你回队。"我没敢看高队长，不想去卫生员培训的想法，作为刚当新兵的我，终究没有说出口。

常言说，爱好是最好的老师。一心想当记者、作家的我，到师卫生培训班学习，心不在焉，多次在上课期间不是读小说，就是写新闻。一次课堂上，老师提问题叫我回答，而我沉迷于小说之中，以至于老师走到身边敲着课桌才觉醒。

这还了得，下课后老师就向培训队刘队长报告，刘队长马上找到我，说："为什么？为什么？是让你来学习卫生专业的，不是让你来读小说的。"刘队长铁青着脸，此时，我不知哪儿来的胆量，也许是心想既然被别人揭穿了，也就不顾忌了吧。"我本来就不想参加卫生员培训。""啊，你说什么？你说什么？"刘队长张大嘴，吃惊地一连问了几遍："不想参加卫生员培训？"我回答完这句话，如释重负，终于说出了内心压抑很久的心里话。刘队长再说了什么，我头蒙着根本没听进去。

结果可想而知，几天后，入学习班不到一个月，我就被退回了卫生队。

后来，听说培训班的刘队长打电话给高队长，一顿发火："老高，你送的什么好兵，不想学习卫生员的兵，你给我送来干吗？啊，干吗？"刘队长操着天津话，他情绪激动时往往会发出一连串的问话。

我被退回卫生队，暂时在卫生队留守处。留守处总共一名军医、两名卫生员，加上我，四个人。队里订阅的《解放军报》《战友报》《天津日报》《河北日报》等报纸，其他几名同志不怎么阅看，每天几乎让我一个人独享。留守两个多月，我整理了三大本剪贴，收获剪贴的同时，我在《战友报》发表了我的处女作《不宜提倡官兵带病工作》的言论，首次发表就有八百多字，且是发表在一版显著位置。不久《解放军报》发表我的新闻短文《某团官兵军体拳，打出虎虎生威》，并且一发不可收。等我再次返回引滦入津工地团卫生队不久，高队长话语中带有遗憾和惋惜地说："随你所愿吧，政治处首长打两次电话征求我的意见，让你去政治处专职搞新闻报道，不过，是借调啊，编制还在队里。"于是，我带着几大本报刊剪贴到政治机关开始了新闻报道工作，这一干就是十二年。其间，中断过两年，但每天读报剪贴报纸的习惯延续至今。

只是随着工作的调整，剪贴的内容有了侧重与变化，从当初单一的新闻报道，到理论教育、领导讲话、学习研究、言论杂谈、小说散文、生活知识、生物常识等等，喜欢的文章，都成为我剪贴的范文。过去的年代，没有互联网，没有大数据，也没有智能手机，痴心学习者，尤其是在机关，剪贴报刊学习资料是普遍现象，甚至成为一种习惯。为此，在剪贴过程中，也会闹出一些笑话和不愉快的事情。在集团军当副处长时，一次处里开民主生活会，在相互批评环节，杨干事给我提意见："路副处长，今后剪报纸时，征求一下别人的意见，别人不看了你再剪贴也不迟，处里就那一份报纸，照顾一下别的同志。当然了，路副处长，剪报纸，也是为了学习，出发点是好的。我们要向你学习这一点。"说完，朝我会心一瞥，让我哭笑不得。这种批评中带有表扬，表扬中又带着批评的情况，在民主生活会中经常出现，但杨干事看似带有玩笑的批评，引起我的警示和震动。从此，我剪贴报刊注意了方式和方法。

习惯剪贴学习，是我人生学习中的一种古老而笨拙的方式。如今，每当我翻阅剪贴本，内心深处都会浮现出满满的回忆，多是幸福的、温馨的、生动的。在部队，不少战友遇到问题需要查找学习资料时，都找我讨要，我成了收藏资料的活字典。可以说，在我的人生行囊中，剪贴本始终伴我左右。

在互联网飞速发展的今天，阅读报刊的群体越来越少，新媒体占据着绝对优势。"手机不停地推送消息，让人如何阅读报纸。""刷"可谓当今人生活中最具存在感的汉字，刷手机、刷平板、刷微信、刷购物、刷直播，"刷"出了时代最生动的速写，也"刷"走了人们的时间和精力，还"刷"减了人间的亲情和信赖。

还有人发出叹息："互联网太好了，好到让人无奈。"一部智能手机把我们的时间分割得七零八落，每天五彩斑斓、鱼目混珠的信息让人无所适从。年老点阅读报刊的人数锐减，年轻的人基本不读报刊，每天的报刊成为机关单位完成任务的"死体"，隔几天积攒成堆收入仓库，很快变成"垃圾"被处理掉。

读书使人明理，阅读使人充盈。胸怀大志者不能没有阅读，成就事业者不能没有阅读，修身养性者不能没有阅读。电脑代替不了人脑，"刷"屏代替不了阅读，只有阅读方能让人心定。正如《大学》所言："知止而后有定，定而后能静，静而后能安，安而后能虑，虑而后能得。"有了这种认识，我剪贴的习惯、阅读的习惯能不坚持下来吗？答案是肯定能。

佳作不厌百回读

——路遥及其作品对人生之影响

读书能使人增长知识，更能升华人的心灵。事有所成，常常是学有所成；学有所成，又往往是读有所得。

1982 年，我第一次阅读路遥的《人生》，是当年刊登在《收获》杂志第三期上，那个时候，我刚读了几页就被这部作品深深地吸引，几乎是一气读完。1988 年他的恢宏力作《平凡的世界》问世后，我第一时间阅读，被这部后来获得茅盾文学奖的作品折服。转眼间四十多年过去了，路遥的作品尤其是《人生》《平凡的世界》，我不算随手择其章节读，光算细致精读就不下三四遍。我早先阅读时，更多的是被作品跌宕起伏的故事吸引，后来是被作者本人及其作品传递的人生真谛影响。

佳作不厌百回读，每读一回都有心得。路遥笔下的世界离我们不远，那带有我熟悉的陕北高原气息的文字让我在内心挣扎中触摸到远方至亲至美的幻境。可以说，每读一遍都余味悠长，思考、收获很多。他的作品具有极强的现实意义和历史意义。

一

文运同国运相牵，文脉同国脉相连。习近平总书记指出，实现中华民族伟大复兴，是一场震古烁今的伟大事业，需要坚韧不拔的伟大精神，也需要振奋人心的伟大作品。路遥在同青年作者座谈时曾说，关于作品的时代感，大凡社会大改革与变化之时期，正是作家大有作为的时候。作为作家，重要的问题是要学会注意今天的变化，并深刻阐明这些变化是从历史各个阶段发展过来的，不能就现代生活而生活，要透过切面看到时间的年轮、看到历史的纵深、看到更深厚的历史的呻吟。历史是客观的、现实的，不应嘲弄，要深沉，报以严肃的态度。无论对近代史，也无论对党史或二万五千里长征的壮举，不要学某些人那样从世俗的观点去看待，不屑一顾。这不对，应该对这个壮举怀有深厚的历史感、光荣感。作为一位作家，路遥正是怀抱对历史和现代社会的强烈责任感，把历史的角度加进作品，从人类的整个发展去考虑，这就使作品有了永恒的生命力。如果作品连善良的品格、为人民牺牲的精神都不要了，那么，这样的作品还有什么价值呢？作品离开高尚的品质，就没有生命力。

作为作家，具有什么样的社会责任感，就有什么样的作品，作品是责任感和情怀的外化与呈现。也许是黄土高原这块土地的自然滋养，从司马迁以来，这块土地的文人似乎很难轻松，不是不会轻松，而是站在这块土地上的自然考量、体悟使然。

借用艾青的一句诗："为什么我眼里常含泪水，因为我对这块土地爱得深沉。"路遥作为从黄土高原走出来的一名著名作家，从《人生》《平凡的世界》以及早期的《惊心动魄的一幕》《在困难的日子里》和《早晨从中午开始》等等作品，已经自觉不自觉地袒露出自己对黄土高原的深爱，以及对社会责任的担当和家国情怀，作品中关于青春许多流光溢彩、飞笺斗韵的诗句，告诉我们青春的价值与人品的高贵。

作家本身的立场和世界观是至关重要的。国内著名文艺理论家胡采说过这样一句话："作家可以写破碎的灵魂，但作家自己的灵魂不能破碎。"

所以，路遥作品中的每一名主人公，虽遭受重重困难与挫折，但在人生之旅跋涉中面对困难，依旧痴心不改。内心虽历尽各种苦难，却将苦难转化为奋发向上的勇气。人在世上，要吃喝拉撒，要七情六欲，要伤病灾痛，活着真的不容易，但要树立正确的"三观"。

正因为如此，路遥作为一个有独立人生观的人，对所看到的一切都并不惊讶，竭力在这个人生的世界寻找与他熟悉的那个世界的不同和相同点。他想念中国，想念黄土高原，想念他生活的那个贫困世界的人们。即使世界上有许多天堂，他也愿意在中国当一名乞丐，哪怕死也要埋葬在生他养他的那块土地。路遥这种家国情怀既是他本人血液中的自然流淌，也在他的作品中处处传递。

依稀记得，早几年，在央视《新闻联播》播出"改革先锋风采"专题《路遥：鼓舞亿万农村青年投身改革开放的优秀作家》，央视主播有一段声情并茂的朗读至今在我耳旁回响："无论有多少困难痛苦，甚至不幸，但是我们永远有理由为我们所生活过的土地和岁月而感到自豪。"路遥离开人世时才四十二岁，走得太早，但他的作品催生了一批又一批人类灵魂的挖掘者和新作家，那一页页文字发出的深邃光芒，悄悄地改变着多少人的心灵和命运，也改变着一个时代。

二

《平凡的世界》从 1975 年开始创作，到 1988 年 5 月历尽艰辛成稿，内容涉及 1975 年到 1985 年 10 月间中国城乡广泛的社会生活，全景式地表现了改革开放时代中国城乡的社会生活和人们思想情感的巨大变迁。这十年是中国社会的大转型期，其间充满了密集的重大历史事件。为写好这部作品，路遥首先进行了"基础工程"：阅读、搜集资料和生活实践。他找来了这十年间的《人民日报》《光明日报》，一种省报、一种地区报和《参考消息》的全部合订本。房间里堆起了一座又一座"山"，逐日逐月逐年地阅读查找重大历史事件。在这之前，路遥还阅读了大量的中外名著。他要用历史和艺术的眼光观察在这种社会大背景下人们的生存与生活态度，他站在历史的高度上，真正体现了巴尔扎克所说的"书记官"的职能。

他不以"中立"的态度对问题事件进行判断，而是以哲学观点分析认识事物的真相本质，充满激情地、真诚地向读者表明自己的人生观和个性，表明自己对于生活所持的态度以及在作品中反映作者生活的态度，向读者传递至为重要、极有价值、最有说服力的东西。他说，生活可以故事化，但历史不能编造，不能有半点似是而非的东西。只有彻底弄清了社会历史背景，才有可能在艺术中准确描绘这些背景下人们的生活形态和精神形态。

习近平总书记指出：文艺创作是艰苦的创造性劳动，来不得半点虚假。那些叫得响、传得开、留得住的文艺精品，都是远离浮躁、不求功利得来的，都是呕心沥血铸就的。古人说"吟安一个字，捻断数茎须""两句三年得，一吟双泪流"。路遥的墓碑上刻着："像牛一样劳动，像土地一样奉献。"这句话是路遥的座右铭，也是他人格和精神的写照。路遥所处的时代，现代派、意识流等文学观念风靡一时，文学形式和技巧求新求变令人目不暇接，但他坚持传统现实主义创作手法。

我们常说生活是文学的源泉。只有深入生活，才能创作既有时代精神又有思想深度和生活温度的作品，才能引起读者的共鸣，从而产生社会影响。

在大量搜集资料和阅读艺术精品的基础上，路遥提着一个装满书籍资料的大箱子开始在生活中奔波，乡村城镇、工矿企业、学校医院、行政事业、集贸市场；国营、集体、个体；上至省委书记，下至普通老百姓，只要能触及的就竭力去触及。为了写好省委书记工作之外的家庭生活，路遥费尽心思，依托各种关系悄悄"潜入"省委书记家里了解勾画省委书记在家里的生活画面，进行了一次"惊险"的"深入生活"活动，"参观"了这个家庭的角角落落，力求贴近本省"第一家庭"真实生活。为了写好煤矿生活，他到一个偏僻的煤矿去开始初稿写作，并在铜川矿务局兼任宣传部副部长，弥补对煤矿生活素材掌握的不足。

著名作家柳青是路遥尊敬和崇拜的老师，路遥在《早晨从中午开始》创作谈中多次提到柳青为创作《创业史》定居农村，蹲点十四年，与农民打成一片，交朋友，深入了解农村生活，笔下才写出那样栩栩如生的人物。路遥创作的严肃性、严谨性以及创作精神都具有柳青早年的影子。因此，无论是《人生》中塑造的高加林、刘巧珍、高明楼、德顺爷，还是《平凡的世界》中的孙少安、孙少平、孙玉亭、田福堂、田福军等等，百十个人物都活灵活现，丰满充盈。

深读路遥的作品，你会得出这样一个结论：作为一名作家，必须把根须深扎到群众中去，文艺才能获得向上生长的不竭力量。作为个人，对待人生态度，要有"如履薄冰，如临深渊"的自觉，要有"治大国如烹小鲜"的态度，丝毫不敢懈怠，丝毫不敢马虎，必须夙夜在公，勤勉工作。

三

巴尔扎克讲："挫折和不幸，是天才的晋身之阶、信徒的洗礼之水、能人的无价之宝、弱者的无底深渊。"无论是《人生》中的高加林、刘巧珍，还是《平凡的世界》中的孙少安、孙少平、田福军，面对人生坎坷磨难和起起伏伏的变化，始终以勇往奋进之心境以赴之、殚精竭虑之付出以成之、流血伤身之意志以从之，始终表现出昂扬向上和催人奋进的乐观精神和不惧困难忘我奋斗的崇高境界。

作为一个普通读者，一个痴迷路遥作品的追逐者，不敢妄议也没这个能力水平评论他的作品，但其作品对我人生的影响是深远的，尤其是不惧困难艰险的攀登精神、生命不息战斗不止的忘我境界、废寝忘食尽职尽责的优良品质，是对我工作事业极大的精神鼓舞，使我终身受益。

路遥在《人生》的开篇引用柳青作品中的至理名言："人生的道路虽然漫长，但紧要处常常只有几步，特别是当人年轻的时候……"路遥说，我们每个人都可能遇到各种各样的困难和挫折，就像那匹老马一样，会遇到需要抖落背上"泥土"的问题。面对困境，是害怕、逃避还是去征服它？实践证明，唯一的、最管用的方法就是以狭路相逢勇者胜的精神，尽快抖落背上的"泥土"，并将其踩在脚下，果敢地将这些"泥土"变成坚实的垫脚石。

路遥28岁的中篇处女作《惊心动魄的一幕》获得全国第一届优秀中篇小说

奖，正是因为不满足，才投入《人生》的写作中。为此，他准备了近两年。两年里，路遥的思想和情感与小说中的人物情感同频共振，等到他穿越各种障碍提笔之时，他的精神真正达到了忘乎所以。

他创作《平凡的世界》第二部，是至关重要的一部。这时，他的体力和精神都严重透支，但他不敢停下创作的脚步和激情。有时候累得连头也抬不起来，抽烟太多，胸脯隐隐作痛，眼睛发炎一直不好，痛苦不堪。他使出浑身力量，力图挤出最后一滴血汗坚持下去。

而作品中的高加林、孙少平、孙少安等人物，面对人生奋斗路上的各种挫折困难，始终以超强的坚韧不拔的毅力向人生高峰攀登。

路遥及其作品都在告诉人们一个真理：人是有惰性的动物，一旦过多地沉湎于温柔之乡，就会削弱重新投入风景的勇气和力量。要从眼前的一点成绩所造成的暖融融的气氛中尽早再一次踏进冰天雪地去进行一次看不见前途的远征，耳边就不会响起退堂的鼓声。

其实，人的一生往往是一个经受磨难并慢慢成长的过程。磨难和坎坷，常常使生命更加熠熠生辉。奋斗的青春最美丽、最幸福。奋斗路上，天空不只有蔚蓝，云朵不只有白色，草木不只有碧绿，花儿也不会永远绽开。换一种眼光看待坎坷与痛苦，也许就能找到战胜困难的勇气与力量。

路遥的生命如此短暂，像流星一样划过夜空，把灿烂的光芒洒在浩瀚的宇宙空间，他留下的文学瑰宝激励了这个平凡世界上许许多多的人，也包括我。

伟大事业呼唤伟大精神，伟大梦想需要伟大力量。在新的长征路上，每一个革命者坚守初心敢担当，就要敢于面对困难挑战，以"让我来"的决心、"我先上"的勇气、"看我的"的魄力、啃"硬骨头"的豪气、接"烫山芋"的霸气，去克服战胜一个个困难，攀登上事业的一个个高峰。

向经典致敬，与时代同行。

感谢路遥及其作品影响了我的人生，因为奋斗者的心灵永远是相通的。

读薛君与他的《知行集》

露从今夜起，转眼即是秋。

春华秋实。在这个充满希望的季节，我收获了一份意外的、饱满的、沉甸甸的果实——我的老部队二十集团军政委薛君少将送我一本他的作品《知行集》。我读来如久旱遇甘露般解渴，越读越有读后不抒发不尽兴之感！

字里秋味浓呀！

得到《知行集》当晚，我读至深更。我曾想，在这个网络信息化的年代，好久没有沉下心思读纸质书了，也没有读到一本一下子能吸引住我的书，早年那种"稻花香里说丰年"的勇气与执拗少了许多。

读了《知行集》，我才知道薛君不光是部队一名研究军队发展强军梦和军事战略战术的高级将领，还是一名胸怀全局、放眼全球，对中国改革到了深水区战略问题有深层次研究和思考的理论学者。他对经济社会发展具有深刻洞察和研究，实属令人意外和敬佩。书中"北京大学篇"中，他专门探讨中国政府改革这个重大问题，提出了借鉴国外经验的科学方法论原则。他说，虽然美国出版的《政府改革手册：战略与工具》为我们提供了一个很好的导向，但不能指望从中找到直接拿来就能用的"灵丹妙药"，主要是汲取其中具有普适性的运行规律和价值观念。这种思考基于对马列主义理论与中国实际相结合的实践运用。在《公共行政与社会行政文化》一文中，作者认为，围绕社会行政文化与公共行政相互制约、相互影响，公共行政要发挥应有的作用、树立良好的形象，必须与一定的社会行政文化相适应。作者认为，目前我国公共行政方面的关键问题，不是体现在数量方面的"管理不足"，而是在质量上管理不当，特别是社会文化上的适应性较差。面对传统行政文化对改善公共行政的复杂影响，应该理性认识传统行政文化对于公共行政的负面效应，着眼建设社会主义和谐社会，寻求行政文化与公共行政的良性互动，并概括为公益至上、公平正义、和谐信任等几个方面，为积极构建新型的社会行政文化提供理论探讨。又如，作者在《我国行政区划体制改革初探》一文中，剖析我国行政区划体制存在的主要问题，用大量数字分析对比其他国家行政区划管理。对比分析中发现，我国目前的行政区划与我国市场经济的发展需求、运行方式愈来愈不适应，并对我国社会转型的正常演变构成了愈来愈明显的制约作用，从而提出了我国行政区划改革的总体思路和宏观设想，即实施省管市县、乡镇自治和建立都市共同体方案。尤其关于解决"三农"这一重大问题，作者在文中既对"三农"问题的形成进行了深层次原因的分析，又对解决"三农"问题提出了可实践的思路，梳理出促进农民充分就业、增加农民收入的理论依据和措施，这不是泛泛而论。

在《知行集》前两部分，"北京大学篇""中央党校篇"共收录了24篇文章，或理论研讨，或体会启示，或案例解读，刻印着作者在国内两所顶尖高等学府学习深造的丰硕果实，显示出作者对当今中国改革发展深层次问题的关注、研究和独到见解。作者在再版说明中讲："结集出版集子，使我始料不及的是，这本书面世之后，受到广泛关注和好评，询问或索要者众多，加印一次后仍供不应求。"这说明了什么？说明书有所值，不但部队读者好评如潮，还深受地方广大读者的喜爱。

薛君作为军人、部队高级将领，研究探索军队改革发展，实践伟大的中国强军梦是他使命所系、职责所需。为此，在《知行集》"国防大学篇""部队实践篇"两部分，共收录39篇军事理论和部队工作实践论文，这是本书浓墨重彩的亮点。既有对如何理解强军目标引领改革和重大军事理论的学习研究，又有对军事战略战术的研究；既有对部队党委在非战争军事行动中如何发挥领导核心作用的研究，又有对依法治军、按照法规制度指导和开展工作的思考；既有对大力培育当代革命军人社会主义核心价值观重大课题的探讨，又有对先进军事文化建设问题的解读，还有更多的是作者对军事工作实践的心得……可谓篇篇立意甚高、思想深邃，使人受益。第一，读后感受到作者对军队建设重大战略问题有着深入系统的研究，比如《试论美国对我国安全构成的威胁及应采取的战略对策》《关于对"遏制军事危机"的理解和认识》等，都较为系统地阐述了一些重大军事理论，分析了国内外政治局势和外交环境对维护国家安全稳定和国家战略利益的重要意义。第二，读后感受到作者不愧是一名军队中具有丰富经验的思想政治工作领导者，对部队党委如何统领部队军事工作、如何培育部队战斗精神、如何加强部队思想政治工作、如何提高部队管理科学文化水平等方面，篇篇都观点鲜明、见解独到、引人深思。文章既体现出作者对思想政治工作系统的研究和把握，也说明作者在思想政治上的极度成熟、高度敏锐以及强烈的忧患意识和使命担当。第三，读后感受到这本书是作者长期在部队一线抓工作的实践结晶。"部队实践篇"，处处体现出作者从工作谋划到全程主抓的深切体会，是拿来都能用的经验文章。《下大力加强和改进思想作风建设》一文提出了"四个下功夫"，对改进思想作风的根本内容、坚持的核心原则、发挥法规制度的约束、抓上带下的引领示范等进行深入阐述，有理论依据，有做法措施。《以正规化保障革命化现代化》一文，重点探讨了"军队革命化、现代化、正规化是统一的整体，必须全面协调、扎实推进"，并强调"正规化是军队建设的重要基础和保证"。这是对我军建军理念和治军方式的丰富和发展，是科学发展观在军队建设中的具体体现。文章最后对加强正规化建设开出了"药方"，就是重在全面落实、贵在长期坚持、严在领导带头、成在扎实防范。这些思路办法，反映了作者对治军特点、规律的准确把握。

　　古人把书说成"浩如烟海"。书的世界却是真正的"天涯若比邻"。这话绝不是违心的比拟，世界再大也没有阻隔。不久前，我有幸走进薛君的办公室，映入眼帘的是办公桌四周堆放如山的书籍和各类资料剪贴，让人目不暇接、由衷叹服。

　　我不由得赞叹道：薛君喜书好读、勤学苦思，真乃"书痴"、才子儒将，果然名不虚传也。

一位名人说过，每一本书都别有天地、别有日月星辰，只要翻开一页书，就会走入真境、学到真谛。望着眼前薛君办公室的书海，我想，《知行集》问世与那书那海有着必然联系。书籍，是他心中的圣殿；学校，是他神往的天堂。读书学习，早已成为他生活的一部分。在《知行集》中，我不但学到了知识、增长了本领，还读懂了书里的薛君，工作、生活中的薛君。

薛君在军营生活忙碌、紧张的情况下，能长期坚持挤时间读书学习、笔耕不辍，充分反映出他高尚的人生追求和正确的价值取向，其学习精神令人佩服。

书，该放何处

庚子新春，突如其来的新冠疫情在中国大地蔓延。疫情防控期间除了看看电视、玩玩微信，静心思之，阅读是最好的消遣手段。"书中自有黄金屋""腹有诗书气自华"，在书的海洋行驶，在书的阶梯上攀登，打一场阅读思考学习攻坚战，难得有这样宝贵的时间。

我不是学者，没到痴读入迷的地步，但偏爱购买书籍，家中存有多少书自己也数不清，几次搬家，早先购买的一组书柜早已摆不下，又购买一组还是放不下，不久前，再买一组书柜，把有限的房间挤得满满的。此外，还有纸箱里、床头柜、茶几上等零散的书，这些书虽然没落满灰尘，但很多书很久甚至多年没有翻开阅读，也曾为书多无处摆放又舍不得丢弃而苦恼。

书是用来阅读的，只有阅读才能获得知识和智慧。让书沉睡于书架，把书当成一种装饰摆件，是装文化人，把书压入箱底是一种浪费和对书的亵渎。

阅读书，把书中内容知识装入脑海，是书的价值和归宿。毛泽东一生酷爱读书，终生与书籍为伴。可以说，凡是他生活、工作和战斗过的地方，都有他阅读学习的生动故事。在战争年代，他随身带着可以装"文房四宝"的土布袋，每到一处总是先摆好笔墨纸砚，以便随时阅读学习和写作。读书不需要讲究条件和环境。一本书，一块石头，一个方凳，一片草地，随时可以阅读、可以思考。

阅读需要坚持，要有恒心。在校园读书学习是学生的天职，走出校门读书是人的一种追求、一种胸怀。甭管多大岁数，认字就要养成阅读的习惯，可以说活到老阅读到老。坚持阅读需要刻苦精神。"孟母三迁"的故事千古传颂，"凿壁偷光""萤入疏囊""悬梁刺股"的勤学范例妇孺皆知，圣贤们劝学的名言警句字字珠玑，振聋发聩。在这个日新月异的信息社会，阅读这种近乎"复古"的慢节奏生活能绵延至今，除了依靠其经久不衰的魅力，更得益于数以万计全社会崇尚阅读者的坚持守望。

阅读需要静心，耐住寂寞。资料显示，近几年，"双十一"有一组数据让人没想到，图书销售额年均增长86%，有一年，30分钟破亿元，21岁至30岁的年轻人成购书主力。当今大学校园内，阅读《毛泽东选集》的年轻人越来越多。这些数字和现象令人意外。在这样一个生活节奏极快、人心浮躁的时代，不少人忧心国民平均阅读量下降，产生了读屏与读纸孰优孰劣的介质之争。但从事实来看，无论是孩童还是老人，无论是凿壁借光的清苦还是坐榻品读的享受，阅读从来都是人们生活的刚需，无关时代，无关媒介。阅读人群居高不下的背后，蕴含着对返璞归真的崇尚和向往，检验着现代文明必备的环保理念，喧嚣社会背后静心阅读者大有人在。见惯了浮华、浮夸、浮躁、诱惑，听厌了矫作、吵闹、争吵，各种噪声令人目眩、令人耳聋、令人口浊。书中没有声、光、电，没有喧嚣刺激，你翻开它、目视它，白纸黑字，静静谧谧，令人凝神冥想，使人眉舒色畅。不是吗？孔子在困厄中著述《春秋》，屈原被放逐写出《离骚》，司马迁遭受宫刑完成《史记》……从古至今，不乏勤耕静读的学者，他们的传世巨作，都是在困境中静心思变、勤奋读书、立志著书完成的。阅读需要静，需要远离奢华，远离功名。在一个缤纷绚丽的世界，静心阅读实在不易，就是要在不易中，当好自己灵魂的舵手，守得住孤独清心，把阅读当成灵魂行走的一种方式，永久地读下去。

阅读需要胸怀、境界，不为名利。睁开眼睛阅读，挺起脊梁立行。从老一辈无产阶级革命家身上可以看出，阅读既集中体现了古老民族勤奋好学的传统美德，也充分表现出当代共产党人为振兴中华而求知进取的远大志向。他们有一个共同特点，一生酷爱阅读，无论在最艰难或最辉煌的时候，还是在生命垂危的最后时刻，都能一以贯之地坚持阅读思考，真正把渴求知识、探索真理融入生命之中。正因为如此，才有了"先天下之忧而忧，后天下之乐而乐"的胸怀，由内而外透出一种高雅气质，正是多读书养志气的表现。往往是阅读人在国家危亡时力挽狂澜，在民族振兴中大显身手，在真理的探求上矢志不渝。即便是普通人，好阅读，善阅读，勤阅读，也能走出狭隘天地，驶向无限广阔的生活海洋，变成"一个高尚的人，一个纯粹的人，一个有道德的人，一个脱离了低级趣味的人，一个有益于人民的人"。

经常会有人问我喜欢读什么书，我觉得不好回答，实事求是讲，每个人不可能一生只喜欢一本好书，不同的年龄阶段喜欢不同的书，不同的专业选择喜欢不同的书。年轻时中意的女郎，待到年老，肯定会面貌大变，感觉亦变。人与书有相通之处。孰谓闲书？孰谓正书？孰谓忙书？在我看来，真正喜欢读书之人，眼中是没有正书、闲书之分的，凡进入吾眼之中，若能存乎一心，便是好书、妙书、真书、有用之书，余者如过眼烟云，反倒真是"闲书"。

读书需要有动力。靠什么催生动力？靠成才必须读书是千古不变的真理，靠成就伟业必须读书是实践反复证明的伟大真理。海伦·凯勒说："一本好书像一艘船，带领我们从狭隘的地方，驶向无限广阔的生活海洋。"在实现中华民族伟大复兴的航程上，我们需要读书，只要我们善于从人类创造的一切先进义成果中汲取智慧和营养，努力站在巨人的肩膀上学习、思考和创造，就会产生读书的无穷动力。伟大发展变革的时代，没有博学的知识，是完不成时代赋予的使命的。

无论时代如何变迁、信息网络如何发达、社会如何多姿多彩、生活节奏如何疾驰，都不要停下阅读。不要让书柜上的书落满尘灰，要经常打开阅读；不要让箱底里的书沉睡，要经常拿出来阅读；不要让案头的书堆积僵固，要经常翻开阅读。电脑代替不了人脑，"刷屏"代替不了纸质媒介，智慧和灵感来自书香墨纸。近日，网上有一段视频疯转，说：人没钱怎么办？那就读书，因为"书中自有黄金屋"。人的气质不好怎么办？那就读书，因为"腹有诗书气自华"。人长得矮怎么办？那就读书，因为"万般皆下品，唯有读书高"。人没对象怎么办？那就读书，因为"书中自有颜如玉"。人"内卷"怎么办？那就读书，因为"读书破万卷，下笔如有神"。可见，任何困难和问题，都能从读书中找到解决问题的灵丹妙方。

不要让书成为一种虚雅的装饰门面，让书的作用价值回归。阅读，可以沉溺于精神振作带来的享受，感受情感的各种形态和色调，从中获得感动、抚慰与启发。通过真正读书，从精神上来包装自己，从知识上来包装自己，从才能上包装自己，从实践上包装自己。要想自己的人生不同凡响，就请选择阅读，阅读会使生命阳光灿烂，阅读会让人们前进道路上风景如画，阅读会让自己的梦想和伟大的中国梦早日实现。

幸福是什么

一次朋友聚会时，一位朋友对我说："前天在报纸上又看到了你写的文章，在当今人们脚步匆匆、物欲横流、心浮气躁的社会，你还能坐得住、思得进、写得下，苦不苦？累不累？"我回答："勤思考，练练笔，不是我的痛苦，而是我的幸福！"在回家的路上，我一直在想什么是幸福。由此，我思考了很久。

幸福，是读懂人生的一种恬静生活。换而言之，也就是正确的幸福观。电视连续剧《老大的幸福》中的傅老大为什么感到自己幸福？因为他总是"快乐着别人的快乐，幸福着别人的幸福"。人的一生，幸福与痛苦从来都是如影随形的。痛苦是行动过程中的艰辛，而幸福则是行动过程后的感觉，是一种更深刻、更持久的情感。不可否认，拥有丰厚物质，会带来一些幸福。但认定快乐而无痛苦的生活就是幸福的人，实际上减少了他们获得真正幸福的机会，那些令人幸福的事情常常也包含着痛苦。得未必是好事，失未必是坏事，随遇而安，随缘而行。追求幸福，需要树立正确的幸福观，选好参照系；需要有心静如水、处之泰然的心态；需要有个健康向上、富有情趣、纯洁净化的灵魂。

幸福，是知足常乐者挚爱生活的体现，幸福是人们对人生的一种体验，是对生命的一种挚爱，是对心事的一种咀嚼，是工作取得成绩后的一抹微笑，也是回家后爱人送来的一个甜吻、一句"辛苦了"的问候，关键是我们真正感受到没有、发现没有。其实，幸福就在每个人身边，只是因人因地因时而异。豫剧《幸福是什么》中这样唱道：糊涂又明白，明白又糊涂，幸福不是你房子有多大，而是那房里的笑声有多甜；幸福也不是你开多豪华的车，而是你每次外出都能平安回到家；幸福不是你看人家多漂亮，而是你爱人的笑容多灿烂；幸福不是你有好多钱，而是你久病时能有人心疼地坐在你床边；幸福不是你成功时喝彩多么热烈，而是失意的时候有个声音会对你说，朋友别倒下……老话常说："饱汉不知饿汉饥。"饥饿时，无须大鱼大肉，有一张饼也是幸福。还有一句老话："别人骑马我骑驴，后边还有挑担的。"长途跋涉苦不堪言时，不必言小车飞机，有一匹马骑也是幸福。有的人有着一个关心自己的妻子和温馨的家庭却不知足，可在光棍汉眼里，有个家就是幸福；有的人有着一份好工作却还见异思迁，可在失业者眼里，只要有一份可干的工作就是幸福。法国作家罗曼·罗兰说过："人人都谈幸福，但理解幸福的人少而又少。"是的，不少人置身于幸福之中而浑然不觉。其实，幸福的真正含义就是"适可""满足"。事实上，每个人身边都有幸福，关键是要学会发现它、享受它、开采它。因此，人必须敞开胸怀，用心中的爱照亮仍在黑暗中彷徨失落的心。只要心中有爱，哪怕是在寒冬腊月，生活的每一天都可如沐春风。

幸福，是摆脱"物累"的一种洒脱生活。何谓"物累"？追求金钱是物累，博取官职是物累，奢望豪宅是物累，贪求美色是物累，追逐名利也是物累。说它们是物累，也许有些人不会认同，会说："这些都是好东西呀！"殊不知，正因为是好东西，许多人孜孜以求，甚至不择手段地去勒索，只恨不多，待到多时，已经掉到万劫不复的深渊中去了。培根说得好："将财富比作德行的累赘再恰当不过了。"实际上，过多的财富毫无意义，那财富便是多余，是物累。所以，生活上的追求，只求适当即可，不可过高追求。适当即幸福，过了就是包袱。要学会放下。对于功名富贵放不下，生命就会在功名富贵里沉沦；对于悲欢离合放不下，就会在悲欢离合里痛苦挣扎；对于金钱、名利、人情放不下，就会在金钱、名利、人情里打滚；甚至有人对是非放不下、对得失放不下、对善恶放不下，就会在是非、善恶、得失里面不得安宁。一个人，既无"半夜敲门"之惊，也无"东窗事发"之忧，活得坦荡泰然，睡得香甜安稳，既利于他人，又利于自己身心安康，这难道不是幸福？"心底无私天地宽。"跳出个人名利得失的旋涡，活得轻松，过得自在，这难道不是幸福吗？

答案自不待言。

老实人永远不过时

　　老实，是一个高尚的褒义词。说老实话，办老实事，做老实人，一向被视为中华民族的传统美德，是做人的最高境界。然而，现代社会，经常听到的是对老实人的议论，说某某人，好是好，就是有点太老实，语气中既有惋惜，也有轻视。言外之意，老实是一种缺点。相反，一些人甚至对善于投机取巧、玩弄伎俩、投机钻营、溜须拍马者流露出赞美和信任之情。对这种非正常价值观的判断，不敢苟同者，怕是大有人在。

　　所谓老实人，应当既不圆滑，也不世故，不张扬，更不势利；始终表里如一、言行一致；既实实在在地做人，又兢兢业业地干事；不蓄意冒犯他人尊严，更不伺机侵害他人利益。毫无疑问，这种老实既是中华传统美德的体现，也是推动社会发展必需的价值所在，是社会大众所倡导的、认同的精神品质。无论时代再变革、再发展，我党历来提倡做老实人、说老实话、办老实事的要求没有变，重视使用老实人的标准条件没有变。焦裕禄同志，身患重病，仍坚持工作，他若躺倒休息，谁能说"不"？孔繁森家有妻儿老小，几次进藏工作，他若要找个理由完全可以不去，但他们老实，只知道党员领导干部应该怎么做、不应该怎么做。他们不会圆滑，不会撒谎，但党和人民给予了他们崇高的荣誉，让他们虽死犹生。我们党历来都对那些长期在条件艰苦、工作困难的地方工作的干部格外关注，对那些不图虚名、踏实肯干的干部格外留意，不亏待那些埋头苦干、注重长远发展打基础的干部。

老实人是吃亏还是吃香，与整个社会价值取向有着很大的关系。过去人们结交朋友，选择的是老实人；办理事情，相信的是老实人；选人用人，看重的是老实人。现在，尽管时代和环境变了，人们的思想观念和价值取向更加多样化，但老实依然是为人处世的基本准则。否则，一味地缺乏诚信、尔虞我诈，社会秩序就会陷入混乱。当今社会，一些所谓精明"吃拿卡要"之徒，自以为沾了光、得了便宜，便得意忘形，还恬不知耻地称老实人是傻瓜。其实这是一种自私的小聪明。有一位西方评论家说得好："只知自爱却不知爱人者，终究将遭受不幸。"因为他们时时刻刻都在谋算自己的利益，为了自己而牺牲别人，到头来命运之神会使他们成为命运的祭品。相反，老实人就不会吃这样的亏。老子曾说："既以为人，己愈有；既以与人，己愈多。"充分说明人的付出与所得具有统一性，老实人得到的信任、尊重与爱戴是无法用金钱衡量的。老实人吃亏是一时一事，受用的却是一辈子。所以，社会应大力提倡崇尚老实人的良好风气，让老实人受肯定、受尊敬、得实惠，让老实人能干事、干成事，让老实人少吃亏、不吃亏。

太行山的另一面

太行山麓的鹤壁市，我曾多次光顾，其面积虽然不大，但是被绿意包裹得得体而又温度，干净整洁，既有小家碧玉般的美丽，又不失北方都市的风华。

深秋，我们战友几家从开封上连霍高速西行，上京港澳高速至鹤壁下高速，夜幕降临。按导航指示穿越市区不远即进入郊区，我感觉在向鹤壁市东北方向行驶。行驶没多远，便驶入一段丘陵地带，没有路灯，旷野大地一片漆黑。车轮飞驰的摩擦声和坐在车内没有一点颠簸感，我体验到行驶的是一条平坦柏油大道。

穿越过黑暗，有了星星点点的光亮。"快到了。马上到了。"同车的国强哥说，"其实离市区只有十多公里，这条大道是专为将军泉民宿村修建的。"

风景这边独好。又往前走了一公里左右，前方豁然敞亮，五颜六色的亮化工程把将军泉民宿村包裹着，在璀璨灯光的映衬下，宛若一幅立体的画卷，犹如徜徉在明清时期的集市。既有乡野田园风光，也有都市夜晚的浪漫，民宿村在黑暗里显示着独特的魅力。宁静的红灯笼、灯光下，游客穿行其间。

走过青石广场，穿行小桥流水。在民宿村主楼前，与早已等候的主人握手寒暄后乘电梯至二楼餐厅。入座后，随着国强哥的介绍，我才知道，为迎接我们的到来，杨振齐老总、黄海云董事长下午专门从成都风尘仆仆回来。

席间，杨振齐话不多，身体正在康复中。我仔细打量他，他中等身材，显得清瘦疲惫。他说："握紧一次手，终生是朋友；酒杯一端，终生难忘怀。"道出他为人的豪气和秉性。从他的只言片语中，能窥探出他奋斗人生的光辉历程。

与杨振齐不同的是，黄海云谈起他们兴建打造民宿村的诸多感慨。"天下没有远方，人间都是故乡。""天下没有远方，有爱就是天堂。"我似乎读懂了她的"使命如炬，重托在肩，开弓没有回头箭"，似乎看到了他们在穷乡僻壤、荒山野岭小山村艰辛跋涉的日日夜夜。

席间，黄海云说，民宿村是由遗存的青砖灰瓦民房改建成民国时期的四合院，既要外墙修古复古，也要屋内设施赶新潮，让客人享受五星级酒店的待遇和服务。"那不就是'外在古典，内在时尚'的建筑风格吗？"我问。她立即兴奋起来："你概括得准确，我们的民宿建筑就是朝着这个方向努力。"

酒至微醺，我们几家分别被安排在静宜轩、星如雨两个四合院，我所居住的四合院堂屋坐西朝东，上下两层，木制地板，我和妻子住二楼东北式的大地铺，西墙上有一个拱形的小通风百叶窗，风从这边通风窗进来，再从那边的通风窗出去，风来风去，能吹走屋内的湿气，能防止屋脊上的木头腐烂变质。

山是沉默的。不时有风掀动风竹、树叶、乔木、灌木铃的脆响，伴着野菊花的芳香，牵引着我的思绪回到遥远的童年。

我枕着这些声响和芳香迷迷糊糊地进入睡梦中，直到墙壁上斜框状的阳光已移到墙角。

我看了看睡梦中的妻子，一个人起床下楼走到室外，昨晚没有看清楚的院子，在晨曦中如古老的厚重的油画呈现在眼前。圆石桌和条石凳在四合院中央，桌面上的露水珠冒着水泡，白天游客围坐小圆桌前，沏上一壶茶，沐浴着阳光，乡愁会随之浓厚起来。南屋墙沿边三棵柿子树有不同的造型，树梢上几个柿子在没有叶子的衬托下分外耀眼，几只麻雀跳跃着啄食熟透的柿子。两厢房屋墙檐下是滴水槽沟，客家楼设计般的院落，科学、防涝、安全。

我走出居住的四合院，来到大门前回头眺望，木质结构，雕梁黛瓦，既别具一格又不失风采。"青砖古瓦升炊烟，石屋小院归宁静""诗人笔下抒远方，游子心中怀故乡"，条幅在门的两侧，字里行间饱含着民宿基地景点的文化内核。

我折回拾级而上，漫步青砖黛瓦间，两侧分布着大大小小的四合院落。有的供游客住宿，有的被改造成乡下民俗体验馆，传统农耕时期的各种农具、家具被匠工们点缀出山村历史记忆，别具一格，让人流连忘返。

爬上一个山坡，民宿村在慢慢散去的晨雾中露出清晰轮廓，一个个四合院的房顶，就像一艘艘倒扣的船般错落有致。它的东面是山坡，紧连山坡的是新建的一条双向四车道的曲折大路，西面是绵延起伏的山峦，南面是沟沟洼洼的田地，田地种着应季蔬菜，北面依靠着山峦。早起的鸟儿在山林中不断跳跃鸣唱，不时有鸡鸣、犬吠、蜜蜂的哼唱。

我跨过一条柏油路，向东南山坡顺羊肠小道走去，两侧乔木灌木依次向山顶排列开来，山势从眼前或缓慢或陡峭耸立起来，晴空下，巍峨险峰和山峰重峦叠嶂，高低起伏的山脊线，潇洒奔放的线条，蜿蜒着山与天空的界线。

我在一块平展的山坡上停留片刻，呼吸大山清晨散发出湿润的养分。秋日里，各种植物仍是苍苍翠翠，绿荫遮天蔽日。山林中静极了，静得似乎只能听见自己的呼吸声和脚踩落叶"沙沙"的声音。我正在静静享受大自然美丽的馈赠，"汪、汪、汪"几声犬吠突然传来，使我立马收住了心思，转身向后返回。

来到民宿接待主楼广场，映入眼帘的是一个一人多高的现代化的羊肉烧烤箱，以烧烤本地小黑山羊为主食材，让客人享受着舌尖上的美味。我没走近欣赏烧烤箱的别致，便向主楼前小游园迈进，一条江南水乡式的走廊，拱顶部粘贴着烧制的瓷瓦，庄重别致。走在鹅卵石铺成的小道上，我眼前一亮：相濡以沫、不离不弃、下雨有伞、天黑有灯、十步白头、九步相守、八步相随、七步相伴等成语典故，足有近百个，构成独特的文化产业园。仔细再看，民宿村采用了大量的竹、木质的建筑景观，取材于山林，归于山林，给游客以温润感，文雅从容。

一个城市的历史遗迹、文化古迹、人文底蕴，是城市生命的一部分。杨振齐、黄海云利用农民旧屋打造出来的民宿村，成为动、静分区明确，疏密有致，自然有趣的集休闲度假、素质拓展、中医康养、民俗体验和农耕研学等为一体的旅游度假、康养基地，成为新的消费高地，是如何找到正确的业态定位的？

"安居""乐业"又是如何平衡的？人们发现，在梧桐树下，将发展、治理、生活有机融合，借助优质的历史文化资源，推动"文商旅居吃"融合发展，不但可以变身为兼具烟火气息与时尚氛围的沉浸式文旅休闲景区，更可以成为深山商业崛起的代表，与大自然紧紧相拥，为山区农村融入新时代、焕发新活力探索新路径。

　　我以游客身份欣赏享受美景的同时，也在思考两位创业者新的经营管理理念，而更多的是为他们创业执着、坚忍、担当，不被艰辛困难吓倒的宏伟大志所敬佩。山能叫水低头，人能叫山低头。太行山自古有愚公移山的神话传说，不远处有传遍中外的红旗渠精神，这种精神滋养着太行山人。杨振齐、黄海云等人将对家乡的情怀根植于太行山，拓荒创造的事业精神将穿越时空而历久弥新，矗立一座新的精神坐标，让愚公移山和红旗渠精神在新时代里发扬光大。

变与不变

——读《金伯利岩：董留生的钻石人生》

金伯利钻石是当今响当当的世界钻石名牌。

早闻有文学大家即将金伯利钻石这一民营企业发展史进行文学创作。我期待已久。

2024 年 7 月初的一天，金伯利创始人董留生的儿子——现任金伯利总裁的董博在开封与我见面。席间我问起金伯利钻石发展纪实一书的创作情况。"两个月前已经出版发行了。"董博总裁告诉我。隔日，董博总裁从上海快递给我两本《金伯利岩：董留生的钻石人生》。

我在第一时间几乎一口气读完了《金伯利岩：董留生的钻石人生》这本记叙董留生创建金伯利钻石的精彩人生的书。之后，我又用了一周多时间仔细地阅读了这本书。

书籍是灵魂的工程师。当我再次细读这本书时，有了更深的心灵感悟和更多思考。

董留生与我是老乡，也是亲戚关系。他凉马董村与我东郎村仅隔四里多地。村庄均在西岗沙土地上。他年长我十多岁，我叫他大哥。早年知道他童年、少年生活过得很苦，也很凄凉。在部队服役 18 年回乡创业，也很艰难、很不容易，走过了极其艰难的创业人生。如今已是七十古来稀的他，以一名优秀企业家扬名国内外，在钻石界占有一席之地。

书籍全面翔实地记叙了董留生于 1984 年退伍回到家乡尉氏县，按国家政策，部队干部转业是由地方安排工作的。作为部队营职军官的他却放弃了国家安排的工作，开始他养奶牛的第一次创业。书中写道："那时候还不太流行喝牛奶，当时的牛奶是什么东西，小地方上的人也不太清楚，干了几年后，由于当时农村还不流行喝牛奶，最后销路也不好。"第一次创业夭折了。

他借钱、贷款养鸡，上午去县里作致富养鸡劳模报告，下年回来后，他变成了"光杆鸡司令"。鸡瘟来了，一场灭顶之灾访问了董留生的养鸡场，他的鸡一下子全部死光了。

董留生在获得了人生的第一次、第二次商业教训的同时，也开启了他人生创业的第三次、第四次、第五次乃至更多次的"折腾"。

董留生的"折腾"给了我很大的启示：

——在"折腾"中培育了奋斗的勇气。做人，要有勇气，才能在人世间的逆境挫折中，愈挫愈勇。军人作战，要有能打胜仗的必备勇气；学子读书，不但要有寒窗十载的勇气，而且要怀抱将来救世救人的志气。这个世界，是属于有勇气的人的。商人万里行商，探险家征服高山海洋，都要靠勇气。当商人的董留生，每一次生意遭受挫折后，都选择不气馁，很快开始新的"折腾"，树立新的目标。没有勇气，没有吃大苦、受大难的思想准备，是很难从挫折中再次出发去开辟新的战场的。

——在伟大时代中赋予了搏击的勇气。从部队转业的董留生，正处在中国改革开放的初期。祖国大地，各行各业春潮涌动，给有志气、有能力施展才华的人提供了广阔舞台。十八罗汉在中华大地可以尽情地展示武艺、才华，闹得春雷震天响。董留生不甘平庸，抓住了大好的发展机会，以有勇有谋的锐气，在时代发展大朝中不断寻求自我突破，淬炼自我，淬炼出自己的精彩人生。

——在自我调适中树立了应变的勇气。人生道路上，当你走投无路，既将碰壁的时候，需要转弯，观念一转，可能就会"柳暗花明又一村"。董留生自幼命运多舛，人生前进道路中遇到的每一个坎、每一次失败，都没有击败他，他不断进行自我调适，放弃悲伤和报怨，坚定信心，抚平心情再出发。有的人不会自我调适，遇到一点困难，就觉得到处行不通，被境界束缚得紧紧的，每天坐困愁城，不能解脱，最终一事无成。任何事情，只要懂得转弯，自我调适，没有不能改变的人生。

——在经营中树立了诚信的勇气。初次与董留生见面的人，几乎都会说上一句："一看他就是憨厚本分之人。"他确实是这样面善。他不仅面善，而且将憨厚本分实践到他的钻石经营上，这是需要勇气的。早在1996年钻石行业开始价格战时，他就在业内首倡"六保"（保真、保质、保价、保换、保修、保洗）服务，建立了中国钻石珠宝领域的新服务标准，并且每一个保都有详细的标准。"六保"内容尽管在现在看来是稀松平常之物，但在当时，这项服务开创了中国宝石营销的先河。1999年1月，在"中国质量万里行，质量大家行"活动中，金伯利钻石被评选为先进单位。董留生由当初入住上海那只钻石"菜鸟"，一跃变成了"鹰隼"。

董留生在几十年的创业中，很好地把握住了变与不变的规律。

变的，是他不断地尝试新的经商门类，创新产品的设计研发，不断适应形势的发展，适应市场需求，适应群体观赏的需要。在艰难抉择中不断寻找适合自己发展的新领域和新产品。书中第六章"征途"的引语中写道："钻石是女人最好的朋友。"很多年来，金伯利钻石一直在寻找自己的发展路径，虽然取得成功已经证明了自己，但是时代在变，探索者需要继续在"无人区"深一脚浅一脚地探寻。钻石从普通款式到艺术品款式，从小件到大件，从单件立意到系列创意，都是在变化中不断走向新的艺术殿堂。如"神话""大胡子""睛思""蝶恋""传说""往事碎片""月光女神"等一系列，听着这些钻石之名，都浸透着中华传统文化精髓。"月光女神"作品，以大气豪华精美出现在中央电视台、东方卫视全球直播跨年晚会上。"月光女神"堪称金伯利那个时期的代表作，可谓极尽奢华，登峰造极。如今，走进设在上海金伯利钻石总部的博物馆，如同步入钻石艺术的天堂，中西文化在这里融合，在小小钻石方寸上展示博大精深的艺术瑰宝。

这是"变"给董留生带来的成功。

不变的，是他不服输的性格，始终保持坚强的定力、毅力以及决心和信心。

在董留生看来，决心和信心比他创造出来的金伯利钻石还要珍贵。金伯利从当初在新乡创建一家门店，到迁到郑州拥有多家门店，再到2000年到上海开启了崛起之路，加盟门店如滚雪球般，用了不到20年达到700多家。金伯利创造出来的巨大成绩，是董留生靠着不变的勇气，用行动做到的。

《金伯利岩：董留生的钻石人生》一书第七章"一个好人"，用很大的篇幅介绍董留生靠着经营钻石成为享誉中外的杰出商人。正如《猎富：中国人的财富冒险》一书讨论"商人是什么人"时说，财富本身不具备道德意义，只有使用它的人才会使它变得道德或者失德。金伯利已经接近而立之年，董留生早已不再是凉马董村穷困的儿童，他已经成了富豪，他努力地想让自己的财富拥有意义。

在他看来，这个财富意义在于帮助他人。换句话说，行善积德，也就是感恩。感恩，做一个有情有义的人；感恩，做一个内心富有的人。

首先，帮助员工。董留生本质上是一个重感情的人。所以，他会带着那么多加盟商致富。董留生的多任司机以及服务工作人员，跟他三年的，董留生一定会既给他们选择出路，又帮助他们创业起步，在经济上、人脉上帮助他们迈出人生关键的一步。董留生经常对员工讲："既然父母把你们送到金伯利来，我就希望你们在金伯利能够有所成长，要对你、对你的父母、对你的家人负责任。在家，你是父母的小孩；在公司，公司同样要承担起对你成长的一些责任。"为帮助公司员工成长、成才，有好的出路发展，他从提高人的素质素养着手进行培训，把培养专业与育人教育结合起来，设立长远规划，对公司员工进行系统教育，确保公司员工有一个正向的认识和价值取向。这是公司团结、奋斗、凝心聚力，事业蒸蒸日上的关键所在。

其次，情洒故土。这是每一个人的回归，是情感的寄托。董留生在金伯利慈善25周年纪录片中说："很多人问我什么最重要，我的回答几十年一直没变，那就是家乡跟故土。"用一组数字来证明：2006年，董留生在自己的家乡——尉氏县南曹乡兴建两所金伯利希望小学，设立金伯利贫困学生奖学金；2009年，由董留生捐资1400万元兴建的金伯利希望中学在家乡破土动工；2013年，董留生向家乡县人民医院捐资 100 万元，用于改善医院的医疗环境；2014 年，金伯利战略入股中原银行，主动承担更多的社会责任；2015 年，董留生携带 50 万元现金专程赶回家乡，为一名罹患白血病的 6 岁儿童和一个面对"爹死、娘嫁、爷病、奶傻"的身世凄惨的家乡儿童捐款……不计其数的慈善捐赠，彰显着董留生对家乡父老乡亲的关爱。金伯利钻石始终不忘将"心系家乡，心系社会"的感恩文化渗透到企业之中。

最后，助力公共事业。凭借对社会慈善事业的贡献，董留生位列福布斯"2010 年中国慈善榜"第 45 名。2012 年，金伯利全程赞助大型原创豫剧《苏武牧羊》，拉开了金伯利钻石弘扬民族文化、推广国粹经典的序幕。从 2012 年到 2017 年，金伯利为支持中国传统文化事业发展共捐款 1000 余万元。看过 2017 年 4 月 16 日中央电视台举办的大型公益寻人栏目《等着我》的观众，都会对董留生向"爱心"缘梦基金捐赠 50 万元记忆犹新，他帮助抗战老兵完成心愿，让爱不再等待。2017 年 11 月，董留生还向中国-东盟艺术学院成立大会捐赠 500 万元，打造"一带一路"艺术教育与交流合作高地。对于董留生来说，慈善只是一种行为，而非目标。他只想成为一个好人，一个自己想成为的人。他不是那种四处张扬的高调的人，他只想从身边开始，帮助到他能够帮助的人。董留生用传统文化精髓和骨子里的傲气诠释着大爱大德。

他做到了，事业成功了，成为大写的人。

后记

结集这本书，我用了将近两年时间，编编停停，尤其到了决定出版时的几个月，我面对书稿，常常焦虑。我不停地问自己：到底集册不集册？有没有必要和价值？内心深处的胆怯大于勇气。

时间一晃，转业到地方工作已有十三个年头，自己已接近耳顺的年龄。部队转业前，我曾经把在部队写的有纪念意义的文字编辑成集子，作为纪念保留。到地方工作之后，也写了不少文字，与部队写作的内容有所不同，抒情散记多于工作文章、新闻报道。记录故乡的散记写起来的画面不时呈现，隔一段时间就浮现故乡的泥土芳香、花草树木、蓝天白云和劳作生活片段，总也写不完。要不是自己才疏学浅，会有更多的故乡散记流于笔端。

书写故乡是无论大家或者初学写作者常选择的一个命题，是一个老得不能再老的文题、话题了，无非是对故乡人、事、物的思念和对家乡的赞美，以及对贫穷落后和愚昧的审视。也许既会让读者心生不悦，还让故乡人看了不痛快。但我还是硬着头皮写了下来，还把发表过的短文收入了这本册子，这是我的勇气，更是根植于心间，拔也拔不掉的对"根"的思念。

故乡总是与农耕视域下的自然、民俗、人伦、亲情等景物紧密关联。所负载的不仅有岁月的凝重，更多的则是对成长轨迹和家园情怀的感知。因此，故乡大地、自然景色、风土人情、世故情态、变迁轨迹和亲情等，有我写不完的资源。自序中我对故乡有了阐释注解，行文的片段多是真实的记载叙述。比如，

西岗

《故乡拾遗》中银大爷在余晖映照下的田间地头的画面一直定格在脑海，写起来一气呵成。银大爷与我父亲同辈，长我父亲几岁，是我父亲的好友之一。在父亲当生产队队长时，全力支持父亲的工作，为父亲撑腰。他性格直爽，为人耿直，待人厚道，以队为家。年轻时，掏过大力，岁数大了，先后干过饲养员、种菜员，这是老年人从事的活计。晚年时，由于几个儿子的家庭先后遭遇变故，给他打击很大。他常到我家串门，冬天里围坐火炉取暖的情景让我经久不忘。唠嗑聊到村里不公的人和事，银大爷往往会猛地抬起头狠骂两句，表达他的愤慨。大部分时间里他总是勾着头，少气无力。一次，我休假在家，他又到我家串门，坐在火炉旁，一直勾着头，我说："银大爷，给，喝口水。"我喊了两声他才"嗯"一声，手僵硬着接过碗，眼直直地盯着我，好似在问"你是谁"。银大爷老了，糊涂了。我不由得感叹人生之残酷。《故乡拾遗》一文，对银大爷仅有几句描述，但那个画面永驻我心里。《年的夜》里所描述的是当年故乡过年的夜晚，单调甚至凄凉中而又不失温馨的年夜，给我留足写作的资源。红薯作为粗粮，曾经是20世纪六七十年代大半个中国养命的主要食物，不少人不仅对吃红薯充饥养命一事刻骨铭心，也对种植、收成红薯的劳动场面印象深刻。《擦红薯片》劳动的场景，对我来说在记忆中是根深蒂固的，不写总觉得缺少了什么。如此等等，对故乡人、事、物的印象，就是在这样岁月的沉淀中形成的，都是基于这种对故乡的情怀和感受，恰是记录故乡远去岁月的初心。

不用构思、不用设计、不用精雕细刻，让笔沿着我最熟悉的生活走进去。写乡愁、亲情篇章，我的思绪一直伴随着故乡早年的真实生活一起注入笔端，实景是一个接一个，踏踏实实、真真实实地在故乡土地上，让乡愁在纯净和质朴中，沿着笔端把那块曾经贫瘠的黄土上的一根草、一棵树、一件事、一声鸟鸣和柴米油盐及风俗习惯写出来。我没这个才华能力写深写细和写出更多作品，但我把情怀托付给故乡，把心交给了故乡，与故乡的一切一起收藏在心底。

故乡生活、部队生活、地方生活是我人生三个阶段，算起来，故乡生活时间最短，留下的东西却最深最多，并将之固化在人生的长河记忆中。至今，我仍能触摸到故乡的各个角落。一切是那么清晰，浑然合一。

214

再过几年，退休后有了更多时间，回返故乡的时间会更多些，那时会再次拾起、体验、享受故乡的温暖。尽管故乡的外在变了，但泥土芳香没变，故乡的人情世故没变。就如我在自序中写到的，在最初睁开好奇的双眼，去认识、理解和感悟这个世界的时候，是故乡给了我滋养、欢乐、希望和信念。它是开启我人生旅途路程的起点，确定我生命价值的航线。它把我的稚嫩，紧紧裹进它温暖的怀抱，把我的根永远镌刻在故土的青砖红瓦上。

常读我文章的人对我说，你写的散文细腻、真实、感人。细腻、感人谈不上，真实算是一个特点。不是我文笔好，而是如实记录是我的写作风格。这种风格的形成，重要的源泉是对故乡这片土地的热爱和熟知。

路遥曾说，生活可以故事化，但历史不能编造。这本集子，白描叙述居多，没有过多文学修饰，构不成动人的故事篇章，但记录的都是真实生活、真实感悟。有一些遗憾是，集子所收文章不是在一个时间段内一气写就的，时间跨度较大，个别文章读来会有交叉重复之感，也算作集子的一点瑕疵。

就在2022年"八一"建军节头一天，战友聚会，一位战友见面就说："前天又看到你的大作，还在写，该出书啦，不容易呀！"我问他："你还看报呢？网络时代，看报的没有几个人了，你坚持着读报也不容易呀！"与战友对话后，我有了把散见于报纸的短文集成册子的行动。

对报纸的青睐，促使我写的短文多呈给报纸发表，变成铅字。自己的文字被发表，初始看到时，就兴奋不已。往往是拿到报纸先看一遍，再对着原稿对一遍，甚至细数一遍，发表有多少字，编辑删掉多少字，修改多少句。如今几十年过去，每当文章发表，仍旧有着小兴奋。这个过程，觉得很开心，就像一场劳动有了不错的收成，就像领导交给的一项任务完成后，得到领导的肯定表扬，心里有着很奇异的舒坦之感。在新媒体发展眼花缭乱的时代，我仍旧偏爱纸媒，是我思想跟不上数字信息时代发展步伐，适应不了网络新媒体特点，还是执拗于对网络文字的偏见，都不重要了，自己喜爱即好。集子不求有更多人传阅，更没想推销变换金钱效益，只为爱好文字，成为回忆。如诸君侥幸见到，随便翻翻足矣！

　　最初，对短文编集成册的想法也很简单，组在一起成书即可。后来经几个朋友阅读后，感觉有几篇短文读来有点意思，给人启发。尤其是著名艺术家、香港澳门区旗、区微设计最高奖获得者肖红大师为我对故乡的一片情怀所感动，为此书精心设计封面，使书籍增添不少色彩；河南省文联名誉主席、河南省书法家协会名誉主席杨杰女士应邀题写书名，欣然接收；刘娜女士，作为河南潇弘文化传播有限公司责任人、文学硕士、肖红大师工作室唯一授权人，对书籍初校、授权、定稿、出版等工作付出艰辛劳动；刘军老师是文学博士、散文批评家，他从专业人士的角度给予指导，并专门写了序，他们的鼓励支持让我对书籍出版增添了信心。《解放军报》原大校主任编辑，军旅著名报告文学作家张向持，是我在部队时的新闻报道写作老师，相识相知几十年，不但人生路上助我成长，还与我建立了深厚的友谊，应邀写序，他不顾身体眼睛有疾，没用几天就通读书稿写了序。开封市委宣传部副部长、中原文化名家、高级编辑刘会敏，与我相识二十多载，既是领导，又是好友，与我感情深厚，应邀写序，欣然接受。开封市作家协会主席、《开封日报》副刊部主任任崇喜，与我亦师亦友，书中汇编稿大多都经过他精心编辑发表在《开封日报》副刊栏目，同时，他不惜时间和精力对书稿进行两次校对，付出很多心思，等等。没有老师专家和挚友的帮助和鼓励支持，就没有本书的付梓。在此，一并表示真诚的感谢！

　　当然，也要感谢我的家人。我业余时间写作，无暇陪伴妻子时，她从不计较，家务之事几乎不让我管，以便我腾出时间写作；儿子、儿媳工作努力，事业有成，家庭生活追求简单快乐，各方面都不让我操心。我有愧的是对小孙女，从幼儿园到小学二年级，我不知道幼儿园、学校大门，没有接送过。亲人的理解付出，都为我业余时间笔耕不辍提供了巨大的精神支持。在此，也对他们说声谢谢！

路子房

2024 年 12 月于汴梁金明池